心 的 看 见

丘树宏 | 著

南方出版传媒
花城出版社
中国·广州

图书在版编目（CIP）数据

心的看见 / 丘树宏著. -- 广州 ： 花城出版社，
2019.7
ISBN 978-7-5360-8934-1

Ⅰ. ①心… Ⅱ. ①丘… Ⅲ. ①散文集－中国－当代
Ⅳ. ①I267

中国版本图书馆CIP数据核字 (2019) 第123426号

出 版 人：肖延兵
责任编辑：许泽红
技术编辑：凌春梅
装帧设计：郁　右　姚　敏

书　　名	心的看见
	XIN DE KAN JIAN
出版发行	花城出版社
	（广州市环市东路水荫路11号）
经　　销	全国新华书店
印　　刷	佛山市浩文彩色印刷有限公司
	（广东省佛山市南海区狮山科技工业园A区）
开　　本	880毫米×1230毫米　32开
印　　张	10.625　3插页
字　　数	258,000字
版　　次	2019年7月第1版　2019年7月第1次印刷
定　　价	38.00元

如发现印装质量问题，请直接与印刷厂联系调换。
购书热线：020－37604658　37602954
花城出版社网站：http://www.fcph.com.cn

丘树宏，中国作家协会会员，中国音乐家协会会员；中国宋庆龄基金会理事，广东省政府文史馆馆员，广东省作家协会副主席，中山市政协主席。

已出版个人诗集10部，人文社科著作9部。2003年，凭一首抗击非典的大爱诗歌《以生命的名义》由中央电视台和中国作家协会以同名大型节目推出后而走进中国诗坛。

曾获《诗刊》诗歌金奖、《人民文学》创作赛金奖、《文艺报》征文金奖、《文学报》征文金奖、《诗选刊》中国最佳诗集奖、《芒种》年度诗人奖、《中国作家》郭沫若诗歌奖和鄂尔多斯文学奖、广东省"五个一"奖和鲁迅文学艺术奖、2017年百年新诗全球华语诗歌评奖活动"最具实力诗人奖"；为大型史诗电视剧《辛亥革命》《下南洋》等撰写主题歌。近几年来致力于长诗、史诗和大型舞台节目文学台本创作，主要作品有《30年：变革大交响》《孙中山》《共和国之恋》《珠海，珠海》《海上丝路》《海上丝路·香云纱》《Macau·澳门》《珠江》《九连山下》《英雄珠江》《中华魂》《南越王赵佗》《冼夫人》《咸水歌》《中山是座山》《粤港澳放歌》《宋庆龄》等，主创并兼总编导的大型交响组歌《孙中山》，曾在广州、中山、北京、吉隆坡、香港、台北等地演出；主创的大型交响组歌《孙中山》、大型电视文艺片《英雄珠江》、大型交响史诗《南越王赵佗》、大型交响清唱剧《咸水歌》在中央电视台或广东广播电视台等播出，影响广泛。

目录

【第一辑】

【第四辑】

【第五辑】

附录：

第一辑

小小翠亨村

又是一个春和景明的日子，我再次来到翠亨村瞻仰孙中山的故居，寻觅伟人当年的成长印记，领悟今天的变迁，也寄托对明天的憧憬。

作为生活居住在这个城市的一分子，记不清来这里多少次了，每一次都会有新的感受和感悟。

然而，总不变的一种感受，是它的低调，而它的低调，总可以用一个字来表达："小。"

是的，小小的翠亨村。

前面是汪洋南海，是文天祥唱着"人生自古谁无死，留取丹心照汗青"经过的伶仃洋，是浩浩瀚瀚的太平洋；面积只有27.41平方公里，又藏匿在方圆300平方公里的五桂山中。在这样一种环境中，翠亨村，你确实很小很小。

翠亨，据传清康熙年间（1662—1722），蔡姓人在此建村，地处山坑旁，名蔡坑。后人见这里山林苍翠，坑水潺潺，风景优美，且方言"蔡"与"翠"、"坑"与"亨"谐音，又寓意万事亨通，于是在清道光初年改称翠亨，沿用至今。名字的来由，也十分朴素实在，当然，也透出那么一点儿的浪漫。

孙中山出生的故居，就在翠亨村的东南角。一条公路从故居门前蜿蜒而过，让故居门前孙中山手迹"后来居上"四个大字，更显出一种强大的冲击力。

沿着一条百来米长的林荫小道走进来，循着孙中山夫人宋庆龄先生书写的手迹"中山故居公园"的指引，一座两层楼的红色小屋展现在眼前。

这就是孙中山故居。

这是一幢砖木结构、中西结合的两层楼房，里面设有一道围墙环绕着整个庭院。故居外表仿照西方建筑，楼房上层各有七个赭红色装饰性的拱门。屋檐正中饰有光环的灰雕，环下雕绘一只口衔钱环的飞鹰。楼房内部设计则用中国传统的建筑形式，中间是正厅，左右分两个耳房，四壁砖墙呈砖灰色勾出白色间线，窗户在正梁下对开。该建筑门多、窗多、通道多。居屋内前后左右均有门通向街外，左旋右转，均可回到原来的起步点。而窗户的门，所有都是木制的百叶窗。从孙中山的设计，可以看出他的传统和开放、继承和多元的思想。参观者都会注意到，故居室内保存着孙中山日常使用过的书桌、台椅、铁床。1893年冬，孙中山曾在此研读古今书籍，探索救国救民真理，并曾在这里草拟《上李鸿章书》，提出"人能尽其才，地能尽其利，物能尽其用，货能畅其流"的主张，与友人商讨救国方略，还曾在这里为乡亲治病。故居建筑最有意思的是厨房和浴室的区别。厨房完全是中国式的，而浴室则放置了一个白色的浴缸，这是从国外引进的，至今还能使用。更让人惊讶的是，当年孙中山建造住房时，在周围矗起了一盏盏西式的路灯，这可能与他的父亲做过更夫有关，同时也体现了孙中山的爱心。

房子落成时，孙中山在正门亲自撰写了一副对联："一椽得所，五桂安居。""一椽"之所，真是小啊。

庭院右边，有一口往年遗下的水井，其实这个地方才是孙家最早的居所。孙家最早的居所是仅仅30平方米的平房，那正是孙中山1866年11月12日诞生的地方。孙中山的祖辈是一般的农民，父亲只不过是村里的更夫，因此一直很穷。后来孙中山的哥哥孙眉去了檀香山办起养牛场而致富，寄回钱来，孙中山亲自设计并施工，才有了今天我们看到的故居。

故居前院的左边，孙中山种下了一棵当年从檀香山带回来的酸子树，一直长势良好，郁郁葱葱，但20世纪60年代的一场台风将树冠吹倒了，它顽强地匍匐着生长，倒长成了龙的形状。当年故居管理人员用这棵树的树子儿植的一棵新树，现在也已经长得粗壮高大。两棵树，一卧一立，煞是好看。每次看见酸子树，我总会想起1962年郭沫若到访孙中山故居写的一首诗："酸豆一株起卧龙/当年榕树已成空/阶前古井苔犹绿/村外木棉花正红/早知汪胡怀贰志/何期陈蒋叛三宗/百年史册春秋笔/数罢洪杨应数公。"

故居门前是一个小小的广场，草木茂盛，一片绿荫。在一棵苍老的榕树下，有一尊青铜雕像，述说的是孙中山小时候的故事。话说孙中山从小就喜欢听故事，尤其喜欢听英雄故事，而雕像体现的正是一位太平天国遗兵名叫冯爽观的老人在向孙中山讲述太平天国洪秀全的事，一老一少，写实逼真。

翠亨村有东、南、西、北四个村门，当地人称这些拥有近百年历史的村门为闸门。从大理石构造而成的南闸门进入，门楣上的匾额雕刻着字体圆润的"瑞接长庚"四字，在"瑞"与"接"两个大字之间有一道明显的裂缝。关于这个裂缝，有一段经典的历史，据说这道裂缝是1892年孙中山与陆皓东等人在此门附近试验炸药时，震裂了门上的石匾而留下的。

从故居后面的通道，可以直接进入翠亨民居展示区。民居展示区内部保存、复原了许多清末民初以至现代的当地民居，立体再现了翠亨村当年社会各阶层家庭的生活状况。从伟人故居跨入百姓生活，一个普通村落的完整面貌便呈现在眼前。

改革开放后，富裕起来的翠亨村民进城的进城，建新房的建新房，逐步搬迁，有心的管理者将村里的老房子购买下来或者进行托管，以孙中山故居为中心进行适当的改造，一幅翠亨村的《清明上河图》就完整和生动地展现在游客面前。

从故居后院出来，我们还可以看到一片不大的农田，这也是管理者的巧思所在。这片农田叫作"龙田"，为孙中山一家当年所耕。今天走在这里，春夏看到绿油油的禾苗，秋天收获金灿灿的稻谷，冬天收获沉甸甸的番薯，村庄幢幢，鸟语花香，孙中山当年生活的情景又活生生地出现在我们眼前。

翠亨村外，一条小溪蜿蜒而过，这就是兰溪河。据说，孙中山小时候经常与小伙伴们在这里玩水。兰溪河可以通到大海，相信孙中山很早就从这里见到过南海，见到过伶仃洋。孙中山那么早就有开阔的视野和思想，应该与这一条小河很有关系。珠江与南海在这里交汇，让孙中山从小就接受咸淡水文化的熏陶和滋养。

翠亨村的小，还在于它的人口不多，孙中山出生那会儿，整条村也只不过300人。然而，那么小的一个村庄，却出现了许许多多的名人。首先是孙中山与结发妻子卢慕贞的长子孙科，还有人们称之为"四大寇"中的杨鹤龄，孙中山的战友杨心如，为共和牺牲的第一人陆皓东，还有中国共产党早期领导人、中国工人运动的先驱杨殷等。"村小乾坤大"，确实名不虚传。从这个角度来说，翠亨是小，但又不小，正如前几年我主创的大型交响组歌《孙中山》中的歌词所说："五桂山下/兰溪河畔/山河绿如蓝/小小翠亨村/走出一个人/点亮一片天。"

从故居纪念馆南门出来，一大片古色古香的建筑扑面而来。这就是著名的中山纪念中学。中山纪念中学是孙中山先生的长子孙科秉承其父"谋建设，培人才，为富强根本"的遗愿于1934年创办的，初名"总理故乡纪念中学校"，时任国民党政府行政院长的孙科亲任校长；1949年，学校改名为"中山纪念中学"。最初的建筑是红墙绿瓦，后来则是红墙黄瓦。整个校园建在五桂山脚下，占地八百六十多亩，夏季凤凰花开，冬天红棉满园，一年四季树绿花红，景色美妙惊艳。这是全中国最漂亮的中学，"祖国高于一切，才华贡献人类"的校训传承和弘扬了孙中山的精神，教育质量闻名遐迩。

近年来，翠亨村开始发展文化产业。最早是与中央电视台合办了一个影视城——中山城，以近代中国主题为主打，从电影《孙中山》开始，已经拍摄了一百多部电影和电视剧。中山城兼具旅游功能，在这里每天都有体现近代史的情景表演让游客们欣赏。在孙中山故居前门的右边，是2011年修建的辛亥革命纪念公园。园内最具特点的是一幅巨大的花岗岩日记碑墙，墙长56.2米、宽2米、高3米，墙上刻有孙中山、黄兴、蔡炎培、毛泽东、朱德、董必武、宋庆龄等人在辛亥革命时期的日记、回忆录以及诗词等26则。

顺着人流走进翠亨村的更深处，则又是另一片天地。在那些年华逐步老去的村居，居然可以随时碰到一些极具国际范儿的艺术家。前几年，翠亨村民的老房子开始进驻画家，没想到今天竟然形成了一个规模不小的画家村，办起了国家和国际级的美术展。以歌曲《弯弯的月亮》红遍华人圈的著名音乐人李海鹰，是孙中山的正宗老乡，前年，"北漂"的他居然也回来了。家乡人干脆帮他建了个"李海鹰音乐工作室"，这更让翠亨村充满了艺术气息。

近年来，中山市将实施"孙中山文化"作为第一品牌来经营，城市文化竞争力和美誉度大大提升。2016年是孙中山诞辰150周年，全国政协已经发布决定，要举行一系列的隆重纪念活动，作为孙中山家乡的中山市自然要充分利用好这一重要的历史机遇。在翠亨村的街道上，已经挂起了醒目的条幅，上面写着"纪念孙中山，创建5A景区"。原来，孙中山故居纪念馆目前是国家4A级景区,中山市要在11月12日前改造提升为国家5A级旅游景区。

好啊,到11月12日,小小的翠亨村肯定会有一个更加靓丽的面貌,我们急切地期待着。

我们的孙中山

"五桂山下，兰溪河畔，原野飘香，宛若天堂；翠亨春晓，醒来的阡陌上，走过来一个人，我们的孙中山……"

回眸20世纪的100年，总有一个人的名字会深深铭刻在我们的心中，经久弥新，永存不逝。

他，就是我们的孙中山。

孙中山是一个凡人，他也是啼哭着来到人世间的。那是公元1866年11月12日，在珠江边五桂山下的翠亨村，一个乳名叫"帝像"的小孩诞生了。当这个小孩第一次乘轮船前往夏威夷的时候，一样会与平常人那样惊叹"轮舟之奇，沧海之阔"；小时候的他，也与平常小孩一样做了一些砸碎北帝庙之类闯祸惹麻烦的事情。

孙中山是一个伟人。他是一直用忧郁和思考的眼光看着这个世界，他是一直用一腔热血、满怀志向拥抱我们这个国家和民族的。

13岁那年，从中国香港前往夏威夷的时候，他就有"自是有慕西学之心，穷天地之想"。

孙中山28岁上书直隶总督、北洋大臣李鸿章，提出了"人能尽其才，地能尽其利，物能尽其用，货能畅其流"的改革主张；当改良的希望彻底破灭时，他毅然决然走上了革命的道路，第一个提出了"振兴中华，建立共和"的号召。

他一遍又一遍地为革命筹钱，一遍又一遍地领导起义；他一次又一次地遭受失败，一次又一次地遭受生死危难。然而，孙中山却愈挫愈勇，从不言败，终于推翻了封建帝制，让灾难深重的中华民族从此走向民主、走向共和。

为了国家和民族的前途，他自愿放弃"大总统"的位置，转向充分考量振兴中华的"三民主义""建国方略"，之后又一直与复辟分裂势力做殊死斗争；直至生命的最后一刻，我们的孙中山还竭力呼喊：

"革命尚未成功，同志仍须努力！"

"和平、奋斗、救中国！"

孙中山是真正的伟人。他与华盛顿、甘地一样，是争议最少、公认度最高的伟人。他有伟大的政治主张、政治理想；他有伟大的建国思想、建国方略；他有自由博爱、天下为公的伟大胸怀；他既有深厚的中华人文传统，又吸纳了大量的世界先进文明。所有这些，在孙中山的身上体现得如此突出、如此典型、如此全面，并如此精妙地融为一体。

更让我们无限崇敬和景仰的是，孙中山先生提出的思想主张，100年来仍然闪耀着光芒；孙中山100年前提出的"振兴中华的主张，不就是我们今天所说的"中国梦"吗？随着时空的推移、世界的发展进步，我们更坚信，伴着世界脚步的前行，所有这些，还同样会像阳光一样继续照亮人类社会的路程。

这，就是我们的孙中山。

一个重要的国家命题

　　作为伟人孙中山故乡的中山市，改革开放30年来的发展变化可谓沧海桑田、翻天覆地。中山市既成为广东省乃至全国"五位一体"发展的典范地区，其实践同时也全面生动深刻地诠释了孙中山的思想。

　　从工业立市、经济强市，中山市近年来进入了更高的发展阶段，提出了建设文化名城的发展战略，率先提出了"孙中山文化"这一概念，并将"孙中山文化"工程放在"八大文化工程"的第一位，以图通过纪念、研究、传承和资源开发利用来为现实服务。比如，将孙中山诞辰日举行的简单纪念仪式，扩展为融纪念、文化、旅游为一体的"孙中山文化节"，牵头创立"二十世纪三大伟人"故乡联盟、创立"中山杯"华侨华人文学奖，在国内外开展广泛的孙中山文化交流合作，等等。中山市对孙中山的研究领域不断拓展，特别是相关历史文化资源的开发利用，产业化视角不断创新，力度不断加强，影响日益扩大，从而做出了有益而卓有成效的探索。

　　孙中山在中国的历史地位和历史作用是不言而喻的。我们一直非常崇敬孙中山先生，十分重视对孙中山的纪念及其学术研究。但是，由于各种原因，我们对于孙中山，却似乎始终处于一种难以言表的"尴尬"状态。在政治层面，我们一直奉行一种"例行规矩"，也就是在他的诞辰日——每年的11月12日，举行一种简单的祭拜，或配合举行一些学术活动；在中华人民共和国成立的纪念日，每逢五年或十年的"大庆"，在天安门的对面，高高矗立孙中山的巨幅画像。在学术研究方面，在深化和拓展方面缺乏更大的突破和创新，还出现不少误区，走了不少弯路，对孙中山思想的现实意义研究更是不够深入。而在资源开发利用方面，如孙中山文化产品生产、产业开发利用等方面，则与其他相类的政治名人有着巨大的差距。

今天，确实该重新审视一下我们对孙中山的研究传承和资源开发利用这一重大课题了。

其实，孙中山既是一个政治符号，也是一个精神符号、文化符号，孙中山既为我们留下了重要的政治遗产，也为我们留下了重要的精神遗产和文化遗产。为此，"孙中山文化"这个崭新的概念才会应运而生。

毛泽东主席、习近平总书记在谈到孔子的时候，都采用了"从孔夫子到孙中山"的说法，这说明，孔子和孙中山，是中华优秀传统文化的代表，孔子和孙中山都是中华民族最重要的文化遗产。

"孙中山文化"究竟是什么？它应该包括孙中山的政治思想与理论体系、经济思想与社会主张、军事思想与战略战术，以及以上三个方面所蕴含的文化元素，更包括孙中山的文化思想、文化成果和人文遗产。

"孙中山文化"的特质是，它是中国近代文化的灵魂，既导引和印证了中国甚至世界的文明进程，还将继续印证和引领中国和世界的文明走向。前者是它的历史意义，后者是它的现实意义，具有厚重的价值。可见，孙中山的思想、精神以及形成的人文资源，对于我们走中国特色社会主义道路、建设中华民族的共有精神家园、建设和谐社会，都具有极其重要的现实意义。

如此看来，"孙中山文化"概念的提出，其可贵之处是，走出了原有的纪念、研究的各种局限，回到了其应有的本原，更丰富了内涵、扩展了外延，是一种极具价值的深化和提升。它的提出，将积极推动我们走出对孙中山这个政治符号的僵化认识误区，进而从"大文化"的角度活化对孙中山资源的开发利用，即从政治纪念、学术研究、文艺创作、产业利用等方面全方位地开展工作。

"孙中山文化"概念是中山市提出来的，但仅仅由中山市来做则远远不够，因为孙中山既是中山市的，更是全中国的，甚至是全世界的。中国影响世界并受到广泛公认的伟人并不多，而孙中山是其中最重要的一个。

从这个意义上讲，"孙中山文化"不仅是中山市的命题，也是国家命题，甚至可以说是世界性命题。

当前，我们已经走进建设中国特色社会主义的新时代；中国正处于近300年来实施"文化复兴"的最好时期，提高文化软实力十分急迫；国际关系、海峡两岸关系正面临一个新的挑战；从"振兴中华"到"中国梦"，从"站起来""富起来"到"强起来"，从"经济崛起"走向"文化崛起"的中国，需要用文化与世界架起沟通的桥梁，树立崭新的形象。所有这些，"孙中山文化"都为我们提供了一种重要的启示和途径。也就是说，"孙中山文化"是我们可资利用的一个重要而不可复制的国际级品牌资源。

以孙中山的名义

——孙中山美国足迹寻访笔记

2008年3月22日，马英九成功当选台湾地区领导人，国民党重新走上台湾的"执政"舞台，两岸统一问题"柳暗花明"，历史又给了中国一个机会。当然，机会远不等于成功。要成功解决两岸问题，需要时间，更需要各种各样的要素与条件。孙中山就是其中一个至关重要的要素。也许是巧合，也许是心有灵犀，作为孙中山故乡的中山市于2007年初提出要重视孙中山研究和资源利用，并将"孙中山文化"作为"八大文化工程"之首予以部署。2011年4月，更组织了专门的小组，远赴美国寻找伟人的足迹，先后到了檀香山、芝加哥、华盛顿、费城、纽约、旧金山等城市。据说以孙中山的名义组织政府代表团专题走访国外不仅是中山市的首次，在全国也是第一次。笔者作为这次活动的负责人，有幸亲历其中，深感荣幸，感受深刻，收获良多。其中一个最强烈的感觉就是，以孙中山的名义，台湾问题又走到了一个重要的历史关节点；以孙中山的名义，国共两党的合作问题又一次走到了历史的前台；以孙中山的名义，祖国的统一又重现出历史的曙光。

纪念孙中山最好的方式是爱国爱乡

孙中山一生的革命活动，都与华侨有着十分重要的关系，可以说，华侨一直是孙中山的主要依靠力量，而美国华侨更加是孙中山早期革命的主要支持者和经济援助者。从檀香山，到旧金山、纽约、波士顿、芝加哥，都可以找到孙中山一次又一次为革命奔忙筹款的足迹。那时候的华侨，大多生活并不是很富裕，即使经济状况好一些，也多是历尽沧桑、浸满血汗。为了推翻腐败无能的清政府，为了祖国的振兴强盛，他们在孙中山发动起义接连失败的情况下，却毫不气馁，坚持不懈，他们奔走联络，出钱出力，许多人三番五次慷慨解囊，无条件支持孙中山的革命事业。一些人甚至因此自身陷入贫困也毫无怨言。最典型的是孙中山的哥哥孙眉，前后为革命捐资多达70万美元，最后倾家荡产，革命成功后非但没有分享成果，反而解甲归田过起了耕种劳作的生活。

当我们与美国各个城市的华侨谈起这些往事时，他们并没有表现出丝毫的唏嘘慨叹，而是一种平淡自然的神态。在他们看来，这是天经地义的事情，是理所当然的事情。他们所关心的，就是要支持建设一个强大的祖国，有一个强大的后盾，要让所有的华侨、所有的中国人都可以挺直腰杆、扬眉吐气。更让我们感动的是，每到一个城市，那里的华侨都对我们热情无比，抢着要接待我们。而每一次接待，都一律呼朋唤友，热闹得不得了。现在回国已经非常方便，许多华侨也经常或投资，或探亲，或旅游而"衣锦还乡"，他们不断询问家乡的建设发展情况，主动了解自己还可以为家乡做什么事情，特别是捐资捐款做福利事业的事情。改革开放30年来，海外侨胞除了回祖国投资办厂做贸易，为祖国的经济发展做出了重要贡献外，还为家乡的社会事业和福利事业发展不遗余力。就中山市来说，据不完全统计，海外华侨和港澳同胞30年来在中山市的投资达五十多亿美元，给中山市的卫生、教育等方面的捐款达十四亿多元人民币。他们的财富来之不易，是多年艰苦奋斗的收成。可能有不少人以为，他们在海外一定很风光、很潇洒。却不知道，华侨们其实大多过着非常简朴的生活，衣食住行，都不会大手大脚，十分节俭。当我们对他们表示感谢的时候，华侨们会异口同声地说，以往华侨们给孙中山捐款，那是情真意切的爱国爱乡，今天我们纪念孙中山最好的方式，也是爱国爱乡；而爱国爱乡，除了投资办厂，捐款做福利同样是最好的表达方式。

近一百多年来，海外华侨对祖国的贡献，是人类社会史的一个奇迹，是一座特殊的历史丰碑。而我们对他们的回报性工作似乎做得太少了。比如关于华侨们对孙中山革命事业的捐款，我们是不是要组织专门的人员进行统计，建立专门的档案资料，或者用更多的宣传途径，甚至设置专门的展览馆、纪念碑，以起到纪念、教育的目的？

孙中山让我们对中国人充满敬意

孙中山在美国期间，不仅得到了广大华侨的支持，他那愈挫愈勇、百折不挠的精神和独特的人格魅力，也深深感动了许许多多的美国人，他们也给予了孙中山不少可贵的理解和帮助。即使在今天，孙中山对美国人的影响也很突出，只要一说起孙中山，他们都会肃然起敬。不管是在美国驻广州领事馆签证，还是在美国入境，因为考察团的活动主题特别，我们的行动都异常顺利通畅，工作人员不约而同地表现出对孙中山和考察团不一般的尊重。

"孙中山让我们对中国人充满敬意。"这是我们造访夏威夷意奥拉尼（Iolani）学院时该校校长依圭希塔（Dr. Valiwashita）先生对我们说的。孙中山在这个学校读书三年，从一个英语字母都不认识的乡下孩子，成为一个品学兼优的优秀学生，受到了夏威夷国王的嘉奖。我们看到，学校里保留了许多有关孙中山的文物和资料。还有一个成年孙中山的坐式铜像，但因为夏威夷市的孙中山基金会2007年在市政府新命名的孙中山公园里矗立了一个孙中山13岁第一次到檀香山的新塑像，他们又另辟一个花园，也准备矗立同样一个铜像。在孙中山另一个曾就读的普纳荷（Punahou）学院，同样到处都可以看到孙中山当年读书、活动的印记。这个学校前些年由夏威夷孙中山基金会捐资建立了专项资金，用于对中国和檀香山学生交流的资助，最近还准备将孙中山念书的那一栋教室修建为纪念馆。现任檀香山市市长、校友汉乃盟（Dr. Mufihannemann）先生，会见中不断向我们强调他是孙中山的校友，自己为此而感到无上自豪和荣光。我们同时还了解到，正在竞选美国总统的奥巴马，也是这个学校的毕业生。市长骄傲地对我们说："看来我和孙中山的母校很快就要出现第二个总统了。"

在访问中，我们还不断发现，在美国各地的孙中山基金会，或者是华侨的同乡会等各种机构里，也有为数不少的美国人参与有关孙中山的研究和文物保护工作。他们都是出于对孙中山的崇敬之情而主动加入的，不少人还是不领任何报酬的"志愿者"。一路上，我们与美国各界人士交谈，许多人都知道孙中山这个人，一些对孙中山有更多了解的人，都十分敬佩孙中山。比如我们在三藩市由市政府建造的孙中山雕像前照相的时候，一对美国夫妇Robert先生和 Leslietaylar女士也在照相，同时很认真地将雕像上的文字记下来。原来他们是一个中学的老师，是专门来了解孙中山的情况准备给学生们讲课的。当了解到我们是来自孙中山故乡的访问团的时候，他们兴奋地告诉我们，孙中山是他们心目中的英雄，他们也要到中国去寻找孙中山的足迹。

美国人绝大多数没有来过中国，对中国的了解十分有限，不少人更因为一些媒介的扭曲性甚至是恶性的介绍而对中国误解很深。因此，我们通过对孙中山的宣传介绍作为一个载体和途径，让美国人了解一个真实而全面的中国，不失为一个十分有效的办法。

孙中山是中美两国共同的骄傲

从1879年5月初13岁的孙中山第一次到达夏威夷开始，孙中山先后六次来到檀香山，一共住了近七年；孙中山曾到过美国本土四次，每次停留的时间约为两年半，加起来一共是九年半时间。为了革命活动的方便，华侨们还为孙中山办了一个假出生证，成为"美国公民"。在这九年半的时间里，孙中山先后接受了小学和中学教育，加入了基督教，创办了中国近代史上第一个反清革命组织——兴中会，使夏威夷成为中国民主革命运动的根据地，美国华侨也成为民主革命最初的重要依靠力量。孙中山还在美国华侨中，包括部分美国人中广泛筹款，华侨为中国民主革命提供了强大的物质支持。

以上可见，从人的社会属性来说，夏威夷可以说是孙中山的"第二故乡"，美国也是孙中山民主革命运动的发祥地和根据地，萌芽和发展的地方。为此，虽然孙中山领导的中国民主革命运动当时并未得到过美国官方的公开支持，但在孙中山病逝之后，美国各级政府对孙中山充满了敬意，给予了高度的评价。在夏威夷，在孙中山到过的城市，甚至没有去过的地方，政府都很支持华侨保护和建立孙中山纪念设施，包括纪念馆、雕像、公园等，尤其是夏威夷、三藩市政府，还常常主持、参与、帮助当地许多有关孙中山的各类活动。檀香山还与孙中山的故乡中山市结为友好城市。

然而，中国和美国对有关孙中山的认识和所做的工作都是远远不够的。严格来说，其实两国政府之间就孙中山研究与资源利用方面并无任何正式的联系，仅仅停留在民间，更停留在华侨组织层面。即使有联系，也只是囿于一种礼节性和名义上的来往，活动比较零散随意，缺乏有效的实际运作和实际内容。中山市与夏威夷市的政府之间，也一样是这种状况。今天，对于孙中山的研究和资源利用工作，两国政府确实到了必须建立一种战略性、制度性的安排和联系的时候了。而这一点，我们自己是必须十分主动和积极的。

孙中山研究和资源利用工作任重道远

笔者参与的这次专题活动，走访最多的是美国各类有关孙中山的中介组织，包括各种基金会、纪念馆、同乡会、总商会等众多的华侨组织，既有中国大陆的，又有中国台湾的，也有美国本土的。这些中介组织的一个共同特点是：对孙中山充满敬意，对孙中山的研究和资源利用充满热情。更让我们惊喜的是，每一个地方，都有各具特色的收藏，文物和资料都非常丰富，不少资料还是我们第一次接触到。一些机构的资料管理工作甚至已经初步实现规范化和现代化。比如夏威夷孙中山基金会，他们对孙中山文献资料档案的建立和管理是严格按照规范的档案规则来做的，并且建立了专门的网站。芝加哥的"中山纪念馆"，则将中国台湾国民党和中国共产党所赠送的文物和资料等分门别类陈列，互为补充，相得益彰。几乎所有的中介组织都毫不保留地给我们提供了大量十分珍贵的资料，让我们满载而归。

毋庸讳言，不管是中国大陆，还是中国台湾地区或美国的机构，对孙中山的研究还处于很初级的阶段，主要体现为分散而盲目，缺乏规划和协调，在资源保护与利用方面更是遗憾多多，许多文物和资料都濒临湮没消失的境地。即使是现有的许多宝贵的文物或文献资料，也因为经费的不足、保管的条件简陋和缺乏专业的指导而面临许多问题。比如在对孙中山帮助巨大、与孙中山关系十分密切的致公堂，虽然有关于孙中山非常特别和珍贵的文献资料和文物等，却基本上没有得到计划性的整理，基本处于原始状态，让我们在惊叹之余心痛不已。由此可见，大陆和台湾双方亟须建立一个统筹协调的机制，对全球的孙中山资源进行一次全面的普查，做出一个长远而操作性强的规划，同时实行资源开放、资源整合、资源互补、资源共享。

"孙中山研究和资源利用工作任重道远"，这是考察团与所有接触过的华侨和中介组织一个共同而强烈的共识。研究是一个平台，资源利用是目的。我们该立即行动起来了。

现在是一个新的开始

在美国考察期间的4月12日，正好是博鳌论坛举行的日子，胡锦涛总书记历史性地会见了台湾两岸共同市场基金会代表团萧万长一行，形成了"现在是一个新的开始"的共识。那天刚好我们这个考察团在纽约与中华公所交流并参观中山纪念馆，我们的话题自然是孙中山。交谈中大家对孙中山的认识是一致的，同时也觉得过去两岸在孙中山研究与资源利用方面交流沟通太少，现在到了一个新的机遇期。过去，不管是大陆还是台湾，由于历史等原因，对孙中山这个命题，不管是认识，还是实践，都曾经有过误区，走过弯路，甚至有过扭曲。其实，孙中山的思想与精神，不仅符合大陆和台湾人民的传统与追求，也符合人类文明的发展取向和价值取向。就孙中山这个世界性伟人来说，两岸应该打破政治体制和意识形态的局限，寻求更多的共同点，展开更多的交流，还孙中山的本来面目，并以此而携手共行，促进两岸的经济文化合作，进而促进两岸的统一事业。为此，可以考虑将目前有关孙中山的各类机构组合起来，成立一个统筹协调组织，并且互派互驻，除了赋予对孙中山的研究和资源利用职能外，同时开展经济文化等方面的交流与合作。此外，还可以分别选取美国的檀香山与纽约，英国的伦敦，日本的东京或神户，东南亚的马来西亚，以及中国香港、中国澳门等，作为孙中山主题的重要联系点，并扩展到经济文化交流等层面。

鉴于美国以及其他一些国家与地区对中国大陆、台湾的认识误区和误解，我们完全可以利用全世界对孙中山的了解和认可度，分析和寻找相同或相类的契合点，用孙中山这个媒介作为纽带，来联系和发展我们与美国以及西方的人文关系，来诠释和宣传我们的政治、经济、文化等方面的价值追求和价值取向。最后，孙中山是全世界人民共同的骄傲，孙中山在美国包括全球人民中的人格魅力与人格形象，其实也是我们完全可资利用的一个宝贵资源，如果运用得好，其作用是不可估量的。

希望现在真的是一个新的开始。

从孔夫子到孙中山

引言

从孔夫子到孙中山，我们应当给予总结，继承这份珍贵的遗产。

——毛泽东《1938年10月在中共六届六中全会上向全党提出研究理论、研究历史和研究现状的任务时的讲话》

从孔夫子到孙中山，从乌龟壳（甲骨文）到现在，都要进行研究、总结。

——毛泽东《1973年5月在谈到郭沫若的〈十批判书〉时的讲话》

中国共产党人始终是中国优秀传统文化的忠实继承者和弘扬者，从孔夫子到孙中山，我们都注意汲取其中积极的养分。

——习近平《2014年9月24日在出席纪念孔子诞

辰2565周年国际学术研讨会暨国际儒学联合会第五届会员大会开幕会上的讲话》

一

2016年11月11日，习近平总书记在孙中山先生诞辰150周年纪念大会上的讲话中指出："孙中山先生是伟大的民族英雄、伟大的爱国主义者、中国民主革命的伟大先驱，一生以革命为己任，立志救国救民，为中华民族做出了彪炳史册的贡献。"

中国共产党最高领导人用"三个伟大"评价孙中山先生，由此可见孙中山先生的崇高地位。"三个伟大"其实也是延续着从毛泽东开始，到邓小平、江泽民、胡锦涛等领导人代表中国共产党对孙中山的高度评价，包括党的十五大第一次用了"'二十世纪的三大伟人'孙中山、毛泽东和邓小平"这样的表述。

以上这些，主要都是从政治的角度来评价孙中山，社会各界都理解和领会得很清楚、很透彻。

然而，对于毛泽东和习近平这两代党和国家的最高领导人，都用了同样的句式"从孔夫子到孙中山"来论述孙中山，各界却重视和研究得很不够，甚至有些忽视了。

这是从文化的角度评价孙中山的，但它与政治上的评价同样重要。可以说，有政治上的评价，加上文化上的评价，才是对孙中山的全面评价，我们才能真正看到和了解一个完全意义上的孙中山。

二

"从孔夫子到孙中山"，可以从以下方面来理解和诠释。

第一，"从孔夫子到孙中山"，是指孔子所代表的中国文化和中国思想的古代传统，孙中山所代表的中国文化和中国思想的现代传统；继承"从孔夫子到孙中山"，也应该包括总结和继承中国文化和中国思想的古代传统和现代传统。另外，这里所说的"从孔夫子到孙中山"中的"孙中山"，还兼具两层含义：一个是指伟大的民族英雄、伟大的爱国主义者、中国民主革命的伟大先驱孙中山，这是政治文化的层面；另一个是指孙中山所代表的中国文化和中国思想的新传统，这是历史文化的层面。

"孔夫子"与"孙中山"，实际上包含了中国文化与中国思想的新旧两种传统。毛泽东主席和习近平总书记在谈到继承中国文化和中国思想的传统时，都强调要总结和传承"从孔夫子到孙中山"的"珍贵的遗产"，"汲取其中积极的养分"。"从孔夫子到孙中山"中的"孙中山"，从第一层含义中又升华出第二层含义，即他既是中华传统文明的现代继承者，又是中国文化和中国思想的现代传统代表者。从这个角度上讲，孙中山的特殊性和重要性更为突出。

"孔夫子"与"孙中山"虽然内涵和外延都有不同，但其间存在着历史的必然联系，存在着一脉相承的经络。这种历史的联系，这种一脉相承的东西，就是中华传统文化古往今来的延续与发展。在这个延续与发展中，有变化，有改进，还有对传统的革新。"孔夫子"与"孙中山"，一个代表"古代的中国"，一个代表"现代的中国"。"从孔夫子到孙中山"，两段历史、两个伟人、两种文化，生动而全面地体现了这一历史的经脉联系。这种联系虽然由于时代的不同、阶段的区别，而涂上了不一样的色彩，却又是始终有机而紧密地联系在一起的。它是不可分割的血肉与灵魂完美融合的一个整体。

"从孔夫子到孙中山"，包括了中国文化和中国思想的古代传统和现代传统两个方面，因此，发掘、传承"从孔夫子到孙中山"，也应当包括总结和传承中国文化和中国思想的古代传统和现代传统。只强调继承中国文化和中国思想的古代传统，而不顾及继承中国文化和中国思想的现代传统，不发掘两者之间的内在渊源，弘扬其作为以一个整体呈现的中国文明，那都是片面的、不科学的。

"从孔夫子到孙中山"，虽然表述的是两个时代、两段历史、两位伟人，然而两个人所代表的文化绝不是各自独立的，反而是不可分割的血肉与灵魂完美融合的一个整体。它们一脉相承、前后连贯、互为彰显。因为孙中山也有着极为丰富的中华传统文化的底色和含蕴，在这个优秀传统的基础上，孙中山生发和创造了一种顺应历史潮流和世界潮流的现代文化，从而使两者神奇融合，构成了博大精深、源远流长、生生不息的伟大的中华文明。

三

"从孔夫子到孙中山"的论述，首先从文化的维度补充和完善了孙中山的形象及作用，或者说是从更高的层面提升了孙中山的重要地位，这样也就为如何进一步研究孙中山，更好地发掘、传承和弘扬孙中山的思想和精神，更好地利用孙中山及其思想、精神为现实和未来服务，打开了一个新的窗口，提供了一条新的途径，开辟了一片新的天地。

这，就是"孙中山文化"。

2007年，孙中山的家乡中山市首倡"孙中山文化"概念，而后在文化名城建设战略中全面实施"孙中山文化工程"。

孙中山既是一个政治符号，也是一个精神符号、文化符号，孙中山既为我们留下了重要的政治遗产，也为我们留下了宝贵的精神遗产和文化遗产。为此，"孙中山文化"这个崭新的概念才应运而生。

"孙中山文化"应该包括孙中山的政治思想与理论体系、

经济思想与社会主张、军事思想与战略战术，以及以上三个方面所蕴含的文化元素，更包括孙中山的文化思想、文化成果和人文遗产。"孙中山文化"的特质是，它是中国近代文化的灵魂，既领导和印证了近代中国甚至世界的文明进程，还将继续印证和引领当代中国和世界的文明走向。前者是它的历史意义，后者是它的现实意义和未来意义，具有厚重的世界性、人类性价值。

必须指出的是，"孙中山文化"的内涵与外延，都是与社会主义核心价值观完全一致的。

"孙中山文化"概念的提出，其可贵之处是，走出了原有的纪念、研究的各种局限，一定程度上跳出了纯政治的框框，回到了其应有的人文本原，更丰富了内涵、扩展了外延，是一种极具价值的深化和提升。它的提出，将积极推动我们走出一直以来将孙中山纯政治符号化的僵化认识和误区，进而从人文和"大文化"的角度活化对孙中山资源的开发利用，转而从政治纪念、学术研究、文艺创作、产业利用等方面全方位地开展工作。

"孙中山文化"，是对"从孔夫子到孙中山"最好的诠释和行动。

经过十年的努力，中山市在"孙中山文化"建设上做出了积极而富有成效的探索，积累了不少经验，"孙中山文化"已经成为中山市最重要的第一城市品牌，为中山市的经济社会发展做出了无可替代的重大贡献。然而，"孙中山文化"仅仅由中山市做是远远不够的，因为孙中山文化不仅是中山市的命题，也是广东省的命题，还是国家与民族的命题，甚至是世界性命题。

最近，中共中央办公厅、国务院办公厅印发了《关于实施中华优秀传统文化传承发展工程的意见》，孔子文化、孙中山文化，无疑都是中华优秀传统文化的核心内容。孔子文化工程已经取得了令人欣喜的发展，而"孙中山文化"却还没有进入国家的制度化安排。因此，建议有关方面高度重视"孙中山文化"，尽快将"孙中山文化"上升为国家命题和国家战略。

由于孙中山的伟大性，我们坚信，随着时间和历史的变迁，"孙中山文化"将为中华优秀文化的传承和发展，为国家和民族的完全统一，为"一带一路"倡议的实施，为实现中华民族伟大复兴的"中国梦"，提供源源不断的强大动力。

"孙中山文化"随想

时间过得真快，想不到"孙中山文化"这个概念提出，至今已经是十个年头了。

那是2007年的春天，我开始担任中山市委宣传部长，我向市委提出了一个建议：中山市要打"孙中山牌"，要创建国家历史文化名城。根据历史经验和当时的客观实际，我还提出，作为地方党委政府，尤其是作为孙中山的家乡，最好以"孙中山文化"为抓手，树立城市第一文化品牌，提高知名度，提升文化竞争力。

市委吸纳了我的意见，并以市委、市政府名义下发了关于创建国家历史文化名城的决定，明确提出实施"八大文化工程"，其中第一个就是"孙中山文化工程"，还提出三年内要拿到国家历史文化名城的牌子。

什么是孙中山文化？在我看来，孙中山既是一个政治符号，也是一个精神符号、文化符号，孙中山既为我们留下了重要的政治遗产，也为我们留下了宝贵的精神遗产和文化遗产。为此，"孙中山文化"这个崭新的概念才应运而生。我个人的定义是，孙中山文化应该包括孙中山的政治思想与理论体系、经济思想与社会主张、军事思想与战略战术，以及以上三个方面所蕴含的文化元素，更包括孙中山的文化思想、文化成果和人文遗产。"孙中山文化"的特质是，它是中国近代文化的灵魂，既领导和印证了近代中国甚至世界的文明进程，还将继续印证和引领当代中国和世界的文明走向。前者是它的历史意义，后者是它的现实意义，具有厚重的世界性、人类性价值。如此看来，"孙中山文化"概念的提出，其可贵之处是，走出了原有的纪念、研究的各种局限，一定程度上跳出了纯政治的框框，回到了其应有的人文本原，更丰富了内涵，扩展了外延，是一种极具价值的深化和提升。它的提出，有利于推动我们走出一直以来将孙中山纯政治符号化的僵化认识和误区，进而从人文和"大文化"的角度活化对孙中山资源的开发利用，转而从政治纪念、学术研究、文艺创作、产业利用等方面全方位地开展工作。

近十年来，中山市各有关方面对孙中山文化的交流和发展付出了艰苦和辛勤的努力，我个人也孜孜不倦地追求，抓住一切机会予以推介宣传。

最早是将一年一度对孙中山诞辰日简单的纪念活动，扩展为纪念周，第二年则改为文化周，第三年则策划创建成孙中山文化节，2016年更升级为全年的文化旅游节。与此同时，设立"中山杯"华侨文学奖，获得中宣部批准，填补了国内文学奖的空白。这个项目被列入广东省文化强省重点项目，至今已经办了四届，在国内外引起广泛影响。

我们还开始有计划地创作孙中山文化文艺作品。撰写了大型政论式报告文学《中山路》并获得国家级报告文学最高奖；拍摄了六集的大型纪录片《孙中山与华侨》《中山路》。参与史诗式电影和大型电视连续剧《辛亥革命》的拍摄；创作大型图书《中山装》；举办孙中山诗歌征文活动。2011年，为了纪念辛亥革命100周年，我创作了大型组歌《孙中山》，被翻译成英文、日文在国外交流，其中《世界潮流》被选为电视剧《辛亥革命》的主题歌，由奥斯卡音乐奖得主苏聪作曲、著名歌唱家廖昌永演唱，在中央电视台播出后，响遍中国大地；组歌更被广东省列为重点项目，组织五名作曲家谱曲，打造成大型交响组歌，先后在中国广州、中国中山、中国北京、马来西亚演出，并在央视全场播出，受到广泛好评。2015年，《孙中山》展开境外巡演之旅，先后在中国香港、吉隆坡演出后，12月份将由中央台办组织前往中国台湾演出。

在旅游产业和文化产业方面，中山市主动联系湘潭、广安，三地共同组织了"三大伟人"故居人文旅游联盟，受到国务院"红办"的表扬和推荐；规划建设了孙中山史迹径，倡议组织大香山旅游项目。我们孜孜不倦地推广中山装，提出"中山装，中山造"的形象广告，发动和支持企业家发展中山装服饰产业，至今已经有四家专业公司，市场遍布全国各地，中山装日益为社会各界接受和欢迎。

经过近十年的努力，孙中山文化研究领域不断拓展，相关历史文化资源的利用视角不断创新，力度不断加强，尤其是在交流合作的实践层面取得了良好成效，影响日益扩大。更为突出的是，孙中山文化的交流和发展，扩展到了经济社会和文化建设的方方面面，让中山市的知名度、美誉度和软实力大大提升，有效地提升了全球华侨华人的凝聚力。

2015年11月11日，我们会同民革中央孙中山研究会，联合《人民政协报》，在北京举行了纪念孙中山诞辰149周年暨孙中山文化专题研讨会，全国人大常委会原副委员长、民革中央原主席周铁农出席活动，并在总结讲话中明确赞成"孙中山文化"的提法，认为"孙中山文化"概念的提出是有依据的，是有道理的。他充分肯定了"孙中山文化"的独特意义，认为从文化的角度可以深化对孙中山的各种研究。他指出，研究孙中山文化要为"振兴中华"和"祖国统一"服务，这也是孙中山先生当年为之奋斗的目标。中山市身为伟人故里，对"孙中山文化"的发扬须发挥应有的作用，并对此责无旁贷。他建议对孙中山文化进行深入研究。要用科学严谨的态度，推动研究沿着正确方向发展，在孙中山诞辰150周年之时要有一个阶段性的成果，为孙中山诞辰献上一份微薄但充满心意的礼物。

"孙中山文化"概念是中山市提出来的，但仅仅由中山市来做则远远不够，因为孙中山既是中山市的，更是广东省的，是全中国的，甚至是全世界的。中国正处于近300年来实施"文化复兴"战略的最好时期，提高文化软实力十分急迫；两岸关系正面临一个新的历史时期；从"经济崛起"走向"文化崛起"的中国，需要用文化与世界架起沟通的桥梁，树立崭新的形象。所有这些，"孙中山文化"都为我们提供了一种重要的可能和途径，也就是说，"孙中山文化"是我们可资利用的一个重要、特殊而无可替代的文化品牌和资源。中国影响世界并受到广泛公认的伟大人物并不多，而孙中山是其中最重要的一个。从这个意义上讲，"孙中山文化"不仅是中山市的命题，也是广东的命题，是国家的命题，甚至可以说是世界性命题。

"国家命题"是怎样炼成的

——"孙中山文化"十年记略

时间过得真快，一晃就是十年了。

2007年，"孙中山文化"这一概念尝试着提出，2008年1月，中山市委、市政府颁布一号文件《关于加快推进文化名城建设的意见》，建设文化名城的核心内容是两个，一个是三年内成功创建国家历史文化名城，一个是建设"八大文化工程"。"八大文化工程"之首，就是"孙中山文化工程"。这说明了，"孙中山文化"正式成为中山市委、市政府的命题，"孙中山文化"成为中山这座城市的第一品牌。

为什么要提出"孙中山文化"这一概念？当时主要是注意到对于孙中山先生的纪念，重点是在两个方面：第一是纪念活动。每年的11月12日、3月12日，分别纪念孙中山先生诞辰和逝世。第二是学术研究。对于孙中山这样的世纪伟人，这样做是远远不够的，而且有很大的局限性，未能很好地深入到经济、社会、文化之中，没有融入老百姓的日常生活之中。而如果提出"孙中山文化"的概念，则有可能解决以上的问题。同时，在社会层面，在基层中，以文化的名义来做，也更加方便。

那么，什么是"孙中山文化"呢？2010年6月，我在中宣部怀柔培训基地培训，对此进行了初步思考，写出了《孙中山文化：一个重要的国家命题》一文，此文先后发表在《人民日报》（海外版）和《光明日报》上。我在文中这样定义"孙中山文化"：孙中山文化包含三个层面。一是孙中山的思想、主义、理论和精神；二是这个层面内容背后的文化元素；三是孙中山先生本身就是一个文化伟人，他的著作、演讲、书法和诗词都有极高的成就，是中华民族以至全人类的重要文化遗产。同时，提出"孙中山文化"不仅是中山市的命题，也是广东省的命题、国家的命题。

毋庸讳言，当初提出"孙中山文化"这个概念的时候，在行政层面和学术界是有不同看法的，这部分人主要是认为用文化的概念，是不是把孙中山做小了？

对于任何一个新生事物，有不同看法甚至是反对意见，都是十分正常的。其实，以"孙中山文化"这个概念来做，非但没有做小，反而做大了，因为文化的内涵和外延，比思想、主义和精神更广更深，用文化的名义，也会走得更远、更长久。

对于不同看法，我们没有去做更多的解释，更没有争论，而是沉下心来、低下身段来做实实在在的事情。

2011年是辛亥革命100周年，借这个机会，中山市提出了"行动是最好的纪念，发展是最好的继承"的口号，并且策划组织了"四大系列·十个重点·百项活动"，包括纪念活动、建设项目，范围包括与国家、省级的合作，与海外的合作。在纪念活动方面，从纪念日到纪念周，到孙中山文化节；在文化项目方面，举办了"中山杯"华侨文学奖、大型交响组歌《孙中山》演出、拍摄电影和电视剧《辛亥革命》；在实体项目方面，建设了孙中山史迹径和一系列城市建设工程，成功创建国家历史文化名城……通过以上活动和项目，大大促进了中山市的经济社会发展和城市建设，大大提升了中山市的知名度和软实力，"孙中山文化"开始发挥重要的作用。在此期间，中山市还积极主动争取国家和省级层面的重视和支持，将更多的活动和项目安排在中山市举行，还成功争取将孙中山文化节、"中山杯"华侨文学奖列为广东省文化强省重点项目，2010年的省政府工作报告明确提出要"弘扬孙中山文化"。以此为标志，孙中山文化正式上升为广东省的命题。

2016年11月12日是孙中山先生诞辰150周年，这又是一个重要的历史机遇，我们提前准备了一个宏大的策划。首先是发布了"六·十·六·十"的行动方案，即六大纪念活动、十大文化项目、六大实体建设、十大民生工程，范围同样包括国家级、省级、市级的合作，更扩大到了与海外的合作。这一年的活动和项目，国家和广东省对中山市更为重视，安排在中山市举办的活动更多、更重大，中山市也与国家的同频共振更为紧密、更为突出；我们组织了"孙中山文化"高铁行等富有创意的活动，组织大型交响组歌《孙中山》海外巡演等，这些大型文化项目的发酵作用凸显，在国内外引发了一股孙中山文化热。以翠亨村为原点、以"孙中山文化"为载体的翠亨新区成立并进入建设，翠亨村5A旅游景点成功获批；尤其是"十大民生实事"顺利完成，让中山市人民深切感受到"孙中山文化"带来的实惠和好处，深切体会到伟人孙中山的思想和精神的历史意义、现实意义和未来意义。我们还尝试了"孙中山文化"的物化和活化探索。比如推广中山装、设计孙中山徽章，在红木产品、灯饰产品中嵌入"孙中山文化"元素，将"孙中山文化"融进中山市的产业中，融进老百姓的日常生活中。通过一系列的活动和项目，中山市获得了一次大跨越、大发展，而孙中山先生的影响力也获得了一次高远的提升。

在此期间，我们也没有忘记对"孙中山文化"的总结、诠释和推介。2015年11月11日，我们借孙中山先生诞辰149周年，在北京与《人民政协报》、民革中央宣传部联合举办了孙中山文化专题研讨会，出席会议的有关领导和专家对"孙中山文化"这一理念及我们开展的一系列实践，给予了高度评价和充分肯定。最后，出席会议的全国人大常委会原副委员长、民革中央原主席周铁农说："我赞同'孙中山文化'的提法，这一提法是有依据和道理的。"然后他阐述了"孙中山文化"的含义，并提出了今后工作的建议和要求。从此，"孙中山文化"逐步上升为国家命题。

说到这里，我们其实可以给"孙中山文化"一个通俗易懂的定义：全社会都来关心、都来做与孙中山有关的事情，这就是孙中山文化。

任何一个新论点、新论题的形成，都会有一个逐步推进的过程。2014年9月24日，习近平总书记在纪念孔子诞辰2565周年的大会上的讲话中说："在带领中国人民进行革命、建设、改革的长期历史实践中，中国共产党人始终是中国优秀传统文化的忠实继承者和弘扬者，从孔夫子到孙中山，我们都注意汲取其中积极的养分。"我突然想起，毛泽东主席对于孔子，也是"从孔夫子到孙中山"这样表述的。这是简单的巧合吗？肯定不是的。为此，我用了一年多的时间断断续续进行了研究和思考，于2017年上半年写出了《从孔夫子到孙中山》一文，发表在《中国政协》2017年第23期。我理解，毛泽东和习近平两位领导人都这样表述，是因为孔子和孙中山是中华民族优秀传统文化两个最重要的标志性代表，一个是古代的代表，一个是现当代的代表。孙中山是一个政治伟人，他同时又是一个文化伟人，这两者加在一起才是完全意义上的孙中山。如此可见，"孙中山文化"这一提法是完全站得住脚的，是对孙中山纪念、研究和资源发掘利用的重要补缺，是对中华传统文化的一个重要贡献。

历史往往就是有如此多的机缘巧合。在中央和国家颁布的《粤港澳大湾区发展规划纲要》中，建设人文湾区成为重要的战略目标之一，其中明确指出要支持中山深度挖掘孙中山文化资源。以此为标志，"孙中山文化"正式成为国家命题。

第一辑

　　十年磨一剑，"国家命题"就是这样炼成的。

　　然而，这仅仅只是一个开始。对于"孙中山文化"，我们要做的事情太多太多了，我们未来的路还很长、很远……

"三味"中山

许多人喜欢中山,尤喜到中山享受美食,喜欢到中山购房居住,这是人所共知的。最近,一位北京的朋友对我说,他注意到一个很特别的现象,无论是香港人,还是澳门人,都对中山有一种特别的好感。原因是什么?可否三两句话回答清楚这个问题?

本人是新中山人,至今在中山生活了十多年,一直喜欢研究中山和中山人,并且很有一些个人心得,多数说法也得到了许多人的认可,但是,要用三两句话来回答这个问题,还真不容易。

然而这位朋友的问题,毕竟还是一个必答题,况且是一个非常有意义的问题。因此,两个月来,这个事情一直萦绕在我的脑海里,挥之不去。今天,就尝试着来答一答这个考卷吧!

2004年,我从珠海来到中山工作。这真是个人一种难得的缘分和福分,因为中山古称香山,当时的香山包括了珠海和澳门地区,我从珠海来到中山,其实是来到了香山的原点。早年我在珠海市香洲区工作的时候,曾经在自己名片的背后写下两句话:香洲,一百年前是中国从大陆经济大陆文化走向海洋经济海洋文化的缩影,改革开放后是中国从封闭经济封闭文化走向开放经济开放文化的窗口。后来，我回到市里工作，"香洲"两字就改成了"珠海"，而到了中山，自然就改成了"中山（香山）"，我确实是来到香山的原点。然而这两句话，如果拿来回答北京朋友的问题，其内涵还是不够全面的。

以往在珠海的时候，来中山的机会并不少，因此以为自己很了解中山，而真正到了这里工作生活，才发觉其实我对中山的认识极为肤浅。半年之后，我以自己的认知，给中山人说了一个"三个不"的段子："基层干部不愿意上调，领导干部不愿意上镜，民营企业不愿意上市。"这当然是从批评的角度来说的，是说现在的中山人目光不够远大，只重视脚踏实地，缺乏仰望星空。然而这批评却带着明显的"褒义"，因为"三个不"的核心精神还是对的，那就是"务实"，只不过是"务实"得有些过头了。随着时间的推移、时势的变迁，今天这"三个不"现象都已经发生了很大的变化，如果用它来说明中山的城市性格，已经不是很合时宜了。

随着我在中山工作生活的延续，我又对中山做了更为全面深入的分析，近年来形成了中山简介的个人版本，这也就是许多人都知道的"五句话"："中山（香山）——伟人孙中山的家乡、中国近代史的摇篮、咸淡水文化的中心、内外源经济的典范、正宗广府菜的鼻祖。"最后还有一个尾巴："子系中山郎，得志不猖狂。"正因为综合具备这些特别而重要的人文素质，中山人才创造出了"中山奇迹"。改革开放以来，中山人以广东省21个地级以上市最小的市域面积，创造了排行第五位、第六位的经济总量，形成了"五位一体"协调发展的"中山模式"，尤其是专业镇和集群产业发达，民营经济成为最重要的支撑，老百姓生活富裕和美。可以说，用以上五句话来概括中山，应该是很全面而集中的，但对于回答北京朋友的问题，却显得过于冗长繁杂，形象性也不足。

究竟要如何回答北京朋友的问题呢？

经过两个月的思考，我初步形成了这样一个想法：中山这座城市，或者这座城市的中山人，能够给香港人、澳门人以至更大范围的人那么特别的好感，主要是因为，中山人或者中山市有着"三种味道"，这里姑且就先称之为中山"三味"吧。

这个"三味"就是：最有人情味的中山、最有烟火味的中山、最有文化味的中山。

要说明这"三味"，无疑要花大量笔墨，在这里我试图用典型实例法来诠释它，希望能够形成足够的说服力。

先说说"最有人情味的中山"。其实，哪一个族群，哪一个城市，都有人情味，但中山人在对人慈爱、和善方面的确更为突出，她是一个真正意义上的博爱城市，最具代表性的，就是至今已经坚持了31年的"慈善万人行"。1988年，中山市以敬老、孝道为主题创设了慈善万人行，此后每年的元旦之后，全市各级各界，以至港澳台乡亲、海外华侨华人都为慈善万人行捐款，而后每年的元宵节都在市中心举行慈善万人行，全城行动，万人空巷，做成了一个规模盛大的慈善嘉年华，国内外观察团包括联合国教科文组织都前来观摩考察。至今，已经筹集资金近十五亿元，慈善事业做到了全国各地，获得了国务院的慈善奖。经过三十多年的积淀延伸，慈善万人行业已成为中山最具特色的城市精神文化品牌和新民俗，成为中山人民津津乐道的城市名片，成为广东乃至全国红十字运动的一面旗帜。这样一个城市，她的人情味能不浓厚吗？

再来说说"最有烟火味的中山"。毋庸置疑，哪一个人、哪一个城市都有烟火味，但偏偏中山的烟火味显得最浓。最具说服力的，就是中山人最讲究做菜，最讲究吃。有人说，中山菜，加上顺德菜，就是广府菜，如此，中山菜就应该是广府菜的鼻祖。中山人会做菜是出了名的，各式菜色做得出神入化。比如，1914年，中山的华侨将美国的良种鸽子带回来，与当地的鸽子杂交，培育出了石岐乳鸽，由此做出了石岐乳鸽这道佳肴，至今已经一百多年，成为中山闻名遐迩的第一菜，每年要生产500万只。中山人的吃也是出了名的，这里的人可以从早吃到晚，而且吃得多，且大都是家庭消费，是市民消费。想当初中央电视台纪录频道的负责人来到中山，《舌尖上的中国》这个选题就是本人给他介绍中山菜的时候确定的，第一个作为"舌尖"系列上央视播出的地方美食纪录片，也是我们中山的《味道中山》。俗话说民以食为天，中山人确实是真正把吃当作了天大的事情。试想，一个注重美食的人，一个注重美食的城市，一定是十分珍惜生命、注重生活的人和城市，同样也会珍惜他人、尊重其他城市。正因为热爱生活、珍惜生命，所以中山人忧患意识强而敢闯敢干，中山早已经是全民创业、万众创新，因此中山的民营经济占了地区生产总值的90%以上。他们还在三百多年前就开始漂洋过海、闯荡世界。这样的人、这样的城市，烟火味不浓才怪呢！

最后说说"最有文化味的中山"。中山有着典型的咸淡水地理，珠江八个出海口，有五个从香山地区流出，与南海，与伶仃洋、太平洋交融碰撞，由此产生了一种特别的咸淡水，也由此产生了咸淡水文化。中山（香山）人最早感受到海洋文化和蓝色文明，最早走出中国看世界，又最早从世界回望中国，因此这个地方才成为中国近代史和近代文化的摇篮。她摇出了一代伟人孙中山，摇出了以孙中山、郑观应、容闳、杨殷等为代表的一支伟大的队伍，摇出了以"三民主义""敢为天下先""盛世危言"为代表的伟大思想。从政治、经济、文化、教育、商业、军事、体育等各个方面，中山（香山）都出现了为近代和当代中国做出开天辟地式贡献的重要人物，从而使这个地区形成了极富历史标志性意义的香山人文。毛泽东主席和习近平总书记在谈到孔夫子的时候，都这样特别地表述："从孔夫子到孙中山……"孔子与孙中山，是中华优秀文化最为重要的两个代表，而作为国家和民族命题的"孙中山文化"，则是既代表了中华优秀传统文化，又因为吸纳融合了世界先进文明而更具未来意义。"孙中山文化"和香山人文，浸润和影响着今天的中山和未来的中山，全国最早获得联合国人居奖、改革开放早期珠三角的"四小虎"之一、首批国家文明城市、国家历史文化名城……无不生动而典型地诠释着这一切。诚然，由于地域的狭小，今后中山的经济总量排名也许会往后移，但中山的文化底蕴却不是那么容易超越的。财富可以有暴发户，却不可能出现文化暴发户；经济发展十年、八年可以实现大跃进，而文化的积淀，却需要两代人、三代人，甚至需要更长时间的努力才有可能实现超越。

人情味、烟火味、文化味"三味"，这就是我回答北京朋友的答案，不知道能否让他满意？当然，这只是我个人的体会，充其量也不过是"一说"而已，且不一定准确和全面，故而绝不敢代替任何人的看法，正所谓仁者见仁，智者见智。其实，每一个中山人，每一个来过中山的客人，心目中都会有一个自己的中山，都会有自己对中山的评价。包括北京朋友，相信他一定有自己很独到的答案，我倒热切地期待着能早日听到他的高见。

蔚蓝色的中山

每一个城市，都有她的城市底色。因为同在地球这一块土地上，所以有许多城市的底色是相似的，但若仔细分析，却总是能在这相似中发现各自的斑斓色彩、万方仪态，而最宝贵、最精彩之处，正是在这种千变万化，尤其是极致细微的差别之中。

我现在所生活的中山，她的城市底色是什么呢？

中山，是中国唯一以伟人名字命名的城市。无疑，孙中山、孙中山文化是这个城市的灵魂，也是这个城市最大的文化品牌。这是从人文的角度说。而从地理上说，中山古称香山，当时包括现在的中山、珠海和澳门，其最具特色的是咸淡水文化。珠江的八大出海口，有五个在香山地区，珠江水源源不断地从香山地区尤其是中山的广大地区缓缓流过，在南海与太平洋交汇、碰撞、交融。江水是淡水，海水是咸水，江海融合，就在这里形成了一种特殊的咸淡水。"一方水土养一方人"。江水代表的是大陆文化，海水代表的是海洋文化，如此就产生了一种特殊的文化：咸淡水文化。

由此，我曾经将中山的城市底色定位为"红黄蓝"三原色。

"红"，自然是"中国红"。中国红作为中国人的文化图腾和精神归依，其渊源可以追溯到古代对日神虔诚的膜拜。中国红吸纳了朝阳最富生命力的元素，太阳象征永恒、光明、生机、繁盛、温暖和希望。中国红是中国人的魂，尚红习俗的演变，记载着中国人的心路历程，经过世代承启、沉淀、深化和扬弃，传统精髓逐渐嬗变为中国文化的底色，弥漫着浓得化不开的积极入世情结，它象征着热忱、奋进、团结的民族品格。作为一个移民城市，作为有着广府、客家、福佬族群，以及新时期新移民群体的中山市，在血液里流淌着这种"中国红"，"红"自然成为这座城市的底色。

"黄"，则是黄土地所代表的中华传统文化。它是中华民族文化的根，是中华文明成果根本的创造力，是民族历史上道德传承、各种文化思想、精神观念形态的总和。中华传统文化是以老子为代表的道家文化、以孔子为代表的儒家文化作为主体，还有庄子和墨子的思想、道教文化、佛教文化等多元文化融通和谐包容的大体系。中华传统文化亦叫华夏文化、华夏文明，是中国56个民族文化的统领，流传年代久远，分布广阔，被称为"汉文化圈"。与"中国红"一样，广府、客家、福佬文化的根源，都是中原文化，以及中原文化与古越文化结合产生的新文化。新移民文化，更是对中华传统文化的无缝传承。因此，"黄"也是中山这座城市的底色之一。

"蓝"，就是蓝色，代表海洋文化。海洋文化是和海洋有关的文化，是源于海洋而生成的文化，也即人类对海洋本身的认识、利用和因有海洋而创造出来的精神的、行为的、社会的和物质的文明生活内涵。海洋文化的本质，就是人类与海洋的互动关系及其产物。如海洋民俗、海洋考古、海洋信仰、与海洋有关的人文景观等都属于海洋文化的范畴。

中国的土地面积是九百六十万平方公里，海洋面积为三百万平方公里左右。五千年文明产生了伟大的中华文明，其中包括以汉文化为代表的传统文化，也包括了最早走在全人类前面的海洋文化。从国土面积和分布情况看，国内城市的底色，大多与"红""黄"有关，与"蓝色"有关的城市则是少数，而且都在沿海地区。

而中山，就是这少数中的佼佼者。在红黄蓝三原色中，中山的蓝色底调更为丰富、更为特别、更为显著。因此，我认为中山最重要的城市底色，应该是"蓝色"，而且应该是浩渺海洋的那种"蔚蓝色"。

远古香山，因海而生

因为近海的缘故，据考证，新石器时期这里就已经有人类居住了。这里所发现的沙丘遗址和出土的文物，都有海洋文明的印证和特点。远古时期，香山地区均为珠江出海口和南海之滨的一些散落海岛或群岛。秦汉时期开始，这里的先民就与海洋有着千丝万缕的关系。秦汉以来，尤其是宋、明、清时代，香山就是海上丝绸之路的重要节点，以十字门为标志的澳门，更在清代后期替代广州闪耀出海上丝路最后一段的辉煌。

而在沿革上，香山在南宋时期之前，属东莞县辖。南宋绍兴二十二年（1152），因为多为海岛，交通和管理极不方便，以原香山镇为基础，又割南海、番禺、新会三县滨海地，建立了香山县。当时的香山县，包括了现在的澳门、珠海。随着时空的变迁，澳门、珠海先后从香山分离出去了，因为伟人孙中山的缘故，香山县也改名为中山县。当然，这都是后话了。今天的中山，虽然原来的浩瀚海洋已经因珠江的千百年淤积成为1800平方公里的土地，让人们难以想起以往的烟波浩渺，然而，当你走进这座城市的每一个角落，当你仔细翻阅这里许许多多的地名，你都很容易找到当年海洋的各种印记。

因海岛而建县，这在中国是极少的，在当时也许是唯一的。

因此，我们绝不能因为拥有了今天这一片广阔、坚实、肥美的土地，而忘却了曾经的汪洋、曾经的沧桑，无视远处的蔚蓝、远处的召唤。

近代香山：因海而名

因为近海的缘故，香山地区历史上出现了两个特殊的群体，他们对中国产生了十分重要的影响。

第一个群体叫作华侨。大概在一千年前左右，香山就开始有人到东南亚地区创业，到了清代中后期，进入高潮，并逐步覆盖到了北美、南美地区。一代一代的华侨筚路蓝缕、含辛茹苦，以勤劳、鲜血以至生命给当地的开化开发做出了巨大贡献，又为家乡和祖国带来了财富。改革开放之后，他们成为中国进步发展最早的投资主力和慈善主力，给家乡和祖国带来了许许多多先进的理念和文化。目前，香山在海外的华侨华人已近100万人。

第二个群体也与第一个群体有关。因为华侨，香山人最早睁眼看世界，因而产生了以孙中山为代表的一个个伟大的人物，比如第一个留美学生容闳，他促成的官派留学，造就了许多精英分子。比如郑观应，他的商战思想深刻影响了孙中山、毛泽东；比如杨匏安，他在全国最早介绍翻译了《共产党宣言》……香山为中国贡献了政治、经济、商业、教育、文化、军事等各个方面的伟大队伍。这些伟大的人物，这个伟大的队伍，更为中国提供了伟大的思想，这就是以孙中山推翻帝制、振兴中华、民主共和、三民主义为核心的思想。从这个意义上讲，孙中山以及孙中山文化，是中国海洋文化最典型、最杰出的代表。

因海而兴，香山成为中国近代史、近代文化的伟大摇篮，成为中国最早提出"中国梦"的地方。

当代中山：向海而兴

说到这里，我们要将"香山"改为"中山"来叙述了。

因为近海的缘故，即使在兵荒马乱的年代，中山也能享受到海洋的好处而比内陆地区日子过得好一些。1929年前后，中山还曾经是全国的模范县。即使在闭关锁国、"三年困难"时期，因为河网纵横，渔产丰富，加上骨子里透出的睿智和勤劳，中山人的生活也不至于衣不蔽体、民不聊生。中山，真是一个福地。

虽然世纪伟人邓小平为经济特区画圈的时候，没有将中山划进去，但聪明的中山人却巧妙地借助近海的优势，借助与珠海经济特区水陆一体、同文同脉的优势，还是将中山建设得风生水起。不久，中山以沿海开放城市的名义完全融进了改革开放的洪流。深谙务实而不保守、开放而不张扬、创新而不浮躁咸淡水文化内核的中山人，以广东省21个地级以上市中最少的土地，创造了全省第五位、第六位的经济总量，成为经济、政治、文化、社会、生态"五位一体"发展的典范，创造了独特的中山模式、中山奇迹，适宜创业、适宜居住、适宜创新，政治清明、经济发达、百姓富裕、社会和谐、生态优美。在改革开放、市场经济的蔚蓝天空下，孙中山的民生思想在1800平方公里的土地上开枝散叶、根深叶茂，老百姓的脸上洋溢着无比幸福的笑容。幸福中山，和美中山，信然！

今天的中山，是离"中国梦"最近的地方。

未来中山：向海而盛

因为近海的缘故，经过三十多年的改革开放，中山可谓是沧海桑田、翻天覆地。然而，中山主要经营的依然还是大陆经济、大陆文化，充其量也只是江河经济、江河文化。

21世纪是海洋的世纪，中山，你准备好了吗？

公元2011年，是辛亥革命100周年。沐浴着新一轮改革开放春风、浸润着海洋文化灵魂——孙中山文化的中山人民，再一次将目光投向了壮阔的海洋。

就在这一年，以翠亨村的名义，以孙中山的名义，一个叫翠亨新区的战略应运而生，中山强势迈出从江河时代走向海洋时代的步伐。以翠亨村为地理和人文原点，20公里方圆起步，50平方公里中期、230平方公里远期规划。依托孙中山伟人故里独特的人文优势，围绕城区扩容提质，坚持"科学谋划、从容开发、乘势推进、打造精品"的总体要求，按照"文化引领、生态优先、产城融合、智慧创新、和谐善治"的发展理念，优化城市功能布局，推动产业转型升级，努力将新区建设成为海内外华人共有精神家园探索区、珠三角转型升级重要引领区、珠江西岸理想城市先行区、科学用海试验区。依托"九峰环抱、七水汇集"的生态基底，采取"双轴驱动"的空间发展策略，形成"一湾（逸仙湾）、两轴（新区城市发展轴和滨江景观轴）、两带（滨海森林景观带和五桂山生态景观带）、多组团（新区核心组团、国际旅游组团、转型示范组团、先进智造组团）"的空间发展布局。突出植被茂盛、水系丰富的特色，加大绿化造林力度，实现森林围城、森林进城，形成"青山翠林衬城、碧水绿道融城"的生态格局，将翠亨新区打造成为世界一流的最宜居、最低碳、最现代化的滨海新城。

蔚蓝色的天空，蔚蓝色的大海；蔚蓝色的人文，蔚蓝色的蓝图。

向海而强的中山，向海而盛的中山，呼之欲出。

在建设21世纪海上丝路的逶迤行列里，中山，正怀抱着大海的梦想，走向更加辽远、更加壮美的蔚蓝色。

人文中山

在珠江口的西南岸，有一座巍峨的山峰叫五桂山。它纵横五百里，俯瞰太平洋，是珠江三角洲西岸最高的山峰之一。传说五桂山自古多奇花异木，尤多桂树、沉香，故人称五桂山。在五桂山的东麓脚下，有一个小小的山村叫翠亨村。可别看这个小村很不起眼，却出了个了不得的人物，他就是一代伟人、中国民主革命的先驱者孙中山。1925年，为了纪念他，人们就将这个地区改名为中山。

在此之前，中山市的名字叫香山。虽然中山与周边地区一样，从新石器时期就有人类在这里活动了，但它真正作为一个行政性的地区而列于中国一千多个县治之林，却是在1152年才开始的。香山汉朝时属番禺县，晋以后为东官郡，唐代以后为东莞县地。南宋绍兴二十二年，始置香山县。为什么叫香山？据考证也是由于五桂山的缘故：五桂山的各色花卉香飘百里，使得这个地方闻名遐迩，香山的名字也就应运而生了。

与中华文明的发祥地中原地区相比，香山可真是年轻啊。然而古老有古老的沉重，年轻有年轻的活力。你怎么也想象不到，这个既年轻又远隔中原千里的地方，在经过六七百年的历史后，竟然成为中国近代和现代史中的重要肇始地区之一。从

19世纪中叶开始，这个"海近皇帝远"的香山县，竟然涌现出了一大批在中国近代和现代史上扮演过重要角色和发挥过重要作用的人物！世纪伟人孙中山就不用说了，还有那么多的买办和民族资本家，如徐润、唐廷枢、莫仕扬、徐渭南，中国"四大百货"的创始人郭乐、郭标、郭泉、郭葵、郭琳爽、马应彪、蔡昌，撰写《盛世危言》的郑观应，中国最早的留学生容闳、郑玛诺，发明四角号码的王云五，中华民国第一个内阁总理唐绍仪，清华大学第一位校长唐国安，著名政治领袖苏兆征、杨匏安、林伟民、杨殷，文化名人苏曼殊、郑君里、古元、阮玲玉、吕文成、萧友梅……从政治、经济、社会至文化艺术，真可谓群星璀璨、光彩夺人，他们的光辉不仅照亮了香山的天空，而且照亮了整个中国的天空。据统计，收进《辞海》中的香山人物竟达29人之多！怪不得有人这样说：一百多年前，香山是中国从大陆经济、大陆文化走向海洋经济、海洋文化的缩影。

是的，近二百多年以来，由于地缘的特殊，香山得以开风气之先；由于人缘的缘故，香山又得以领风气之先。香山在中国的近代和现代史上写下了浓墨重彩的一笔，与其他一些地区一起，以一种崭新的蓝色文明，打开了中国的窗口，引领了中国的开放。在这期间，香山也曾经有过痛苦而难堪的记忆：18世纪中叶，世界上第一个海上强国葡萄牙，循着中国人发明的指南针，拿着利用中国人发明的火药技术制造的枪炮，强行夺走了历史上属于香山区域的澳门。这朵美丽的"荷花"，在漂泊了一百多年后，于1999年12月20日才回归到祖国母亲的怀抱，成为中华大地上第二个特别行政区。虽然因为一百多年的殖民统治，澳门到处都留下了殖民文化的印记，但在她的灵魂深处，人们还是可以感受到香山人文的浓厚气息。除了澳门特别行政区外，香山还繁衍出了另一个特区——珠海经济特区。1979年，当中国的国门第二次向世界敞开的时候，邓小平在那个特殊的春天所画出的"圈"，幸运地包括了历史上属于香山区域的珠海县。改革开放的春风，再一次使珠海，包括作为沿海城市的中山再一次得风气之先，进而再一次领风气之先。近三十个春秋过去了，这两个地方都经历了沧海桑田、翻天覆地的蜕变。香山，再一次成为中国从封闭经济、封闭文化走向开放经济、开放文化的窗口。

今天的中山，从来没有这样美丽过，从来没有这样可爱过，从来没有这样充满活力过。1800平方公里土地，250万常住人口，本地生产总值超过1000亿元人民币，人均达5000多美元，城市居民人均年收入18000多元，农民人均年收入9000多元。这寥寥几个然而又是极具说服力的数字，有力地证明了中山市已经进入中等发达国家水平。在3000多亿元的工业产值中，外资、民资各占半壁江山，老百姓创业致富、勤劳致富、务实创新精神蔚然成风；全市24个镇（区），国家级产业基地23个，省级专业镇12个，国家、省级名标名牌和国家免检产品342个，是全国产业集聚最集中、最具产业活力的地区。按照一般人的看法，中山的工业如此发达、如此强大，那这个地方一定是烟囱林立、乌烟瘴气了。事实并不是这样的，虽然问题依然不少，但中山的天空是蔚蓝的，中山的空气是清新的，五桂山总是青翠如黛、香飘四季，石岐城总是绿树成荫、五彩缤纷。中山的城乡是那样整洁漂亮，中山的道路是那样宽阔笔直；中山，总是那样充满诗意、那样充满希望！请看看这一块块充满想象空间的金字招牌吧：联合国"人居奖"、国家环保城市、国家旅游城市、国家卫生城市、国家双拥模范城市、国家"长安杯"、国家科技进步城市、首批全国文明城市、广东省教育强市、广东省经济社会协调发展示范市……这一份份金光闪闪的荣誉，凝聚了中山人多少的辛勤和智慧，诠释了中山人多少的内涵和特质，昭示了中山人多少的企盼和追求，彰显了中山人多少的成就和辉煌！

中山，真不愧是文化底蕴深厚、人文特色独特的圣地。只要心里愿意，中山人就连毫无生命力的石头，也可以做出文化来。2007年初，广东省首次评选工业旅游企业，十家中竟有两家是中山的企业，它们分别是百年老店咀香园和近几年才办起来的伊泰莲娜首饰工艺公司。它们既是典型的工业企业，又是文化味十足的旅游热点。其实，岂止是这两家企业？在中山，不管是小榄镇的小五金、古镇镇的灯饰、黄圃镇的腊味，还是沙溪镇的休闲服、大涌镇的红木家私、三乡镇的仿古家具，还有绿色食品如三角镇的水鱼、东升镇的脆肉脘，它们除了是鼎鼎有名的产业外，周身也散发着浓厚的文化味道。它们是中山制造，是中山创造，也是中山文化。勤劳而聪慧的中山人创造出了这些产业，让自己过上了富裕殷实的日子；中山人更通过这些产业创造了自己的文化经济和经济文化，让自己的胸襟更加宽阔、眼光更加辽远。

中山的文化味道，更蕴藏在那星罗棋布的景点中，蕴藏在纵横交错的江河田野上，蕴藏在男女老少的血脉传承里。在民众镇的岭南水乡，水乡人家的日常起居、婚嫁好事的传统习俗历历在目；南区古老而现代的詹园，将中华传统中大大的"孝"字写上了广袤的天空；而坦洲镇那缠绵悠远的咸水歌，总是飘荡出疍家人热烈执着的爱情；小榄镇那漫天遍野的菊花，既让人忆起八百多年的悠久历史，又让人感受到浓烈的现代气息；黄圃、南朗镇那神秘而热烈的飘色，在一幅幅鲜艳陆离的旌幡中飘出了中山人丰富多彩的生活；西区长洲那独具特色的醉龙，总是让舞者和观众一样醉倒在一片馥郁的酒香中……如果走进中山城区的深处，许多人一定还会在那一条清末民初特色的长长的步行街上、在展示香山近代商业史的商业博物馆里流连忘返，然后，随便找一间酒家或者大排档，抑或哪一间雅致的茶庄，悠闲自得地享受作为广州菜始祖的中山美食。更多的人选择来到那被称为中山人母亲河的岐江河边，边享用中山的种种美食，边欣赏两岸色彩斑斓的美景，接受岐江河温馨的滋润。晚饭后，人们是大可不必急着离开的，中山那五光十色的夜生活在等着人们尽情消遣呢。而痴迷风雅的人们也不用担心，斥资6亿元人民币新建的、占地近7万平方米的中山文化艺术中心，几乎每天晚上都会向人们奉献上高水平的文艺节目。如果运气好的话，说不定还会碰上马友友、李云迪或者郎朗与哪一个国际级乐团合作的音乐晚会呢。当然，也有些更了解中山而又耐得住性子的人，他们总是选择元宵节来到中山，参加每年一届的"慈善万人行"。自1987年以来，每到这个日子，成千上万的中山人就会聚集在一起，先是表演各种节目，而后是载歌载舞一同巡游，沿途一路筹集善款。这个时候的中山，一定是万人空巷、满城欢歌。在这个节日里，还会有国内外的一个个旅游团，更有中山的一些老朋友，他们或是单个单个地来，或是呼朋唤友三五成群地来，总是对人骄傲地自称为中山人而出现在游行队伍之中，用自己的身心去感受中山人、感受中山的文化。这项已经坚持了20年的活动，其实是以慈善的名义，集中体现中山人的开放、博爱、兼容、和谐精神，全面地展示中山的人文传统和民间艺术的一个盛大的节日，更已成为中山的一个城市品牌，成为中山的一种文化。

如今，中山在建设经济强市的同时，又正式提出要建设文化名城了。这是一种人文回归，一种人文呼唤，一种人文勇气，更是一种人文提升，说明中山已经迈进了一个新阶段，一个以文化为标志的高级阶段。曾经孕育出在近代史上引领中国的以"开放"为标志的香山人文的中山，将高擎前人那熊熊的薪火，继往开来，再创辉煌，向世人展示出一个崭新的靓丽形象。

啊，中山，总是那么让人充满向往、让人充满憧憬、让人充满豪情、让人充满期望！

中山人的世博缘

　　由中国第一次主办的第41届世博会于2010年5月1日在上海举行，这已经是人所共知的重大事件。但是，不知道你知不知道，早在117年前，其实就有人预言了这个事情。中国有一个著名的维新思想家叫郑观应，在他那部公元1893年写成的《盛世危言》中，他曾明确提出在中国的上海举办世博会的主张。

　　许多人都知道中国的茅台酒与世博会的著名故事。那是1915年在美国举办的巴拿马世博会上，眼看着酒类的评比就要结束了，代表中国参展的茅台酒却无任何人问津，中国的代表急得在现场大力摔破了一瓶茅台酒。没想到奇迹发生了，那馥郁的芳香，一下子熏醉了所有的评委，大家一致给茅台酒投票评了金奖，茅台酒由此名扬天下。于是，也就有许多中国人知道了世博会，如今的许多人更由此以为这是中国第一次参加世博会。

　　然而历史的事实却是：早在近160年前的第一次世博会，也就是伦敦万国世博会，就已经有中国人参加。这个人叫徐荣村，他设法让浙江湖州的"湖丝"参加了展览，还一举获得了金奖、银奖。

　　不知道是历史的巧合，还是历史的必然，第一次参加世博

第一辑

会、第一次提出在上海举办世博会，这两个世博会的中国"第一人"，竟然都是"香山"人，也就是今天的广东中山人！这确实太让人不可思议了！这其中究竟有什么奥妙？

香山，习惯上都认为是现在的中山市。而历史上的香山县，始建于1152年，其范围包括现在的中山、珠海和澳门；1925年，为了纪念孙中山先生，香山县改名为中山县。

香山确实是一方非同一般的水土，源远流长的珠江和广渺浩瀚的南海在这里汇集交接，大陆文化和蓝色文明在这里碰撞融合，培育出了一种兼具内敛和开放的文化。随着时间的推移，大概在300年前左右，这里走出了两支人马，一支溯珠江而上，到了上海、天津等地，参与当地的开埠发展；另一支则顺南海远渡重洋，到欧美西方游埠求学，或迁移南洋投资创业。中国第一个留学欧洲的学生，就是香山县公元1645年去英国的郑玛诺；第一个留美的学生，是公元1847年进入耶鲁大学的容闳，他后来促成了清朝政府的大批公派留学生，而这些留学生后来多数成为推动近现代中国发展的中坚力量。在上海、天津等地的香山人，则在政治、经济、文化等方面都出现了大批杰出人士，尤在经济方面表现突出，出现了以唐廷枢等为首的中国第一批洋买办，而以"四大百货"为代表的"香山商帮"则开创了中国的百货业。当然，人们一定不会忘记，在星罗棋布的香山名人中，更有一代伟人孙中山、维新派启蒙思想家郑观应等。

当时曾经有一个叫徐荣村的香山人，他早在道光中期就来到了上海闯荡并发了迹。1851年，第一届世博会——万国博览会要在英国伦敦举行。这个消息传到中国时，正逐步沦为殖民地半封建半的中国清朝政府根本无暇顾及什么博览会，而大多数国人甚至还沉浸在天朝上国的迷梦中，或对外界一无所知，或不屑一顾，但徐荣村却以他如炬的目光敏锐地捕捉到了这个千载难逢的历史机遇。他迅速精选了12包"荣记湖丝"从上海紧急运往伦敦参加博览会。与茅台酒的遭遇相似，开始的时候也由于样品包装粗糙而广受冷遇，但最终人们却发现了来自原产地的"荣记湖丝"的非同小可，所有评委一致认为"上海荣记的丝绸样品充分显示了来自桑蚕原产国的优秀品质"，于是，"荣记湖丝"一举获得金奖、银奖，受到英国维多利亚女王颁奖并许诺"湖丝"可以进入英国市场。就这样，徐荣村以他个人的、民间的名义参加第一届世博会，创造了他个人的世博史，也创造了中国的世博史，为发展中国近代民族资本主义工商业做出了不可磨灭的贡献。他当然不会预料到，当他的祖国、他参加伦敦世博会的出发地——上海第一次申办世博会时，他一百五十多年前这一行动，竟然起了十分特殊而重要的作用。与以往任何一届世博会一样，中国上海参加的第41届世博会主办权的竞争也空前激烈，当2002年底投票前的冲刺关头，徐荣村的后人徐希曾提供了徐荣村参展伦敦世博会获奖的证据，经过上海市图书馆学者查找资料并经巴黎世博局考证后，予以确认。这既让中国人欢呼雀跃，也让世博局的官员震惊不已，最终心悦诚服地将主办权的票投给了上海。

2010年5月1日，第41届世博会终于在中国的上海举行了，离郑观应的预言也已经过去了117年！郑观应是清末维新派代表人物兼实业家，早年在太古轮船公司任买办，受李鸿章委托，他先后担任上海机器织布局总办、上海电报局总办、轮船招商局总办、开滦煤矿粤局总办等职。1893年，他历经10年写成了以著名的"商战"思想为核心的《盛世危言》，书中《赛会》一章，郑观应具体叙述了从英国伦敦开始的万国世博会，到后来的巴黎、维也纳、费城、东京世博会的情况，特别介绍了当年（1893）在美国芝加哥举行的世博会，并阐述了举办世博会的重要性，认为世博会可以使"民之灵明日辟，工艺日精，物产日增，商务日盛"而"利国利民"。由此，郑观应明确提出了在上海举办世博会的主张，因为"上海为中西总汇，江海要冲，轮电往还、声闻不隔"。

　　据考证，这是迄今为止所发现的最早主张中国而且是在上海举办世博会的实例。与奥运会一样，举办世博会是一个国家全面展示自己昌盛国力的骄傲行动，各国均十分看重而举全国之力竞争，但在那时的中国，这种行动只能是包括郑观应这些仁人志士一个缥缈的梦想而已。在新中国成立之后，尤其是改革开放30年后，正在强盛起来的中国，才真正圆了中国人这个做了一百多年的美丽梦想。

　　今天，中山（香山）人与世博会的情缘因2010年上海世博会而将继续着美妙的故事。在世博会城市最佳实践区，中山市积极争取到了一千五百多平方米的展区，并将以"慈善·博爱——让城市生活更美好"为主题，通过动态和静态结合现代手段，充分展示中山市一项坚持了二十多年的全民慈善行动——"慈善万人行"，还将展示中山独特的民俗和人文，展示中山（香山）与上海、与世博会的历史渊源。与此相呼应，中山市目前更启动了"中山人在上海"大型人文项目，与上海的有关方面合作，从新闻、文学、社科、影视等方面，全方位追踪、探究和展示中山与上海、与世博会的渊源。相信到时，将有更多尘封的故事被挖掘出来，有更多惊人的美丽重见天日，有更多感人的情谊续写出奇迹和辉煌。

中山路，在我们脚下延伸

有人说，在中国，有多少城市就有多少中山路。此言也许有夸张的成分，但借由"中山路"所承载的对于孙中山精神的景仰和铭记，却必定是国人心中分量最重的交集之一。

曾经有有心人专门统计过，全国包括台湾的城市纪念孙中山的道路326条，其中定名为"中山路"的就有187条。从上海那条环绕老城区的全国最长的中山路，到海口的全国最短的中山路；从南京市中心呈"丁"字形的中山路，到广州分为一路到八路、横贯城区东西的中山路——这一条条中山路，记载着人们对一代伟人的怀念，绵延着中国人的集体记忆，也见证着国家的变迁和崛起。

在中山先生的故乡广东中山市，历史上并没有中山路，而独有以先生名讳而命名的"孙文路"。改革开放以后，城区急剧扩大，中山终于有了一条贯通全市、宽阔漂亮的"中山路"，同时，还修起了通往翠亨村的"逸仙公路"。近几年，更建设了一条现代化的博爱路。中山的中山路，如同不断延伸的诗行，刻画着这一座城市的成长与发展。

新时期的中山发展之路，可以说是从城南罗三妹山上那条弯弯曲曲的山间小路起步的——24年前那个春天的清晨，邓小平就是在这条山路上意味深长地说出了一句"不走回头路"。这句百折不回的改革誓言，是留给中山人，也是留给中国人宝贵的政治遗产、精神遗产和文化遗产。

经过改革开放30年，特别是升级为地级市20年的发展，今天呈现在世人面前的中山，清新美丽，生机盎然，五桂山锦屏铺展，岐江水清幽绵长。曾被称为"铁城"的中山，既拥有金色财富，又拥有绿色财富，被人们誉为经济社会协调发展的示范市，成为一座既适宜创业又适宜居住的文明和谐幸福之城。

事实上，与珠江三角洲其他地区相比，中山的自然资源并不占优势，没有机场，港口也不大，土地面积全广东倒数第二位，只有1800平方公里，发展基础远比周边一些曾经是"行署"的地区差。然而，中山却创造了奇迹——以占广东省1%的土地面积、2.7%的人口，创造了占全省4%的生产总值，以1200多亿元的地区生产总值居全省21个地级以上市的第五位。更令人称羡的是中山人的富足：常住人口人均生产总值达5000多美元，户籍人口人均生产总值接近1万美元，城镇居民人均收入逾2万元，农村居民人均纯收入突破1万元，已基本达到中等发达国家水平。

改革开放30年，中山与全国有着许多相似之处，走过了全国许多地区，尤其是开放地区所走过的道路，并创造了为数不少的全国第一。更可贵的是，当我们回首中山的发展之路，当我们仔细地回味咀嚼，却发现中山其实有着许多十分独特的地方——以下几个关键词，犹如一座座里程碑，巍然矗立在长长的中山路上：

——"侨心回归"。作为著名侨乡，中山早在清代就有人出洋谋生，目前中山人旅居世界五大洲87个国家和地区，人数超过80万人。改革开放之初，当时的中山市委、市政府出台措施，千方百计落实华侨政策，毅然组织大型恳亲会，1989年举行的"中中"同学联谊会，更成为当年中国华侨界轰动一时的

"十件大事"之一。这些当时在全国罕见的具有前瞻性的举措，如磁石般吸引着千百万颗侨心回归。侨心拳拳，回报桑梓，他们或投资办厂，或联络招商，或捐资做福利，30年间，海外同胞已经为中山捐资近20亿元。广大华侨为中山的经济建设做出了特殊而重大的贡献，为中山的发展迅速积蓄了启动和起飞的强大动能。

——广东"四小虎"。19世纪80年代中后期，中山的乡镇企业、集体经济全国有名，后来发展到市属企业"十大战舰"。其时，中山与顺德、南海、东莞同列广东"四小虎"。随着市场经济的发展，国有经济、集体经济的弊端逐步显现，中山人再一次解放思想，改制"十大战舰"，毅然把它们推向市场。一次凤凰涅槃，换来"满天星星"——目前，中山的民营企业占据经济份额的半壁江山，外资企业超过40%，产业集群擎起了经济的脊梁。以非公经济为主体，全民创业，既激发了民间的创造力，也让财富为民所享。

——联合国人居奖。早在1997年，中山就捧回了联合国人居奖，据说在全国是第一家。在经济发展到一定程度之时，中山在现代化过程中已经注意到城市建设、人居环境的重要性。"民生的最高境界就是宜居城市"，中山人的眼光在全国相当超前。于是，我们看到，造船厂搬迁后，岐江边地价高昂的黄金地段，被改造成了别致的城市公园和美术馆。映衬着高级酒店闪烁的霓虹，这一片宁静的绿草老树，让市民安闲漫步。不管是老城，还是新区，整个中山都在繁花似锦、满眼绿色的花园簇拥之中。

——"中国十大最具幸福感城市"。幸福是民生之本，中山一直注重民生建设，放权让基层充分发展，专业镇、产业集群纷纷萌芽、壮大，中山民营经济的"满天星星"，跟老百姓血脉相连。同时，中山率先推行全民社会保障，"十大民生工程"、连续走了21年的"慈善万人行"，成千上万的志愿者，都让这座城市充满博爱、充满温情、充满安全感、充满幸福感。

　　——全国"文明城市"。位列全国首批"九大文明城市"，是中山经济社会发展的一个综合体现。"文明城市"立足精神文明建设，实际上考量的是经济社会发展的方方面面。这就像中山街头常见的大榕树，眼见的是繁茂葱绿的枝叶，大家都知道它来自地下不断伸展、日益扎实的庞大根系。

　　——"科学发展、六大战略"。2007年，中山市委、市政府提出了建设经济强市、和谐中山、宜居城市、法治社会、文化名城和社会主义新农村建设"六大发展战略"。任重道远，不辱使命，"六大战略"再一次体现了中山人的思想解放、敢为人先，体现了孙中山所主张的世界眼光、人类理想，体现了中山正在全面落实科学发展观，在经济社会协调发展、可持续发展的路上大步迈进。

　　六个关键词，串起了中山30年不平凡的发展历程，串起了中山30年的沧海桑田，串起了中山30年的成就与辉煌。30年的改革开放，那些激情和创造，那些反思和再出发的勇气，在中山的发展之路中体现得如此鲜明、如此淋漓尽致！而今天，在科学发展的崭新道路上，中山更值得期许，更充满希望：中山，已经具备高瞻远瞩的眼光，已经饱蓄继续跨越的力量。

　　中山路，一直在我们脚下延伸；中山人，一直在中山路上前行。

我的中山情缘

2004年初春的一天，我与家人又一次来到了翠亨村。此前不久，我得知组织上要将我从珠海特区调往中山市工作，因此赶在报到前来瞻仰伟人故居。天气晴朗清明，翠亨村鸟语花香，走在宁静的村道上，总觉得处处都可以感受得到伟人与太阳一样温和的目光。我在心里想着，从今天开始，我，以及我的家人的生活和命运，就和孙中山先生紧密结合在一起了。

这是一种十分荣幸而难得的缘分。冥冥之中，这种缘分似乎在此之前就出现了"预兆"。2003年10月，广东省发布了建设文化大省的决定，2014年春节前，我邀请省里几个文学名家来珠海，举行了一次文化沙龙，探讨文化大省建设的路径问题。2月底，我根据这一次沙龙的发言，整理成《广东离文化大省有多远》一文，刊发在《羊城晚报》。文章首次提出了"香山人文"这个概念，提出以孙中山为代表的香山人文充分说明了中国的近代史始于广东，广东的近代史始于香山；一百多年前，香山是中国从大陆经济、大陆文化走向海洋经济、海洋文化的缩影，改革开放后，香山是中国从封闭经济、封闭文化走向开放经济、开放文化的窗口；开发和利用香山的人文历史资源，有着十分重要的现实意义和深远的历史意义。从以上意义来讲，"百年香山人文"包括孙中山品牌应该成为广东文化的一个重要品牌。始料未及的是，这篇文章竟然在《羊城晚报》上引发了长达两个月的大讨论。

首倡"孙中山文化"广受认同

到中山的最初几年，我担任组织部长，与人文历史关系不大，因而与孙中山这个主题联系不多，但我还是尽可能做一些事情，创作了少量的孙中山主题诗歌，发表的散文《香山梦寻》分析阐述了孙中山以及香山人文在中国历史中的地位和作用，面对如此丰厚的资源，我们却认识、总结、宣传得非常不够，更未能很好地利用。这也是在中山第一次出现的反思本土人文历史的文章，引起了各方面的关注。不久后，中山市对香山人文作为一个文化工程进行了重点总结和推介，我这篇文章估计起了一定的作用。可惜的是，香山人文工程没有将孙中山作为核心和旗帜来做，其成效和影响自然受到了制约。

2007年，我转任宣传部长，研究和宣传孙中山成为理所当然、责无旁贷的分内事。我发现，中山市竟然还没有拿到国家历史文化名城的称号，因此建言新一届市委要建设文化名城。这一任务无疑也就落到了我这个宣传部长的身上。我率团前往毛泽东、邓小平等名人故居参观学习，牵头策划组织了"二十世纪三大伟人"故居文化旅游联盟，后来得到了国务院"红办"的表彰和推荐。参观回来后，草拟了《中山市加快建设文化名城的意见》，以市委、市政府决定形式颁布。《中山市加快建设文化名城的意见》提出了两大战略目标，一个是建设"八大文化工程"，另一个是三年内争取国务院颁发"国家历史文化名城"称号。"八大文化工程"包括孙中山文化工程、历史文化工程、产业文化工程、民俗文化工程、公共文化工程、博爱文化工程、"三名"文化和生态文化工程。其实，从内容上说，孙中山文化是完全可以列进历史文化工程中去的，但我们经过认真考虑，还是将它单列出来，而且放在第一个。作为孙中山的家乡，作为全国唯一一个以伟人名字命名的中等城市，理应将孙中山和孙中山文化作为第一品牌。

什么是"孙中山文化"？在我看来，孙中山既是一个政治符号，也是一个精神符号、文化符号，孙中山既为我们留下了重要的政治遗产，也为我们留下了宝贵的精神遗产和文化遗产。为此，"孙中山文化"这个崭新的概念才应运而生。我个人的定义是，孙中山文化应该包括孙中山的政治思想与理论体系、经济思想与社会主张、军事思想与战略战术，以及以上三个方面所蕴含的文化元素，更包括孙中山的文化思想、文化成果和人文遗产。"孙中山文化"的特质是，它是中国近代文化的灵魂，既领导和印证了近代中国甚至世界的文明进程，还将继续印证和引领当代中国和世界的文明走向。前者是它的历史意义，后者是它的现实意义，具有厚重的世界性、人类性价值。如此看来，"孙中山文化"概念的提出，其可贵之处是，走出了原有的纪念、研究的各种局限，一定程度上跳出了纯政治的框框，回到了其应有的人文本原，更丰富了内涵，扩展了外延，是一种极具价值的深化和提升。它的提出，有利于推动我们走出一直以来将孙中山纯政治符号化的僵化认识和误区，进而从人文和"大文化"的角度活化对孙中山资源的开发利用，转而从政治纪念、学术研究、文艺创作、产业利用等方面全方位地开展工作。

近十年来，中山市各有关方面对孙中山文化付出了艰苦和辛勤劳动努力，我个人也孜孜不倦地追求，抓住一切机会予以推介宣传，更在国内外各种论坛，在各大学举行了大量的公益讲座。目前，孙中山文化研究领域不断拓展，相关历史文化资源的利用视角不断创新，力度不断加强，尤其是在交流合作的现实实践层面取得了良好成效，影响日益扩大。2015年11月11

日，民革中央孙中山研究会联合《人民政协报》、中山市政协
在北京举行了纪念孙中山诞辰149周年暨孙中山文化专题研讨
会，全国人大常委会原副委员长、民革中央原主席周铁农全程
亲临出席，并在总结讲话中明确赞成"孙中山文化"的提法，
认为"孙中山文化"概念的提出是有依据的，是有道理的。他
充分肯定了"孙中山文化"的独特意义，认为从文化的角度可
以深化对孙中山的各种研究。他指出，研究"孙中山文化"要
为"振兴中华"和"祖国统一"服务，这也是孙中山先生当年
为之奋斗的目标。中山市身为伟人故里，对"孙中山文化"的
发扬须发挥应有的作用，并对此责无旁贷。他建议对"孙中山
文化"进行深入研究，要用科学严谨的态度，推动研究沿着正
确方向发展，在孙中山诞辰150周年之时要有一个阶段性的成
果，为孙中山诞辰献上一份微薄但充满心意的礼物。

　　"孙中山文化"概念是中山市提出来的，但仅仅由中山市
来做则远远不够，因为孙中山既是中山市的，更是广东省的、
整个中国的，甚至是全世界的。中国正处于近300年来实施"文
化复兴"战略的最好时期，提高文化软实力十分急迫；两岸关
系正面临一个新的历史时期；从"经济崛起"走向"文化崛
起"的中国，需要用文化与世界架起沟通的桥梁，树立崭新的
形象。所有这些，"孙中山文化"都为我们提供了一种重要的
可能和途径，也就是说，"孙中山文化"是我们可资利用的一
个重要、特殊而无可替代的文化品牌和资源。中国影响世界并
受到广泛公认的伟大人物并不多，而孙中山是其中最重要的一
个。从这个意义上讲，"孙中山文化"不仅是中山市的命题，
也是广东省的命题，是国家的命题，甚至可以说是世界性的
命题。

主创交响组歌填补空白

2011年是辛亥革命100周年。国家、全国各地区以及全球华侨华人机构都准备举行各类大型纪念活动，中山市则规划了"三大系列、十大项目、百个活动"。作为宣传部长，我自然要担当起活动的策划创意和统筹协调组织的重要任务。在此期间，我创设了"中山杯"华侨文学奖，填补了国家文学奖的一个空白；创建了孙中山文化节，拍摄了《中山路》等电视片，编辑出版了《中山路》《中山装》图书等一系列孙中山主题文化产品。而我自己，则开始在国内外的讲坛和大学等机构，举行一系列的孙中山主题讲座。

但是我并不满意，我想，作为一位诗人，我是否还要做一点自己擅长而又能填补空白的贡献？

作为工作和生活在伟人故里中山市的一员，我一直关注着各类表现孙中山主题的文艺作品，有电影、戏剧、电视剧、纪录片，有小说、诗歌、散文等，但就是缺乏音乐类作品，更没有音乐舞台作品。为此，我决定仿照大型音乐舞蹈史诗《东方红》和《走向复兴》的形式，策划创作一部表现孙中山的音乐舞台作品，以全新的形式塑造孙中山的音乐形象。构思中我发现，既有的表现孙中山的文艺作品，或从"点"的角度，体现孙中山某个时期、某段经历、某种思想、某种精神，或从"线"的角度，体现孙中山的人生历程。而从"面"的角度，也就是以"横向"来表现孙中山的文艺作品，却一直以来都是一个空白。我计划创作的这一部作品，就是要完成一次全新的尝试。三民主义，建国方略，博爱，天下为公，世界潮流……由于近几年对孙中山思想有了一定的感情投入和学术投入，甫一提笔，这些词组和字眼就跳到了我的眼前。我决定先从"世界潮流"写起。

没有想到的是，这一节刚刚写完，就被正在拍摄的大型电视连续剧《辛亥革命》选中成为它的主题歌，这就是后来由奥斯卡音乐奖获得者苏聪作曲、廖昌永主唱的《世界潮流》。随着《辛亥革命》的反复播出，《世界潮流》一时间响遍中国大地。

而不到半年时间，我的大型组歌《孙中山》应势推出。

为了使孙中山的形象更加丰满，我在每一节歌词的前面加写了一段诠释性文字，以起到提纲挈领的作用。

2011年8月下旬，世界诗人大会中国办事处将《孙中山》组歌翻译成英文专门带到在美国举行的第31届世界诗人大会重点推介，受到好评。

《南方日报》则打破常规，在当年的9月14日用一个整版全文刊发了《孙中山》，初步奠定了《孙中山》的地位。

日本友人、长崎县安达株式会社副社长安达贤一郎先生热心地请人将组诗翻译成日文，并推荐作为守口市纪念辛亥百年的文化项目，反响不小。

中共广东省委宣传部通过组织专家严格论证后，决定将大型交响组歌列为广东省纪念辛亥革命一百周年的重点文艺项目，并拨出专项资金组织省内5位著名作曲家进行谱曲。当年11月份，大型交响组歌《孙中山》先后在广州、中山、北京演出，获得圆满成功，受到时任全国人大常委会副委员长、民革中央主席周铁农等领导人，以及社会各界的好评。

之后，《孙中山》先后在中央电视台、广东广播电视台全场播出。2013年7月24日，《孙中山》在海峡两岸中山论坛的专题晚会上再次演出，中国国民党副主席蒋孝严等台湾嘉宾观看后直呼："很有共鸣，自己也想上去唱，希望能到台湾演出。"

2016年是孙中山诞辰150周年，《孙中山》又开始忙活起来，7月底，在珠海市演出之后，开启了境外巡演之旅：9月中旬，中国香港将其作为纪念孙中山和庆祝国庆晚会重要节目，由香港管弦乐团演出两场；11月份，《孙中山》将第二次走进吉隆坡；12月中旬，作为国务院台办的重点项目，《孙中山》还将在台北中山纪念馆交流演出。

《孙中山》的成功让我欣慰，而让我更振奋的是，它还引发了孙中山文化热，2016年，仅仅是表现孙中山主题的交响音乐和舞台作品，国内外就创作了4部之多。

"高铁行"印证伟人中国梦

2015年11月18日，全国政协发布了2016年隆重纪念孙中山先生诞辰150周年的决定，作为孙中山家乡的中山市，除了隆重纪念，还必须抓住这一个重要的历史机遇，将伟人的家乡建设得更加美丽，并借此契机提升中山市的软实力和知名度。这是义务、责任，更是使命所在。作为市政协主席，我被市委指定负责前期创意和策划工作。近两年来，我高密度来往北京、广州等地，还去了日本、夏威夷，十易其稿，反复推敲，终于在9月份正式以市委、市政府名义向全市和全社会发布了方案，方案确定了"缅怀孙中山，共筑中国梦""发展是最好的纪念，创新是最好的继承"的指导思想和原则，以及"六·十·六·十"活动安排方案，即组织六大纪念活动、十大文化活动、六大建设项目、十大民生实事。目前，各项活动的筹备工作正有条不紊地逐次展开。

与辛亥百年时候的想法一样，我觉得在这样重要的历史节点，作为与孙中山缘分如此深厚的自己，仅仅以"政协主席"这个社会人的角色做工作是远远不够的，还必须以"丘树宏"这个自然人的身份，做一些"走心"的事情。然而，究竟做什么为好？

早在三年前，受《人民文学》杂志和武汉市武昌区政协邀请，我第一次乘坐高铁前往武汉参加采风活动，那时候就萌生了搞一次以高铁为媒介介绍孙中山与中国铁路关系的文化活动的想法。今年初，我再次学习孙中山的《建国方略》，研究他对中国铁路和港口建设的历史过程的推动作用，不禁感慨万千，于是，"铁路梦、中国梦——孙中山文化高铁行"的创意也破壳而出。

孙中山先生有着伟大的建国方略，是中国现代化建设的伟大先驱。他也是中国铁路发展的伟大战略家和创导者。孙中山关于铁路的精辟论述、主持编制的铁路发展宏图、倡导的开放筑路方针，对中国铁路事业发展产生了深远影响。1912年2月，孙中山辞去临时大总统一职，全心致力于发展中国铁路事业。在上海中华民国铁道协会举办的欢迎会上，孙中山强调："今日之世界，非铁道无以立国。"他宣布："现拟专办铁路事业，欲以十年期其大成。"后来，他又受临时政府委托担任全国铁路督办，组建中国铁路总公司，全权筹办全国铁路。孙中山先生不辞辛劳，四处奔波，发表演讲宣传铁路，启发人民，唤醒社会。他经过广泛的调查研究和深入思考，谋划铁路发展大计，做出了"交通为实业之母，铁道又为交通之母"的科学论断。孙中山在调查研究的基础上，于1918年后制定的铁路发展蓝图铺画了111条线路，由六大铁路系统组成的全国铁路发展规划，构成一个完整、发达的铁路网络，是他《实业计划》的重要组成部分。

铁路发展规划反映了孙中山先生"铁道立国"的坚定信念和理想，是他振兴中华理想的具体体现。由于历史原因，孙中山在他有生之年未能实现这一伟大理想，新中国成立，尤其是改革开放之后，近年来中国的铁路事业得到了翻天覆地的发展，并迅速走向世界最先进之列，成为实现"中国梦"的最佳蓝本。因此，举办"高铁行"确实是缅怀、纪念、弘扬孙中山精神和文化的最佳形式，既可以走进孙中山的精神世界，又可以走进孙中山的生命历程，寻找和见证从"振兴中华"到"中国梦"的苦难与辉煌。

经过近半年的策划和筹备，2016年9月26日，"铁路梦、中国梦——孙中山文化高铁行"大型人文活动终于在孙中山故居翠亨村正式启动，从孙中山家乡城轨南朗站开始10天之旅。活动得到各方面的高度关注和支持，孙中山曾侄孙孙必胜夫妇、中国社科院荣誉学部委员杨天石受邀全程参加，《人民政协报》《人民铁道》报等媒体全程参加并报道。活动分两条线路沿途走进广州、长沙、武汉、南京、上海等城市，最后在北京的中国铁路博物馆圆满收官。从高铁车厢，到各城市政协，活动纷繁多样，精彩不断。十日高铁之行，到访七座城市，交流团追溯孙中山先生开展民主革命的历史足迹，探寻他振兴实业的"铁路梦"，体验中国铁路发展至今的"中国速度"，以表现和诠释孙中山"振兴中华"理想和"中国梦"最为生动、最为典型的中国高铁来纪念孙中山诞辰150周年，"高铁行"成为最为亮丽、最吸引各界关注和好评的人文活动之一。

孙中山先生伟大崇高，孙中山文化博大精深，孙中山精神光芒永恒，能够工作和生活在他的家乡，是一种缘分，是一种福分，学习、推介和弘扬孙中山文化，是我一生的义务、责任和使命，我愿意全身心献给这项意义非凡的事业，永远做这样一个崇拜者、追随者、布道者。

写孙中山家乡人心中的歌

——歌曲《我们的孙中山》创作谈

2011年是辛亥革命100周年。100年前的辛亥革命，推翻了封建王朝，创建了亚洲第一个共和国。一代伟人孙中山，是这一场革命的领袖和旗帜。作为孙中山家乡的中山市，"以辛亥百年为背景，以孙中山文化节为重点，以孙中山为核心"，开展了"四大系列·十个重点·百项活动"，轰轰烈烈，影响空前。作为孙中山家乡的音乐人，我们联手创作了歌曲《我们的孙中山》，也作为各项活动中的一朵小花，献给了辛亥革命百年纪念，献给了家乡的骄傲和荣耀——我们崇敬的孙中山先生。本以为只是表达我们自己一个小小的心愿，没有想到竟得到了家乡父老乡亲的高度认可，大家赞赏有加，非常喜欢。一时间，《我们的孙中山》的旋律在家乡广袤的天空回荡萦绕，歌声还飞翔到了广州、北京等地。"这是孙中山家乡人——我们自己心中的歌！"家乡人的心声，让我们备感欣慰，备感温暖，备感振奋。

作为中山人，不知道孙中山是笑话；作为中山的文化人，不写孙中山是失职。

在中山市，凡是成年人以至中小学生都应该知道孙中山，但真正了解和懂得孙中山的人相信仍不在多数。2004年从珠海市调任中山市的丘树宏就曾经不止一次遇到过这种尴尬。他发现，在中山市，虽然对孙中山的故居保护得很好，在孙中山逝世日、诞辰日也有纪念活动，还有孙中山研究会，出版过一些有关孙中山的书和影视作品，但总的还是那种公事公办、形式化的东西，缺乏一种理性的文化认知，更没有上升到文化自觉，因而导致孙中山的品牌资源严重闲置，其各种影响力也远远未能挖掘利用。丘树宏认为，这对于孙中山的家乡，不仅是笑话，还应感到深切的遗憾和愧疚，我们失职了！

改变这种现状的机会终于来了。2007年，新一届市委提出了建设文化名城的战略，并要求从组织部长改任宣传部长的丘树宏领衔做出战略方案。丘树宏率领文化学习团一行到毛泽东、邓小平等伟人故乡考察一圈并策划建立"二十世纪中国三大伟人"故居联盟后，中山市"八大文化工程"正式推出，"孙中山文化"工程首次面世并列为"八大文化工程"之首。

由此，中山人对孙中山的文化认知、文化自觉，终于走向经常性、制度性呈现：

——11月12日，孙中山诞辰日，从简单的纪念仪式，到孙中山纪念周、孙中山文化周，2011年，广东省和中山市联合举办首届孙中山文化节；

——经中宣部批准，"中山杯"华侨华人文学奖正式举办，"孙中山文化奖"正式出台；

——《中山路》《中山装》《伟人逸仙》……鱼贯出版，音像作品《中山路》《一代伟人与一座城市》等播出，"孙中山文化：一个重要的国家命题"课题高调推出；

——2011年，以孙中山为核心的辛亥百年"四大系列·十个重点·百项活动"，把孙中山文化工程推向前所未有的高潮；

…………

中山市的时空，中山人的心底，终于填补了历史的空白；曾经的"笑话"正在消隐，曾经的"遗憾"正在修正。

　　然而，我们好像还是缺少些什么。

　　"我们缺少一首家乡人歌唱孙中山的歌曲！"丘树宏、李海鹰不约而同地说。

　　丘树宏在他的《一代伟人与一座城市》讲座中说过：今天的中山之所以成为中国的一个奇迹，是因为在中山的天空上写着八个大字"改革开放，市场经济"，而在中山1800平方公里的土地上，到处都看得到孙中山精神的影子；中山人将对孙中山的思想谱写在1800平方公里土地上，却将对孙中山的无限崇敬深深埋进心里。

　　以歌曲的形式将中山人的心声表现出来，应该是一个聪明的办法。

　　李海鹰是孙中山正宗的乡亲，他的村子离翠亨村只有3公里。一首脍炙人口的《弯弯的月亮》，浸透了中山咸水歌的味道，影响了以孙中山为共同精神家园的全球华侨华人。他心中最重要的偶像是孙中山，他一直以孙中山的老乡为荣，他早就想写一写孙中山了。

　　丘树宏、李海鹰，这两个曾经成功合作创作全球第一首华侨主题歌，同时也是"中山杯"华侨华人文学奖主题歌《华侨，中国桥》的新老中山人不谋而合、一拍即合：合作创作一首孙中山主题歌，同时借辛亥百年的时机，在孙中山故居翠亨村策划举办一场李海鹰作品交响音乐会。

　　既然有《东方红》，既然有《春天的故事》，也可以有《我们的孙中山》。

　　没有人会想到，2011年中山市大规模高规格纪念辛亥百年，曾经引起不少人的担心——这样做是否合适？

　　同样没有人会想到，丘树宏、李海鹰准备创作孙中山主题歌，也曾经有人给予善意的提醒——这样做会不会有风险？

　　其实，丘树宏早就有过自己的分析和思考，并有了自己鲜明的观点。经过三年多的思考，他在2010年郑重撰写并在《人民日报》《光明日报》等报刊发表了《孙中山：一个重要的国家命题》。

孙中山在中国的历史地位和历史作用是不言而喻的。我们一直非常崇敬孙中山先生，十分重视对孙中山的纪念及其学术研究，并把他与毛泽东、邓小平一起称为"二十世纪三大伟人"。但是，由于各种原因，对于孙中山文化的研究，我们似乎始终处于一种说不尽道不完的"尴尬"状态。我们一直奉行的是一种"例行规矩"，也就是在他的诞辰日——每年的11月12日，举行一种简单而隆重的纪念仪式，或配合举行一些学术活动；在中华人民共和国成立的纪念日，每逢五周年或十周年的"大庆"，在天安门的对面，高高矗立孙中山的巨幅画像。就是这种纪念活动，也与毛泽东、邓小平有着很大的差别。在毛泽东、邓小平的生辰日，都是党和国家重要领导人前往两个伟人的故居领祭，而孙中山的生辰日，在中山却主要由其家乡中山市自己搞活动；在学术方面，一直徘徊往复，在深化和拓展方面缺乏突破和创新，还出现许多误区，走了不少弯路，甚至还在继续走弯路，对孙中山思想的现实意义更是研究不够。而在孙中山的资源开发利用，如孙中山文化产品生产、产业开发利用等方面，则与其他相类的政治性名人有着巨大的差距。

今天，确实该重新审视一下我们对孙中山的研究传承和资源开发利用这一重大课题了。

其实，孙中山既是一个政治符号，也是一个精神符号、文化符号，孙中山既为我们留下了重要的政治遗产，也为我们留下了宝贵的精神遗产和文化遗产。为此，"孙中山文化"这个崭新的概念才应运而生。

"孙中山文化"究竟是什么？它应该包括孙中山的政治思想与理论体系、经济思想与社会主张、军事思想与战略战术，以及以上三个方面所蕴含的文化元素，更包括孙中山的文化思想、文化成果和人文遗产。

"孙中山文化"的特质是，它是中国近代文化的灵魂，既领导和印证了近代中国甚至世界的文明进程，还将继续印证和引领当代中国和世界的文明走向。前者是它的历史意义，后者是它的现实意义，具有厚重的人类价值。可见，孙中山的思想、精神以及形成的人文资源，对于我们走中国特色社会主义道路、践行科学发展观，以及建设中华民族的共有精神家园、建设和谐社会，都具有极其重要的现实意义。

如此看来，"孙中山文化"概念的提出，其可贵之处是，走出了原有的纪念、研究的各种局限，一定程度上跳出了纯政治的框框，回到了其应有的人文本原，更丰富了内涵、扩展了外延，是一种极具价值的深化和提升。它的提出，将积极推动我们走出一直以来将孙中山纯政治符号化的僵化认识和误区，进而从人文和"大文化"的角度活化对孙中山资源的开发利用，转而从政治纪念、学术研究、文艺创作、产业利用等方面全方位地开展工作。

"孙中山文化"概念是中山市提出来的，但仅仅由中山市来做则远远不够，因为孙中山既是中山市的，更是广东省的、整个中国的，甚至是全世界的。中国影响世界并受到广泛公认的伟大人物并不多，而孙中山是其中最重要的一个。

从这个意义上讲，"孙中山文化"不仅是中山市的命题，也是广东的命题，是国家的命题，甚至可以说是世界性命题。

当前，广东省正在建设文化强省。广东是中国近代史的发源地，广东的核心文化是近代文化，包括三十多年的改革开放，一直也是与近代文化精神一脉相承的，而近代文化的灵魂是孙中山文化。因此，将孙中山文化列入广东省的文化项目是天经地义的事情。在国家层面，我们正在加快民主法制建设，建设和谐社会，建设中国特色社会主义；中国正处于近300年来实施"文化复兴"的最好时期，提高文化软实力十分急迫；两岸关系正面临一个崭新的历史时期；从"经济崛起"走向"文化崛起"的中国，需要用文化与世界架起沟通的桥梁，树立崭新的形象。所有这些，"孙中山文化"都为我们提供了一种重要的可能和途径。也就是说，"孙中山文化"是我们可资利用的一个重要、特殊而无可替代的文化品牌和资源。

已经到来的2011年，是辛亥革命100周年，这又是一个千载难逢的历史性机遇。看来，我们确实是到了将"孙中山文化"提升至国家命题、国家行为的时候了。

李海鹰与丘树宏的看法一样，作为孙中山的家乡，我们不做孙中山文化，谁来做？

丘树宏还和李海鹰专门重温了党和国家领导人对孙中山的评价——

毛泽东对孙中山的评价，高度集中在一句话上：孙中山是中国民主革命的先驱者。

邓小平同志、江泽民同志、胡锦涛同志对孙中山的评价与毛泽东一样高，而且更体现出一种崇敬之情。其中江泽民同志在党的十五大报告中，对孙中山做出了历史性的评价："一个世纪以来，中国人民在前进道路上经历了三次历史性的巨大变化，产生了三位站在时代前列的伟大人物：孙中山、毛泽东、邓小平。"

表现"三大伟人"的歌曲，已经有了家喻户晓的歌曲《东方红》《春天的故事》，但对于孙中山，却似乎还没有类似的作品。

有什么理由没有孙中山主题歌曲呢？

中山市义不容辞，中山人责无旁贷！

中山市理直气壮，中山市当仁不让！

孙中山就在我们的身边，孙中山就在我们的心里，他确实是我们的孙中山。

虽然孙中山说过"知难行易"，但对于孙中山主题歌曲的创作，还是如同传统的说法：知易行难。决心下了，做起来却确实不容易。

首先是时间和精力问题。丘树宏负责着中山市纪念辛亥革命100周年所有各类软性文化项目的统筹协调工作，已经难以用"忙碌"来形容其工作情势。此外，他同时还在策划一个省级项目——大型多媒体交响音诗《孙中山》，除了组织工作，还负责撰稿、作词任务，并需要向社会融资。而李海鹰则从来都是一个十分繁忙的人，他的北京工作室接受来自全国的各种创作任务数不胜数，又要同时筹备在中山市的个人作品交响音乐会。

一个在中山，一个在北京，也是一个困难。好在现代联系手段非常先进，好在两个人都还算新潮，懂得如何运用现代通信技术，比如互联网、"伊妹儿"、微博之类，因而基本没有时空的问题。

两人商定先由丘树宏写出歌词初稿。李海鹰说，这应该是一个合唱作品，是大家都可以唱的。

这个时候，丘树宏已经开始着手创作组歌《孙中山》，他一反常规先写出了组歌的尾声《世界潮流》，并尝试着用手机发给大型史诗电视剧《辛亥革命》的编剧王朝柱。王朝柱即时来电说，太迟了，电视剧的主题歌已经做好并已正式录音。但当王朝柱第二天抽时间认真看了《世界潮流》之后，十分兴奋，立即与总导演唐国强和制作人商量，然后打电话给丘树宏说，就是你的了，只能用你的《世界潮流》，我们重新制作主题歌！这就是后来在央视播出的，由奥斯卡音乐奖获得者苏聪作曲、著名歌唱家廖昌永演唱的《世界潮流》。

这件事给了丘树宏极大的信心，创作激情开始喷发。他开始创作组歌的序曲，同时考虑孙中山主题歌曲，定名《翠亨村》。

为了寻找灵感，丘树宏又来到了不知道来了多少次的翠亨村，在翠亨村后面的云台山寻觅流连，登上翠亨村前面的槟榔山远望。一个周末，突然一个句子从丘树宏的脑海里蹦了出来——

"小小翠亨村，走出一个人。"

就是它了！丘树宏欣喜欲狂。

接下来，丘树宏一口气写了三首《翠亨村》，一首列进《孙中山》组歌发表在《南方日报》上，一首列进交响音诗《孙中山》送给省委宣传部组织专家评审，一首则传给李海鹰修改。

这是歌词的初稿——

五桂山下/兰溪河畔/面朝大海/背靠岭南/小小翠亨村/走出一个人//振兴中华/志存高远/推翻帝制/共和梦圆/建国方略好/三民主义真//时光既走/小村依然/伟人虽去/精神永新/天下皆为公/博爱满人间。

李海鹰很快回了信，说"小小翠亨村，走出一个人"真棒，基调就这么定了，但建议歌词中不要写太多思想性的东西，另外最好直接以"孙中山"为题入歌。

丘树宏说，大师就是不同，大师就是大师。

经过几个回合，歌名终于敲定——《我们的孙中山》。《东方红》和《春天的故事》用的是第三人称，《我们的孙中山》用的是第一人称，多么明快，多么亲切，又多么朴素——

五桂山下/ 兰溪河畔/ 原野飘香/ 宛若天堂/翠亨村晓/醒来的阡陌上/走过来一个人/ 我们的孙中山//走过多少路/ 名字叫中山 /条条山路都通往四方/飞越大海/ 联结中国心 /世界的孙中山/ 我们的孙中山//我骄傲 /我奔放/ 自由思想/ 独立坚强/我歌唱/ 心飞扬/ 天地间回响/ 我们的孙中山。

　　李海鹰说，除了伟大的孙中山、永远的孙中山，我们更希望从这首歌曲中传达出"我们的孙中山"这样的情感。五桂山下的兰溪河畔，其实就是说，翠亨村里走出一个孙中山，而这个孙中山可以把他说成是村民。伟人并不是高高在上的，他的情感和精神也真实地存在于我们身上。

　　是的，孙中山确实是伟人，但他的最可贵之处是，他是个平民总统，他是一个平凡人，他就在我们的身边，他就在我们的心里，他确实是我们的孙中山，是世界的孙中山，是永远的孙中山。

　　"如果我父亲的祖籍不是中山南朗李屋边人，如果我没有在十二岁那年到过南朗田边村我姨婆家住过一段时间，如果那时的我没有看到一片片望不到边、空气中飘满了清香的稻田的话，我就写不出这首《我们的孙中山》。写作中可以说是五味杂陈，童年的回忆、个人的情感，以及百年中国风云历史等通通交织在一起。"李海鹰这样表达着自己对故乡的眷恋。

　　李海鹰说，《我们的孙中山》的音乐前前后后写了一个多月。我也看过很多关于孙中山的论述，但是大多数属于政治层面上的伟人或者说"神"的模样，写得很大、很全面，而我想表达的是从五桂山下、兰溪河畔、翠亨村晓的阡陌上走出来的孙中山，这个人就是一个翠亨的农民形象，他和我们很亲近。接着"走过多少/路名字叫中山，条条中山路都通往四方……"讲的就是属于全世界华人的孙中山，我们的孙中山，充满了亲情和乡情。我把这首《我们的孙中山》的小样放给台湾的朋友们听，他们也很接受，因为没有地缘的隔阂，没有情感的隔阂，这让我特别欣慰。

　　正是浓浓的眷恋化成了那首让人们一听就能记住的《我们的孙中山》：在岭南水乡的浅浅绿色中，孙中山以亲和的方式从歌里走出来，没有恢宏华丽，有的只是田园乡土的抒情。孙中山，一个我们大家身边的普通人，一个从翠亨村田埂上走出来的农民，一个我们大家都感到亲切的孙中山，正向我们走来。而曲风则采用南方的小调，真挚自然，写的就是翠亨村这方水土，中山这方人文。

2011年9月7日，中山市纪念辛亥革命100周年系列活动拉开序幕，主题为"孙中山与中国民主革命"的翠亨论坛隆重举行。当晚，在翠亨村的中山纪念中学，"辛亥民族魂，百年中华情——李海鹰作品交响音乐会"也同期举行。

"五桂山下，兰溪河畔，原野飘香，宛若天堂，翠亨村晓，醒来的阡陌上，走来一个人，我们的孙中山……"在广州交响乐团的伴奏下，一千人的合唱团，清澈的童声和浑厚的混声响彻体育馆，《我们的孙中山》作为开场作品首次唱响。

2011年10月9日上午，中央电视台"心连心"艺术团"走进中山"慰问演出在中山举行，数以万计的中山人第一次听到了《我们的孙中山》那美妙亲切的旋律。

之后，民革中央纪念辛亥百年专题晚会隆重举行，《我们的孙中山》第一次在北京的上空响起。

伴随着大型多媒体交响音诗《孙中山》的公演，《我们的孙中山》也先后在广州星海音乐厅、中山市文化艺术中心、北京中山公园音乐堂反复播放。

2012年3月27日，《我们的孙中山》巡回各地之后，又一次回到它的原点——翠亨村。在这里，李海鹰、丘树宏郑重地将《我们的孙中山》颁赠给孙中山的启蒙小学——翠亨小学，翠亨小学从此有了自己的校歌。

"我骄傲/我奔放/自由思想/独立坚强/我歌唱/心飞扬/天地间回响/我们的孙中山。"悠长的旋律，浓浓的眷恋，温暖的呼唤，美好的期盼，化作天籁之音，响彻天空，袅绕不断……

丘树宏（执笔）、李海鹰

共同的心声

　　作为孙中山家乡的中山市，2016年注定是一个特殊的年份，这一年的11月12日，是孙中山先生诞辰150周年。而早在2015年初，中山市的筹谋工作就已经开始进行；当年的11月7日，习近平总书记在新加坡与中国国民党主席马英九举行了历史性会见；11月8日，全国政协正式发布决定，2016年要隆重举行孙中山诞辰纪念活动。从这个时候开始，中山市已经逐步走进节日的氛围，随着各类纪念性活动，尤其是文化活动的逐次展开，由市政协负责的全市性、系统性的策划方案也摆上了市委、市政府重要的议事日程。以孙中山家乡的名义，中山市确定了纪念活动的指导思想和原则："缅怀孙中山，共筑中国梦""发展是最好的纪念，创新是最好的继承"；以孙中山家乡的名义，中山市规划了"六·十·六·十"系列纪念活动，即"六大纪念活动、十大文化活动、六大建设项目、十大民生项目"。

　　2016年11月11日上午，中山人在电视机前聆听了习近平总书记在纪念孙中山先生诞辰150周年大会上的重要讲话，心情无比激动、无比欣慰、无比兴奋。习近平同志的重要讲话，道出了全球华侨华人的心声，更说出了伟人家乡人民的心声。

一、以伟人名字命名的唯一城市

习近平同志在重要讲话中说："时代造就伟大人物，伟大人物又影响时代。150年前，孙中山先生出生之时，中国正遭受帝国主义列强的野蛮侵略和封建专制制度的腐朽统治，战乱频发，民生凋敝，中华民族陷入内忧外患的灾难深渊，中国人民处于水深火热的悲惨境地。在那个风雨如晦的年代，中华民族从未屈服，无数仁人志士前仆后继，探求救国救民的道路，进行可歌可泣的抗争。孙中山先生就是他们中的杰出代表。"

中山市古称香山，于1152年10月14日建县，当时的香山县，包括了现在的中山、珠海和澳门，1925年，为了纪念孙中山先生而改名为中山县，是中国唯一一个以伟人名字命名的城市。珠江的八大出海口，有五个流经香山地区，是古代海上丝路的重要节点，也是郑和七下西洋必经的地方，其中的磨刀门水道流至澳门形成一个十字门，这就是海上丝路的著名口门。珠江是淡水，南海是咸水，这就是咸淡水地理。珠江承接和延续了中华传统文化，海水则承接了海洋文明，两种水在香山地区交接、碰撞、融合成一种崭新的咸淡水。这种咸淡水地理和咸淡水文化，使得香山地区成为中国近代史和近代文化的摇篮。这个摇篮，为中国的近代发展摇出了伟大的人物、伟大的思想和伟大的队伍。

1866年11月12日，一个乳名叫帝像的男孩诞生在南海边的翠亨村，这就是后来成为"伟大的民族英雄、伟大的爱国主义者、中国民主革命的伟大先驱"的孙中山。而在孙中山之前和之后，香山地区还出现了一大批经济、政治、军事、文化、教育、商业等各界的著名人物，比如郑观应、容闳、杨匏安、杨殷、唐绍仪、唐廷枢……孙中山的伟大思想和精神开创了中国的近代史和近代文化，郑观应的商战思想、容闳的教育思想，也对近代中国影响巨大。可以说，一百多年前，香山（中山）

是中国从大陆经济、大陆文化走向海洋经济、海洋文化的先行地。

以孙中山的名义命名，孙中山无疑是这座城市的灵魂所在。在这座城市里，到处都找得到伟人孙中山先生的印记。孙中山故居纪念馆、纪念堂、纪念公园，中山路、兴中道、博爱路、民族路、民权路、民生路，都是对孙中山思想精神的憧憬性物化，它们寄托着家乡人对伟人的缅怀、纪念，寄托着家乡人对伟人的景仰和对他的思想和精神的诠释与弘扬。

以孙中山的名义命名，孙中山无疑是这座城市最大的品牌。习近平同志2015年在纪念孔子诞辰2565周年研讨会上的讲话中说："在带领中国人民进行革命、建设、改革的长期历史实践中，中国共产党人始终是中国优秀传统文化的忠实继承者和弘扬者，从孔夫子到孙中山，我们都注意汲取其中积极的养分。"这说明，孙中山既是一个政治符号，也是一个精神符号、文化符号，孙中山既为我们留下了重要的政治遗产，也为我们留下了宝贵的精神遗产和文化遗产。为此，近几年中山市提出了"孙中山文化"这个崭新的概念，并成为这个城市的第一文化品牌。

什么是"孙中山文化"？"孙中山文化"应该包括孙中山的政治思想与理论体系、经济思想与社会主张、军事思想与战略战术，以及以上三个方面所蕴含的文化元素，更包括孙中山的文化思想、文化成果和人文遗产。"孙中山文化"的特质是，它是中国近代文化的灵魂，既领导和印证了近代中国甚至世界的文明进程，还将继续印证和引领当代中国和世界的文明走向。前者是它的历史意义，后者是它的现实意义和未来意义，具有厚重的世界性、人类性价值。

近十年来，中山市各有关方面对"孙中山文化"的交流和发展付出了艰苦和辛勤的努力，孜孜不倦地追求和布道，抓住一切机会予以推介宣传。

最早是将一年一度对孙中山诞辰日简单的纪念活动，扩展为纪念周，第二年改为文化周，第三年则创建成孙中山文化节，2016年更升级为全年的文化旅游节。与此同时，设立"中山杯"华侨文学奖，获得中宣部批准，填补了国内文学奖的空白。这个项目被列进广东省文化强省重点项目，至今已经举行了四届，在国内外引起广泛影响。

中山市还开始有计划地创作孙中山文化文艺作品。撰写了大型政论式报告文学《中山路》并获得国家级报告文学最高奖；拍摄了大型纪录片《孙中山与华侨》《中山路》等。参与史诗式电影和大型电视连续剧《辛亥革命》的拍摄；创作大型图书《中山装》；举行孙中山诗歌征文，组织孙中山研究口述史采访。2011年，为了纪念辛亥革命100周年，创作了大型组歌《孙中山》，被翻译成英文、日文在海外交流，其中《世界潮流》被选为电视剧《辛亥革命》的主题歌，由奥斯卡音乐奖得主苏聪作曲、著名歌唱家廖昌永演唱，在中央电视台播出后，一时间响遍中国大地；组歌更被广东省列为重点项目，组织著名作曲家谱曲，打造成大型交响组歌，先后在中国广州、中国中山、中国北京、马来西亚演出，并在央视全场播出，受到广泛好评。

尤其值得重点介绍的是，《孙中山》2016年展开境外巡演之旅，先后在中国香港、吉隆坡演出后，作为国务院台办2016年的重点文化交流项目，12月18日在台北中山纪念馆隆重首演。为纪念孙中山先生诞辰150周年，大陆第一部以孙中山为主题的大型交响组歌作品《孙中山》，从伟人故里广东省中山市出发，首次赴台演出，也是该作品全球巡演的第五站。本次演出由中山市政协和国务院台办九州文化传播中心策划统筹，海峡两岸的艺术团体和艺术家共同演绎。当晚，来自广东的艺术家，与台湾东吴大学音乐学系交响乐团、合唱团和建中合唱团、新世纪童声合唱团的完美合作，把现场二千多名观众带进如诗如画的氛围当中，向他们展示了生动而又厚重的孙中山形象。演出促进了海峡两岸的文化交流合作，增强了两岸一心、民族团结的共同认知。海基会原董事长、现任"三三会"会长江丙坤先生，中国国民党中央评议委员会主席团主席赵守博，文化台湾基金会董事长洪孟启，台湾中华将军教授书画院名誉院长丁之发，台北市少数民族文经促进会理事长李建荣，台湾中华广电公会理事长汪威江，中山市政协主席丘树宏，国台办九洲文化传播中心副主任贺玮，中山市政协副主席马志刚，孙中山先生玄孙女孙美兰、孙美莲等出席了音乐会。

在旅游产业和文化产业方面，中山市主动联系湘潭、广安，三地共同组织了"三大伟人"故居人文旅游联盟，受到国务院"红办"的表扬和推荐；规划建设了孙中山史迹径，倡议组织大香山旅游项目。从文化产业发展的角度推广中山装，倡导"中山装，中山造"的形象广告词，发动和支持企业家发展中山装服饰产业，至今已经有四家专业公司，市场遍布全国各地，中山装日益为社会各界接受和欢迎。

经过近十年的努力，孙中山文化研究领域不断拓展，相关历史文化资源的利用视角不断创新，力度不断加大，尤其是在交流合作的实践层面取得了良好成效，影响日益扩大。更为突出的是，"孙中山文化"的交流和发展，扩展到了经济社会和文化建设的方方面面，让中山市的知名度、美誉度和软实力大大提升，"孙中山文化"符号也有效地提升了全球华侨华人的凝聚力。

2015年11月11日，中山市会同民革中央孙中山研究会联合《人民政协报》，在北京举行了纪念孙中山诞辰149周年暨孙中山文化专题研讨会，全国人大常委会原副委员长、民革中央原主席周铁农出席活动，并在总结讲话中明确赞成"孙中山文化"的提法，认为"孙中山文化"概念的提出是有依据的，是有道理的。他充分肯定了"孙中山文化"的独特意义，认为从文化的角度可以深化对孙中山的各种研究。他指出，研究"孙中山文化"要为"振兴中华"和"祖国统一"服务，这也是孙中山先生当年为之奋斗的目标。中山市身为伟人故里，对"孙中山文化"的发扬须发挥应有的作用，并对此责无旁贷。他建议对孙中山文化进行深入研究。要用科学严谨的态度，推动研究沿着正确方向发展，在孙中山诞辰150周年之时要有一个阶段性的成果，为孙中山诞辰献上一份微薄但充满心意的礼物。

"孙中山文化"概念是中山市提出来的，但仅仅由中山市来做则远远不够，因为孙中山既是中山市的，更是广东省的、整个中国的，甚至是全世界的。中国正处于近300年来实施"文化复兴"战略的最好时期，提高文化软实力十分急迫；海峡两岸关系正面临一个新的历史时期；从"经济崛起"走向"文化崛起"的中国，需要用文化与世界架起沟通的桥梁，树立崭新的形象。所有这些，"孙中山文化"都为我们提供了一种重要的可能和途径，也就是说，"孙中山文化"是我们可资利用的一个重要、特殊而无可替代的文化品牌和资源。中国影响世界并受到广泛公认的伟大人物并不多，而孙中山是其中最重要的一个。从这个意义上讲，"孙中山文化"不仅是中山市的命题，也是广东省的命题，是国家的命题，甚至可以说是世界性命题。

二、城市发展诠释伟人精神

习近平同志在讲话中指出："中国共产党人是孙中山先生革命事业最坚定的支持者、最忠诚的合作者、最忠实的继承者。在他生前，中国共产党人坚定支持孙中山先生的事业。在他身后，中国共产党人忠实继承孙中山先生的遗志，团结带领全国各族人民英勇奋斗、继续前进，付出巨大牺牲，完成了孙中山先生的未竟事业，取得新民主主义革命胜利，建立了人民当家做主的中华人民共和国，实现了民族独立、人民解放。在这个基础上，中国共产党人团结带领中国人民继续奋斗，完成了社会主义革命，确立了社会主义制度。""新中国成立67年特别是改革开放三十多年来，在中国共产党的领导下，中国人民在社会主义道路上实现了一个又一个伟大飞跃，取得举世瞩目的伟大成就。今天，我们可以告慰孙中山先生的是，我们比历史上任何时期都更接近中华民族伟大复兴的目标，比历史上任何时期都更有信心、有能力实现这个目标。"

一百多年前，孙中山先生提出了"振兴中华"的口号，这是"中国梦"最早的雏形，因此可以说，中山是最早提出"中国梦"的地方；在中国共产党的领导下，尤其是改革开放后，中山市成为广东"四小虎"之一，获得联合国人居奖，是全国第一批文明城市之一，被国务院列为国家历史文化名城，是首届"十大最具幸福感城市"之一。中山经济发达，政治清明，文化兴旺，社会和谐，生态优美，城市发展综合评价排在广东省以至全国城市前列，基本实现全面小康，走出了一条"五位一体"协调发展的路子，创造了中山奇迹。因此，中山又是最早实现"中国梦"的地方。

中山市市域面积1800平方公里，是广东省21个地级以上市中面积最小的，但近十年来经济总量却一直排在前五六名，2015年地区生产总值达到3000亿元人民币。改革开放以来，中山人从"四小虎"时代的"威力牌""千叶牌""爱多牌"等品牌电器产品支撑起的国有经济，到近二十年的专业镇、集群产业，实现了经济的跨越式发展。目前，拥有国家级产业基地35个、国家和省级技术创新专业镇16个，形成了装备制造、电子信息、健康医药、家用电器、灯饰光源等23大产业集群，为大众创新创业打下了坚实基础。国家和省级品牌和名标琳琅满目，比如有"中国灯都"之称的古镇镇，生产的灯饰产品占全国市场的70%，是名副其实的"太阳城"；小榄镇则是全国著名的小五金专业镇，内衣生产销售也占全国的80%；大涌镇、三乡镇则是全国著名的红木家具专业镇；港口镇是亚洲最大的户外大型游戏游艺机生产基地；阜沙镇生产的淋浴设备占了全国40%的市场；中山还是珠三角著名的花木盆景和苗木种植基地……发达的专业镇和集群产业经济撑起了中山市经济总量80%的天空。

　　而3000亿元地区生产总值中，中山本土民营经济占50%以上，外资经济占40%以上，以公共事业建设为主的国有经济占不到5%。创业是中山人注入血液的性格，这一种优良的性格蔚然成风则形成全民创业的大格局。专业镇、集群产业的发展，让老百姓可以在各个产业的上中下游参与分工，因此在中山，只要你能够勤劳做事，就可以解决吃饭问题，就可能发家致富。在珠三角，中山老百姓的富裕度和幸福感是出了名的。2015年，中山市人均地区生产总值接近10万元人民币，城镇常住居民人均可支配收入3.7万元，农村常住居民人均可支配收入2.4万元，城乡居民收入比为1.54：1，差距为全省最小，已经超过小康社会和中等发达国家水平。充分地让基层先发展起来，让老百姓先富裕起来，是中山市一以贯之的思想和策略。中山的城市化也走在全国前面，城乡发展协调度达到1：1.7以上，远远高于全国平均水平。有人说，在中山1800平方公里的天空上写着八个大字"改革开放，市场经济"，而在中山1800平方公里的土地上，则深深根植着孙中山先生的民生思想。孙中山先生生前未能实现他的理想，在中国共产党的领导下，家乡人继承他的思想和遗志，生动地诠释和实现了他的理想。

　　习近平同志指出："我们要学习孙中山先生天下为公、心系民众的博大情怀。"孙中山先生生前将"天下为公""博爱"作为最高思想境界，致力于为人民谋幸福。中山人坚持了近三十年的"慈善万人行"，将孙中山先生的这种思想体现得淋漓尽致。1987年，在改革开放先行一步中刚刚致富的中山人，首先想到了自己的义务和责任，他们学习香港敬老的做法，尝试组织慈善敬老行活动，从此一发而不可收。每年从元旦开始，各镇区、各单位就开始民间发动慈善捐款，而到了每年的元宵节，则万人空巷，全市男女老少走出家门，在城市的中轴线兴中道开始"万人行慈善""慈善万人行"，海外的乡亲也借这个机会回乡省亲，纷纷加入这个行列。"慈善万人行"屡获国家慈善奖，国内外许多城市组团前来学习和借鉴这个慈善嘉年华，联合国也组织观察团前来视察并予以高度评价。中山人"天下为公""博爱"的情怀，加上珠江水、南海水交流、碰撞、融合的咸淡水地理和文化，使得这个地区人与人、人与自然、人与社会和美有序，尽显"天下大同"的理想状态。

三、美好前景告慰伟人梦想

习近平同志在讲话中说，国家好、民族好，大家才会好。孙中山先生毕生奋斗，就是期盼中国成为"世界上顶富强的国家""世界上顶安乐的国家"，中国人民成为"世界上顶享幸福的人民"。孙中山先生希望"发扬吾固有之文化，且吸收世界之文化而光大之，以期与诸民族并驱于世界"。

建设世界上顶富强的国家、顶安乐的国家，成为世界上顶享幸福的人民是所有中国人的共同追求，而将伟人家乡的事情办好、将伟人故里建设好，应该是对伟人故里人民最具重要意义的。

纪念孙中山先生诞辰150周年，对于中山市和中山人来说，既是义务，也是责任，甚至是一种使命。因此，中山人将此作为一种重要的历史机遇来筹划。借鉴2011年辛亥百年的经验，中山市从2015年就开始进入策划，成立了专责小组，负责系列活动的先期工作。作为孙中山先生的家乡，中山市确立了纪念活动的指导思想和原则，规划了"六·十·六·十"方案，即六大纪念活动、十大文化活动、六大建设项目、十大民生项目。

六大纪念活动有国际学术研讨会、第三届海峡两岸中山论坛、中山市各界纪念大会等。中山人觉得，仅仅停留在纪念层面是远远不够的，因此规划了十大文化活动，包括贯穿整年的孙中山文化旅游节，还有第四届中山华侨文学奖、大型交响史诗《我们的孙中山》公演、大型交响组歌《孙中山》全球巡演等等。孙中山先生革命的最终目的，是建设富强的国家，落地到中山，则是要以纪念的名义，将伟人故里建设得更加美丽。中山规划的六大建设项目是翠亨村升级建设成为国家5A旅游景区；中山人十年来梦寐以求的深中通道，也成功得到国务院审批同意动工；以翠亨村为核心的230平方公里翠亨新区建设正如火如荼；中山人还要借纪念的契机，展开"美丽乡村"的全面建设。

习近平同志在讲话中还指出，孙中山先生深知人民是最伟大的力量，强调要实现革命的目的，必须唤起民众。他关心民众疾苦，强调"国家之本，在于人民""民生为社会进化的重心""人民所做不到的，我们要替他们去做；人民没有权利的，我们要替他们去争"。他谆谆告诫大家，"要立心做大事，不要立心做大官"。孙中山先生对人民的深厚感情，是他追求真理、矢志革命的力量源泉，是他奋斗不息、永不言弃的深厚基础。

以孙中山家乡的名义，中山市在系列纪念活动中，通过"市民点菜、政府配餐"，确定了2016年"十大民生实事"：饮水安全工程、放心食品工程、健康惠民工程、交通畅通工程、城乡环境优化工程、关爱老人工程、关爱儿童工程、创业促就业工程、全民禁毒示范市创建工程、政务便民工程。目前，这些工程都已经完成或正在完成。

中山人曾经提出建设"三个适宜"，即建设适宜创业、适宜创新、适宜居住的城市。2015年，中山市提出2017年全面实现小康社会，"十三五"规划则提出了"四大发展定位和目标"，也就是"建设世界级现代装备制造业基地、珠江西岸区域性综合交通枢纽、区域科技创新研发中心、珠三角宜居精品城市"，率先基本实现社会主义现代化。在近日召开的第十四次党代会，中山市更提出了建设充满创新活力的和美宜居城市的口号。

习近平同志在纪念孙中山先生150周年大会上还指出，92年前，孙中山先生这样表述他对中华民族的期盼："中国如果强盛起来，我们不但要恢复民族的地位，还要对于世界负一个大责任。"60年前，毛泽东同志在纪念孙中山先生诞辰90周年时指出："中国应当对于人类有较大的贡献。"30年前，邓小平同志说："国家总的力量就大了，可以为人类做更多的事情，在解决南北问题方面可以尽更多的力量。我们就是有这么一个雄心壮志。"中国人民不仅希望自己发展得好，也希望各国都发展得好，希望各国人民都能拥有幸福安宁的生活。我们要推动构建以合作共赢为核心的新型国际关系，推动形成人类命运共同体和利益共同体，始终做世界和平的建设者、全球发展的贡献者、国际秩序的维护者，同世界各国人民一道，共同创造人类和平与发展的美好未来。

一个更加宏伟的建设蓝图，正展现在全体中山人面前。作为孙中山先生的家乡，中山市将按照"四个定位"将伟人故里建设得更加富强和美丽，加快实现现代化步伐，以此告慰孙中山先生的英灵，以此回报孙中山先生的巨大影响，以此为实现中华民族伟大复兴的中国梦作更多的付出，以此为人类共荣、天下大同做出更多的贡献。

孙中山先生的家乡，我们期待你，我们祝福你！

中山装文化意义的有益探讨

——读《中山装，一个时代的生命符号》感言

1

这是一部奇特的书。

根据我的了解，中山装是目前世界上唯一以伟人的名字命名的服装。

而摆在面前的这本书，根据我的了解，也是目前第一部全面深刻地研究分析中山装的书；如果我错了，那起码也是第一部由孙中山家乡人撰写的关于中山装的专著。

因此我认为，《中山装，一个时代的生命符号》（以下简称《中山装》）是一部奇特的书。

2

辛亥革命推翻了帝制，让中国人的政治、经济、社会、文化，包括生活都发生了翻天覆地的变化。其中让中国千千万万男人和女人的生活，甚至是让他们的人体发生重大变化的事情，有一件是与男人相关的"剪辫子"，因此有人说辛亥革命是"从头开始"的；另一件是与女人相关的"放裹脚"，因此

也有人说辛亥革命是"从脚开始"的。不管是从头开始，还是从脚开始，一说到辛亥革命，人们一般都会提到这两件事情。

但是，对于中山装，人们却多数不会与辛亥革命挂起钩来。其实，设计、制作和推广中山装也是辛亥革命的一件大事情，我们可以叫它为"制国服"。"剪辫子""放裹脚"，再加上"制国服"，我们就可以把辛亥革命称为"全身的革命"了。

"剪辫子"和"放裹脚"固然是中国男人与女人的人性大解放，但在我看来，"制国服"却更有意义，而且是意义更丰富、更深刻的一件事情。初读《中山装》，我读出的就是这个感受。

再具体一点，这个感受可以延伸为中山装所蕴含的"四个性"——

一是政治性。中山装体现了一种新旧政治社会体制的变革更替，这已经是最大的政治性了；中山装的许多重要部位，都有着丰富的政治内涵，它物化了三民主义、国之四维、五权分立。后来将中山装定为民国的法定国服，其政治意义就更为突出了。

二是革命性。中山装的诞生，是与辛亥革命紧密联系在一起的，在"剪辫易服"的氛围下，中山装成为革命者的一个独特象征，穿中山装成为拥护革命、与清朝封建主义决裂的一种标志。

三是开放性。中山装作为服装虽然是一种革命性的设计，但也继承了中国服装的一些传统元素。当然，它最大的特点还是开放性。首先，它颠覆了清朝时期的"长袍马褂"，吸取了西欧猎装和日本服装的元素，并结合当时南洋华侨中流行的"企领"文装上衣和学生装风格，又参照了西服平整、挺括、有衣兜的特点，表现出强烈的开明、开放精神。

四是实用性。相对于长袍马褂，尤其是清朝的官服，中山装既显得经济，更方便行动。四个袋子加上有纽扣的软袋的设计，既美观大方，又实用安全。尤其是上衣下面的两个"老虎袋"，可以随着袋内的物品多少胀缩，更令人叹为观止。中山装没有采用西装敞领敞怀的做法，而是采取内敛式，这样既容易裁剪，不浪费布料，还省却了那条烦人的领带。

如此看来，中山装就不仅仅是一种服装那么简单了，正如《中山装》这个书名所说，它是一个时代的生命符号。

生命符号，一个多么恰如其分的说法，一个多么富有诗意的说法！

3

在今天，中山装的政治性、革命性和开放性似乎已经退到历史的后台，然而它里面所体现出来的那种强烈的精神内核，却依然对我们有着非同小可的启迪作用。而它的实用性，是一直伴随着中国人的，它甚至还影响了一些国家，影响了一些外国人。这种实用性，我想一定还会继续下去的。

读着《中山装》，我想得更多的是中山装所蕴含的文化意义。中山装诞生的本身，就已经是一个非常重要的文化现象，其本身也是一件非常重要的文化产品，它被时代赋予了太多的历史责任。而经过近百年的历史沉淀，当浮云远逝，铅华消尽，大地归于宁静，中山装的文化性却越发显得"水落石出"、日益彰显起来。从这个角度说，《中山装》无疑给我们提供了一个有益的文本，也提供了一种有益的探索。在此之前，我们好像对这一点是失之于忽视了。

我们今天研究中山装，落脚点应该放在如何研究、探讨、弘扬和利用中山装的文化意义上，这是《中山装》的主旨，也是这本书给我们的启发。这，才是中山装的生命所在。

如果读者有兴趣，请与我们一起走进《中山装》，一起研讨中山装的文化意义这个时代命题。

"庆龄文化"说

宋庆龄先生是中国，乃至世界上最伟大的女性之一，这是毫无异议的。

然而，对于庆龄先生的伟大性，人们一直都是主要从政治上，包括先生对国家、民族和人类所做出的卓越贡献去考量；或者主要从先生的壮丽人生，包括她与国家、民族和人类命运的不凡关系去评价。

是的，所有这些，都是我们认识先生、评价先生的最关键、最核心的要素。

但是我觉得仅仅这样还不够，甚至还可以说远远不够。在我看来，随着时间的变迁、历史的沉淀，庆龄先生走过的人生道路，先生留下来的精神和品质，已经凝练提升成一种文化——庆龄文化。这是我们这个国家和民族，乃至是全人类共同的宝贵的文化遗产。

何谓庆龄文化？庆龄文化，大概包括以下几个主要内涵：

——伟大的爱国主义。庆龄先生自小就到了美国留学，主要接受西方文化的教育。她很早就看到了中国的落后，并且感到焦虑和愤慨，但她没有丝毫的民族自卑。她十分主张向西方国家学习，但她决不赞同要接受外国的领导和监督。庆龄先生进入青年时期时在就读的美国大学发表的文章中，最突出的特点就是爱国主义。这一点在辛亥革命成功后她所写的《二十世纪最伟大的事件》中表现得淋漓尽致。在此后的岁月中，无论国家和民族是处于一时状态平和，或者是处于艰难困苦以至危亡险境中，庆龄先生浸透着血浓于水的民族情感的爱国主义，一直态度鲜明、坚贞不渝。

——伟大的正义品质。法国著名作家曾经这样评价庆龄先生：她从外表看来是一朵柔美的花，在内心则是一头无畏的狮子。先生的美丽儒雅、淡定自若，让每一个见过她的人都如沐春风。然而在她平和静美的内心深处，先生却是一个原则坚定、坚持自我，疾恶如仇、爱憎分明的人。先生领导成立的"中国民权保障同盟"及其运作与贡献，高高矗起了先生坚强的身影。无论对于政治，对于社会，还是对于亲友，庆龄先生都将正义作为旗帜和标杆，坚持人民至上，将人民的利益放在第一位。正因为如此，先生才从内心深处放射出一种百折不挠的强大力量。

——伟大的博爱襟怀。博爱，是庆龄先生最显著的文化品质。这一种品质，高度集中体现在先生创立的"保卫中国同盟"和后来更名为"中国福利会"的巨大贡献和影响力中。以正义的名义，先生将毕生的爱交付给了追求国家和民族解放事业的政党和革命；以生命的名义，先生将毕生的爱献给了全民族的妇女和儿童发展事业；以和平的名义，先生将毕生的爱献给了国际友谊和全人类的和平事业。仁慈静美，春风化雨，庆龄先生的一生都洋溢着母性的光辉。

——伟大的现代意识。这是体现在庆龄先生身上十分珍贵的文化特质，这一点在一百多年前的中国至为难得，一百多年后的今天，依然具有重要的现实意义和未来意义。一百多年前的当时，庆龄先生和中山先生都属于最现代化的中国人和亚洲人，同时又是现代爱国者，因此他们才成为永远不变的革命情侣。如何使积贫积弱的国家和人民富强起来，赶上甚至超过发达国家？这种现代意识才使他们产生"振兴中华"的梦想并在这个伟大的目标中紧紧站在一起。

作为一种定义的庆龄文化，它包含了庆龄先生的人生历程、苦难辉煌，包含了庆龄先生的思想主张、性格品质，也包含了庆龄先生自身的文化成就和文化贡献。随着时空的变化，当以上各个相对独立、更彼此联系的方面高度融合在一起的时候，它就沉淀和提升成了一种文化，并以遗存和生发的方式，成为庆龄先生生命的最高形态和最高意义，它将永远地浸润和影响着我们这个国家和民族，进而延伸和演绎成为全人类共同的人文遗产。

以庆龄文化的名义，笔者建议成立庆龄文化研究机构和文化交流机构，让庆龄文化成为一种显学，成为一种载体，为国家、民族的事业发展，为增进人类的交流与合作，发挥其独特而重要的作用。

心的看见

第二辑

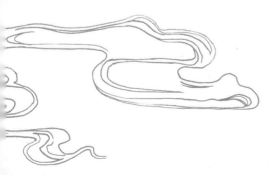

香山香

本文的写作，源于沉香。
何为沉香？为何源于沉香？
这还要从古代说起。

现在的中山市，古称香山。最早的时候这里是香山列岛，为扬越地，公元前214年（秦始皇三十三年）秦统一岭南，将岭南划分为桂林郡、南海郡、象郡三郡，当时香山属南海郡。公元757年（唐至德二载），香山设镇，属东莞县。1082年（宋元丰五年），广东通判徐九思用进士梁杞言，请建香山为县，未获得批准。1152年（宋绍兴二十二年），东莞县令姚孝贤请于朝廷，改镇为县获准，遂割南海、番禺、东莞、新会四县部分地域建香山县，属广州府。这个时候的香山县包括了今天的珠海和澳门。公元1925年，为了纪念孙中山先生，香山改名为中山。香山为什么叫香山？明代嘉靖年间编的《香山县志》曾对香山的取名说法做了注释："旧《志》云：以地宜香木得名，今按县地产香木绝少，岂以香炉山之故欤？"由此可知，香山得名于隋唐之前，是因盛产沉香而得名的。以沉香命名一个地区，这在国内应该是唯一的例子。沉香是一种常绿乔木，高可达30米，野生或栽培于热带海拔400米以下地区。国外主要分布于东南亚和中南美地区，在中国除了有引种国外的树种外，在广东、海南、福建、台湾等地则以本土的白木香为主。在香山境内，有一座五桂山，方圆300里，海拔530多米，自古就生长着大量的白木香。不知道从什么时候开始，这里的人们发现，白木香自然结脂形成的沉香，竟然是十分奇妙的中药。这和《本草纲目》中的记载完全一致："沉香，气味辛，微温，无毒。主治：风水毒肿，去恶气；主心腹痛，霍乱中恶，邪鬼疰气，清人神；调中，补五脏，益精壮阳，暖腰膝，止转筋吐泻冷气，破症癖，冷风麻痹，骨节不任，风湿皮肤瘙痒，气痢；补脾胃，益气和神。治气逆喘急，大肠虚闭，小便气淋，男子精冷。"自从发现了沉香，尤其是发现了沉香的药用价值后，这里的名气就顿然传了开来，久而久之，人们干脆就叫这里为"香山"了。据历史记载，在隋唐以前，这里就是著名的沉香生产地了，沉香已经成为一种道地药材，并且有专门从事种植、养护、采收的"香农"。然而，在当时，乃至后来，这里的沉香都一直被叫作"莞香"。道理很简单，因为当时香山属东莞县管辖，所以不管是上贡朝廷，还是销售和出口、与郑和一起"下西洋"的沉香，都叫作莞香。当然，这些沉香也包括东莞本土、珠海、澳门，以至惠州、深圳宝安等地的产品。但是，莞香的主产地应该是香山地区，也就是五桂山地区。每年，香农们把采收后的沉香交到政府专门设立的收购地点"香山场"，即今天珠海的山场一带，集中包装好的沉香都运到今天的珠海"香洲"等候装船，运送到伶仃洋对岸的港口集散，此地至今都叫作"香港"。具体运香上船的地方叫作香埠头，船户避风居住的地方则称为香港围。这些冠以"香"字的地名，都是当年沉香种植采收、装船运送以及进贡朝廷、出口国外的印证，更说明了香山地区确实是沉香的主产地。还有，据说美国檀香山这个名字，也与香山的沉香有关呢。只可惜，当年香山从东莞独立出来成县，香山的沉香却至今都未能独立成名。

沉香重新走进人们的视野，重新引起各界的重视，这既是历史钩沉，也是价值再现，既有助于生态建设，也对人文回归有利。现在，在中山的五桂山，依然生长着国内最多的古沉香树，这些原生态的古沉香树，已经全部登记在册，实行重点保护，包括唐代的"古香林寺"，也已经开始修复利用；而新种植的一畦畦沉香树，则生机勃勃、郁郁葱葱；不管在城市，还是在乡村，一缕缕的沉香馥郁，总是悄无声息地袅娜着、蔓延着。如果你有机会走进中山的五桂山，或者就在城市的路边，你会看见这样一片片、一溜溜的树林，树干高高的，不瘦不胖，树皮暗灰色，平滑而低调；椭圆形、卵形或倒卵形的绿叶，不密不疏。看见她，让你总会想起"玉树临风"这个词。这种文人味十足的树木，就是白木香，也就是中山的土沉香了。 而当你走进中山的大街小巷，或者是乡间巷陌，你总会感觉到一种特殊的香味，若隐若现，时浓时淡，平时接触的那些袅袅的香烟是看不见的。沉香的香味，比她的树形还要低调，然而，是一种沁入你的心灵的香。在我看来，沉香是一种美妙而神秘的香。她可以延绵昨天、凝聚今天、对接明天；可以洗濯身体、浸润心灵、提升生命。 啊，沉香，这岭南的绿色倩影，这岭南的美丽精灵，这接通天地人的袅袅之魂，正迈着古朴而轻盈的步伐向我们走来。

是啊，今天，当盛世到来，沉香重生，香山的沉香也应该通过寻根而正名了。这是我们责无旁贷的责任和义务，甚至还是我们必须担当的一种历史的、现实的、未来的使命。如何寻根正名？窃以为，可否就以"香山香"——岭南第一香寻根正名行动切入，开始迈开我们的脚步，开始走出我们的路程？

正是：

巍巍五桂山，

悠悠大珠江，

袅袅吹，轻轻扬，

啊，香山香，

岭南第一香。

大唐让你走进药典，

郑和带你出了海洋；

你走过的地方叫檀香山，

你走过的地方叫香港。

岁月让你修成香道，

人文带你上了殿堂；

你美妙的名字叫精气神，

你尊贵的名字叫香王。

香了天，香了地，

香在人心上；

半分醉，半分醒，

岭南第一香。

啊，岭南第一香，

香山香，香山香。

香山：佛香之山

近几年，我受命负责中山古香林寺的筹建启动工作，因此就有了写一写佛教与香山关系的想法。对于佛教，我完全是门外汉，因此不敢造次直接就佛事写佛事、就佛香写佛香，只好另辟蹊径，借佛事、佛香之本义，引申开去，试着写一写佛事与香山的关系、佛事对香山的渲染这些人文的含义，等等。即使这样，心里也总是惴惴的。这里所讲的香山，当然是包括中山、珠海、澳门的"老香山"。

我想从香山之名的来源谈起。最少一千多年以前，香山的名字就已经闻名遐迩了。据清朝《太平寰宇记》记载，香山境内的五桂山多产奇异花卉，香溢数十里，故名香山。而最重要的是，五桂山盛产沉香，从唐代开始就是重要的"贡品"，明代更成为海上丝绸之路中国对外交易交往的珍品，只是当时因香山隶属东莞而称"莞香"。因此，南宋绍兴二十二年（1152）这个地方从东莞县分离出来时，成立的政邑就叫作香山县。

沉香乃佛香之最。佛香成为联系人与佛的媒介，通过虔心焚香设拜，可以上达天听，下及幽冥，感应道交，不可思议。释迦牟尼佛是大孝之子，为了救度其母亲，曾上忉利天说法度生。天上一日，地上数千年，众弟子担心佛陀远离地球上的生命，就焚旃檀沉香为信物，上达天听，礼请佛陀回到人间。从此，佛教徒便开始了烧香拜佛的习俗。沉香与佛事密切相连，是最典型的"佛香"。可以说，从一起源，香山就是一个佛事浸润的地方了。因了沉香，香山与佛的关系可想而知。怪不得佛喜欢住在香山呢。香山的佛事，自然先从这里的土民开始，从生于斯长与斯的香山先民开始。之后，香山的佛事，还以贡品的名义循着皇天后土上至皇室庙堂，以礼品的名义沿着海上丝路远播海外。而这，也正是香山佛事的荣耀和独特之处。正因为有"香"，先民们就有了冥想、有了寄望，因此也就有了"古香林"，有了"古香林寺"。位于中山古香林山巅的古香林寺，始建于唐朝贞观年间，迄今已有一千三百多年的历史。传说唐朝有一位一品官夫妇两人到县境内五桂山的古香林山建简易的寺和庵各一，男的改法名正传，女的改法名正机，分住寺庵传教，而使香林寺成为盛极一时的佛门圣地。令人嗟叹的是，几经兴衰，昔日的名刹，如今只剩下残垣断壁及少许遗存的文物古迹。令人可喜的是，从现在开始，重修"古香林寺"的"佛事"已经顺利展开，昔日的佛门辉煌又将重现我们眼前。

　　"古香林寺"虽然过早地湮灭了，但香山的佛事并未停辍过，香山的佛香也并未熄灭过，尤以明清及民初为盛。而现如今，西山寺、白衣古寺、报恩禅寺等，依然佛事繁忙、佛香鼎盛。而在珠海，巍巍的黄杨山下，因抗元复宋而建造"金台精舍"，进而在清乾隆壬辰年（1772）扩建而几经起伏的金台寺，随着改革开放的春风吹拂，如今又凤凰涅槃，佛名远扬。坐落在凤凰山下的四大佛山旅游风景区，重现了中国著名的四大佛教名山——浙江普陀山、安徽九华山、四川峨眉山、山西五台山的主要建筑物及名胜。景区内的古建筑艺术精湛，殿堂黄墙黛瓦、飞檐翘角，佛像雕像造型精美，姿态雄伟。钟楼悬挂着的重达7000斤的"大吕铜钟"堪称一绝，叩之其声轰鸣，余音绵绵。其佛事可谓魂牵佛祖、脉连神州。再说说澳门。由于特殊的地理和人文因素，澳门的佛教信徒之多之广，远超中山、珠海两地，然而其最突出的佛事，是将"佛事"做回了民间，将佛香做出了海外。澳门是明清时期中国最重要的海上中转地，是海上丝路的重要节点，因此其"佛事"跳出了敬畏大陆而转向崇拜海洋，因此就有了妈阁庙。初建于明弘治元年（1488）的妈阁庙，距今已有五百多年的历史。所供奉的女仙妈祖，又称"天后娘娘""天妃娘娘"，人称能预言吉凶，常于海上帮助商人和渔人化险为夷，消灾解难，于是澳门人在现址立庙祀奉。妈祖的原身是真人，虽然妈祖女仙属道教范畴，但在宗教活动以至日常生活中，澳门人明显已经将佛事也泛化其间。由此可见澳门佛事的民间化、实用化，佛事的氤氲，也由此更为弥漫了。佛，一直以来就住在香山，从来没有离开过。香山，确实是一座佛香之山。诚然，信然，敬然！

近年来，中山等地的佛事似乎明显地繁忙了起来。开初是白衣古寺等几个古寺开始重修，接着是沉香产业和沉香文化重现生机，"香山香"品牌响亮打出。更有甚者，经过几年的反复，有一千三百多年历史的古香林寺也终于正式开始重建。

香山伟人孙中山先生曾说："佛教乃救世之仁，佛学是哲学之母，研究佛学可补科学之偏。"中山人当下所做"佛事"，所奉"佛香"，无论于宗教、于哲学，还是于人文，不管对佛住香山，还是佛住中国，以至佛住人类之心，都极具意义，可谓功大莫焉。善哉，善哉！

香港·香山·香缘

香港，一个多么美好的名字！

无论是谁，一听到这个名字，一定会怦然心动，也一定会去猜想，这么美好的名字，一定也会有着一个美好的来历吧？

确实是这样。只不过香港名字的来历，一直众说纷纭，莫衷一是。最权威的说法，应该是"香港百科"上的记载了。

"香港百科"条目上说：

宋代以前，香港是海上渔民捕鱼歇息的地方。宋元以后，岛上有个小村，叫"香港村"，为转运南粤香料的集散港，香港因此得名。关于"香港"地名的由来，有几种说法：一、据说，"香港"当时只是指今天香港岛上的一个小村落。这座小村落靠近大海，村里有一条小溪流注入大海，形成了一个天然的港湾。溪水甘香可口，海上往来的水手经常到这里来取水饮用，久而久之，甘香的溪水出了名，这条小溪，也就被称为"香江"，而香江入海冲积成的小港湾，也就被称为"香港"。有一批英国人登上香港岛时就是从这个港湾上岸的，所以他们也就用"香港"这个词来命名整个岛屿。直到今天，仍然有人用"香江"作为香港的别称。二、香港的得名同香料有关。那时，香港这座小岛在行政上隶属广东东莞。从明朝开始，香港岛南部的一个小港湾，因为转运产在广东东莞的香料而出了名，才被人们称为"香港"。据说那时"香港"转运出去的香料，质量上乘，被称为"海南珍奇"，香港当地许多人也以种香料为业，"香港"同种植的香料一起，声名大噪，也就逐渐为远近的人们所认可。不久这种香料被列为贡品。可后来，村里人不肯种植了，皇帝便下令杀了族长，村民们四散逃走，香料的种植和转运也就在香港逐渐消失了，但香港这个名称却保留了下来。三、香港的得名同一个名叫香姑的女人有关。据说香姑是一个海盗头目的妻子，丈夫死后，她继续在这座小岛上拉起人马占岛为王，"香港"就是"香姑的港口"的意思。这种说法，看来有些离奇。尽管有许多不同的说法，但可以大致肯定的是，"香港"这个地名最早出现在明朝，它最初是指今天香港岛上的一个小港湾、小村落，后来才扩大为对整个岛屿的称呼，最后，到了20世纪初，才成了被英国殖民主义者占领的整个地区的统称。

对于以上三种不同的说法，多数人赞同第二种，认为"香港"是因转运香料而得名，不过，三四百年前鼎盛的制香、运香业，除了给香港留下一个芬芳的美名之外，到今天已经没有其他什么痕迹了。

多数人赞同第二种说法，这是对的。首先，这种说法符合民间的风俗和习惯，因为沉香是吉祥的信物，它可以接通天地人三界；其次，沉香通过香港转口，确实是一个真实的历史，是一个客观的存在。只是，这一历史事实需要有所补白。

在古代，今之香港、深圳、宝安、中山、珠海、澳门及东莞市本土都属古代东莞县范围。东莞自古产沉香，所产之香为莞香，能沉于水底为上品，故称"沉水香"，简称沉香。莞香树，别名牙香树、女儿香。据《中国树木分类学》记载：牙香树，别名女儿香、莞香（广东东莞）。而古代东莞县属下的区域盛产莞香，因而，这些地区在唐宋以前已出现了与香有关的一系列地名，如香山、香山场、香洲、香港、香港仔、香埠头、香港围等。有资料介绍：隋唐以前，东莞就是沉香的著名产地，每年有大批"莞香"进贡朝廷，或者作为与他国交往的名贵礼品。

这些冠以"香"名的地名都印证了当年沉香种植采收、装船运送以及进贡朝廷、出口国外的说法。因运香贩香而闻名，石排湾这个港口便被外国人称为"香港"，即"香的港口"，后来，"香港"更成为整个海岛的名称。

当时东莞县属下的香山岛是莞香的主产地，香山因盛产沉香而名。南宋绍兴二十二年（1152），香山地区从东莞县独立出来，名香山县，地域包括了今天的中山、珠海和澳门等。行政体制是独立出来了，而香山所产沉香，则未能独立成名，一直以莞香之名代替和包含。直至近年，中山人才突然醒悟过来，开始为香山所产沉香正名，名曰"香山香"。今天，全中国的古沉香树仅存八万多棵，其中中山的五桂山就占了四万多棵；中山还新种植了六百多万棵的沉香树，拥有了全国最好的现代结香技术，沉香产业和沉香文化发展如火如荼、方兴未艾。

综上所述，可见香港的名字是因香而生、因香而名的。而这个"香"，说到底应该是香山的香，是香山的沉香。这，就是香港与香山的渊源之所在，就是香山与香港的缘分之所在。

因了这个"香"，香港与香山的情缘，犹如沉香一样，袅袅娜娜，延绵不断，芳香溢远，心有灵犀，天地人间，根脉繁茂。

香港与香山，一衣带水，同文同脉。多少动人故事，在两地发生；多少英雄儿女，在两地成长。从孙中山，到李东海、郑耀宗、郭炳湘、吴思远、谭惠珠、蔡冠深，香山地区为香港培养了经济、政治、文化各界豪杰；从先施百货，到太古洋行、李锦记、新鸿基、英皇集团、雅居乐，香山人为香港做出了多少杰出贡献；从霍英东建设内地第一间温泉酒店，到投资办企业、捐资兴学建医院、做公益慈善，多少香港人为香山地区的改革开放、繁荣发展铸就了高高的丰碑……香港、香山，珠江、香江，以"香"的名义，以咸淡水的身份，从襁褓相望、两小无猜，到相亲相爱、紧密无间，同舟共济、共筑辉煌。

走过百年风雨沧桑，今天的香港已是晴空万里、满眼阳光。东方之珠，紫荆盛放；狮子山下，百舸远航。而香山，则以伟人故里、经济特区、特别行政区三个角色各自走出苦难，迈向远方，如今是繁荣昌盛、鸟语花香。香港与香山啊，以"香"的名义，又探寻起"香"的水土人文，钩沉起"香"的无限遐思，托举起"香"的未来梦想。

有诗云：

> 维多利亚港！
>
> 当你扬帆远航，
>
> 你是否还记得，
>
> 那一片伶仃洋，
>
> 那一条大珠江。
>
> 香港啊香港！
>
> 当你灯火辉煌，
>
> 你是否还记得，
>
> 那一座大香山，
>
> 那一片土沉香。

九连山情思

　　一山连三省，一脉连九县。这里的人，一从娘肚里出来，见到的就是莽莽苍苍的九连山，他们的生命，从此就与九连山不能分割。而我，总是记得小时候在九连山上砍柴摘松果，更记得当年做赤脚医生的时候，曾爬到九连山的主峰海拔1430米的黄牛石山采药、在山洞里过夜的情景。

　　九连山，那是家乡的脊梁；连平，那是养育我们的父亲母亲啊。

　　谁也想象不到，这个山高皇帝远的地方，在明朝的时候曾经是"州"，更想不到这里曾经出现过以颜希深、颜检、颜伯焘为代表的"一门三世四督抚，五部十省八花翎"。记得1991年9月随珠海市代表团前往唐山参加城市运动会，经西安时曾在碑林苦苦寻找一个多小时，才找到了颜氏三代的"三十六字官箴"；后来，时任国务院总理的朱镕基在一次会议上讲到这个官箴，从此，"三十六字官箴"才作为廉政格言在全国广为流传开来。

　　泥砖土壁的围屋，一律的穷乡僻壤，却原生态地保持着千里之外的中原文化，"宁卖祖宗田，不丢祖宗言"的祖训，千百年来从未改变。据说，近几年来，不断地有山东、河南的考察团来到这里，竟说是来"寻根"的。是啊，这几年修丘氏族谱，才知道自己原来竟是姜太公第三个儿子的后裔呢。

与其他客家地区一样，这里的人们同样保持着中原崇文重教的优秀传统。清道光年间，这里曾出现一个神童叫练恕。年幼的练恕从7岁开始，就跟随做知县的父亲在江浙一带读书。9岁时，已读完"五经"，并开始攻读史学和诸子百家著作。13岁时，已"通诸经三史，能为古文辞"，14岁时已读完《资治通鉴》。练恕不愿出仕为官，而立志献身史学。他一心专注于史籍中志、表等的研究与著述。从11岁开始，他就在苦读史书的同时编著自己的治学所得。天才加上勤奋，从11岁到16岁，练恕编著的史学专著《后汉公卿表》《五代地理考》《西秦百官表》和《北周公卿表》，被后来的二十五史刊行委会收入《二十五史补编》，成为现当代研究历代正史的重要资料书。他17岁因积劳成疾去世，尚未整理成书的笔札之类竟积厚数寸。后来，他的父亲练廷璜将他的著作收集成四卷，名曰《多识录》，卷一至卷三为史学专著，卷四为史学杂文。他的杂文集《伯颖杂文》，在道光十八年（1838）刊刻。在我国的史学宝库中，有几颗光泽鲜亮的宝珠，那是连平人练恕给添上的。这位史学神童，虽然只活了短短17年，但他不负少年韶华，短暂人生却丰富多彩，名垂青史。

这是一个"九山半水半分田"的典型大山区。也许是太穷了，物质太贫乏了，这里的人居然做出了既有中原特色，又有九连山区风味的客家菜——那让人回味无穷的全猪宴、八刀汤，那沁人心脾的客家娘酒。而我最留恋的是盐酒豆腐，小时候逢年过节，再困难妈妈都要给我们做，离开家乡后，每次听说我要回家，母亲第一件事就是要磨豆腐。可是，母亲已经走了，再也不能给我们做盐酒豆腐了。然而，那甜、那香的滋味，却是永远融进了血液里，渗入了生命里。

这里的客家人，无可置疑是标准的"汉人"。他们把列祖列宗的牌位，从中原一直供奉到这里，再苦累、再危险，也从不放弃。他们同样以"龙"作为最高的图腾。买不起布料，就以干稻草为材料，插上香火，那蜿蜒舞动的"香火龙"，在漆黑的夜晚，与月亮争辉，与星星共舞。记得当年父亲曾经反串女声，牵着另一个人在火龙间穿行起舞唱"龙歌"，众人将鞭炮扔到他们和舞龙者的脚下，那龙是舞得越发威风生动。这里的人，元宵节上的灯叫"花灯"，那可是从宫廷里传承出来的手艺。客家人，有多少曾是中原的名门望族啊。

山里人勤劳、诚实，但一样聪明、智慧。山，可做山的文章，穷，可做穷的事业。你看，这里种出来的同样是蒜头，但他们却发明了"火蒜"，一个"火"字，让蒜头美名远扬，一直"火"到了东南亚，"火"到了欧洲。都说石灰岩地区不适合人居住，这里的人却种植了三万亩的桃树，春天是那桃花盛开的地方，夏天是桃子满天下，直把这里变成了现代的桃花源。

我的这些回忆与描写，当然是九牛一毛，甚至很不准确，但是，山清水秀、物华天宝、源远流长、地灵人杰的家乡，却已经完全可以管中窥豹。这么美丽的地方养育了我，这么优秀的人文滋润了我，今天我才突然发现，从1987年迁居珠海、中山之后，已经发表了几百万字的文字，而对于自己的家乡，我的手笔竟一直那么懒惰，我的文字竟一直那么吝啬！

没错，我曾在20世纪初牵头与几个文友办过家乡第一个民间文学社"野草"文学社，出版过第一份民间文学报《野草》，而且有了不小的影响，据说至今还被家乡的许多中小学生奉为榜样；我也曾经说过，从山区到海边，是山里人生命的延续和延伸；我还邀请过一些著名的文人墨客到家乡采风写作；我也曾经努力发动和组织香港商人，珠海、中山的"老板"到家乡捐资办学、筑桥修路。但是，相比于家乡的给予、家乡的温暖，我只有惭愧，只有不安，只有自责！

而此刻，我所能想的是，从今天开始，我要抓紧为家乡做些什么呢?

一方丰美的音乐水土

最近，我在一次参观中山市的航拍图展览中突然发现，1800多平方公里的中山市，很像一份偌大的五线谱图谱：那纵横交错、数以千计的江河网，就是一根根流动的五线谱，而镶嵌在河网两岸的大小村庄，就是一个个错落有致的音符。有了这个发现之后，我就常常期待着，什么时候有机会坐滑翔机或者直升机上去亲自看一看，那感觉一定会像自己在弹奏一支美妙而雄浑的交响曲。

我还孩子般想象，这音乐一样的水土，一定会哺育出许多音乐骄子，一定会繁衍出许多的音乐名作吧？有了这样的想法，我又顺着这个主题开始在脑海里搜索起来。霎时，一簇簇灿烂的火花，竟然就在我的脑海里不断跳跃起来，火花中总是反复闪烁出三个人的名字：萧友梅、吕文成、李海鹰。

这个发现让我惊讶不已、兴奋不已！

虽然三个人的名字早已如雷贯耳、闻名遐迩，我还是要在这里分别做一番介绍。

萧友梅1884年生于中山石岐，1940年卒于上海。他是我国现代音乐的奠基人之一。他主持创办了上海国立音乐院，除了创作了大量著名的音乐作品外，更培养了无数的音乐人才，如冼星海、贺绿汀等，被誉为"中国现代音乐之父"。

吕文成是中山人，他创造了钢丝二胡，即高胡。他运用传统的广东音乐风格，吸收西洋音乐的优点，创作了一百多首广东音乐作品，其中《步步高》《平湖秋月》《蕉石鸣琴》等更是脍炙人口，也被尊为"广东音乐之父"。

20世纪80年代末开始，中山又出现了活跃在中国乐坛的一位"大师"级人物，这就是李海鹰。他与广东的陈小奇一起，开中国的流行音乐风气之先，由他作词作曲的《弯弯的月亮》，响遍了大江南北，风靡整个华人世界。二十多年来，李海鹰创作了大量风格各异的优秀歌曲，一直引领流行音乐之风骚，将其称为"中国流行音乐之父"，也是当之无愧的。

一个小小的城市，竟然拥有三个国家级的"音乐之父"，已经够"牛"的了。但再翻开书本查一查，再上网络搜一搜，却更让我大大震撼。请看看这一串名字：歌词大师韦瀚章，粤剧名伶唐雪卿，钢琴大师肖淑娴，著名女指挥家杨嘉仁，著名作曲家郑桦、陆云、草田，著名女歌唱家周碧珍，著名钢琴家鲍蕙荞，著名评剧作曲家黄平，著名男高音歌唱家吴其辉，著名指挥家林友声……近20位全国闻名的音乐家，把中山的天空映照得那样亮丽、那样辉煌！

究竟是什么因素，造就了这方特殊的水土，养育出如此的人文？

原来，一道道悠远的珠江支流，从中山这里奔流而出，与汪汪洋洋的南海相激荡，融合出了一种特殊的水——咸淡水，形成了一种特殊的文化——咸淡水文化，于是，一个个贤才志士，吸吮着大陆的乳汁，沐浴着湿润的海风，就在这里呱呱坠地，横空出世，应运而生！

幸运的中山人没有辜负这方水土，他们以一支支美妙的乐曲和歌曲，创造了音乐的辉煌，创造了音乐的奇迹。

因了这个发现，我对原来飞行的期待顿然变得犹豫了，因为我的脑海中出现了这样一个问题：今天，我们该如何面对这一方音乐水土，如何挖掘这一个音乐基因，如何弘扬这一种音乐元素呢？

永远的启蒙老师

　　前一段时间，85岁高龄的父亲病重入了医院。父亲一向身体很好，此前还从来没有住过院，平时连吃药打针也极少极少。这次病倒，让我们兄弟姐妹都紧张得不得了。好在通过积极治疗，加上他一直保持着平和、乐观的心态，病情很快就稳定了下来。那一天晚上，躺在病床上的父亲突然向我们几个又讲起了已经好长时间没有讲过的《三国演义》来，让我们惊讶不已。而我的眼前，则又浮现出了40年前那一幕幕难忘的情景。

　　那是20世纪60年代的事情了。那时候我们家乡的冬天很冷，每年都要下雪，正值农闲，农村里没有什么娱乐节目，吃了晚饭后无事可做，男人们就总爱往我家里跑。我父亲是村里唯一的新中国成立前的初中毕业生，不知道从什么时候开始，听他"讲古"就成了村里的一个惯例。十几个大男人挤在我父亲那不足10平方米的泥砖瓦房里，静静地听我父亲讲《三国演义》《水浒传》，讲《薛刚反唐》《二度梅》……这个时期我10岁左右，与父亲住在一起，自然"近水楼台"地听到了父亲讲的许多许多的"古"。有时候是听着听着不知不觉地入了梦乡，更多的时候是听得津津有味，偶然还听得入神连尿也忘记了去撒。我还清楚地记得那时我父亲在墙上写的一幅字："室雅何须大"。虽然里面的意思多年之后我才理解，但这幅字却从此在我幼小的心灵里留下了不可磨灭的印象，更为我后来喜欢文学并走上业余文学创作的道路埋下了种子。我是7周岁上的学，那时候乡下是没有幼儿园的，但在父亲的提前启蒙下，我刚上学的时候就已经认得不少字了，还能背一些古诗词，这让老师们惊讶不已。到二年级期末，我的学习成绩已经远远走在了同级同学的前面，老师建议我直接跳级去读四年级。我喜滋滋地告诉了父亲，没想到他却强烈反对，还专门带着我找到老师，好不容易才劝下了我。懂事以后，我才觉悟到父亲的做法是对的。正是这样坚持一步一个脚印地扎实学习，才使我从小学到高中的学习成绩一直名列前茅，让一个"劳改释放犯"的小孩能够在那个年代借助于优秀的成绩和良好的表现顺利升到高中；又由于高中时代就开始文学创作并在报刊上发表了文学作品，而被生产队、大队、公社和县里看中被挑选去做各种工作，使得我在恢复高考之后成为全公社第一个考上大学的人。

父亲是新中国成立前参加工作的，但由于一个冤案而被错判了三年的徒刑，释放后不仅失去了工作，还成为"问题人物"而被打回农村，一直到1987年底才彻底平反，已经66岁的他这才成为一个"离休干部"。可以想象，在农村务农的那些日子，父亲是怎样走过来的。同样是青壮年的他，经常要干比他人更苦更累的活，非但没有什么优待，反而不能与其他人同工同酬；为了生计，父亲除了白天劳动外，还自学了编织毛衣、结绳子的手艺，利用晚上和公余的时间接下生产队或者村民们的活，收取很少的报酬，以增加家里的收入。我和母亲、姐姐、妹妹，后来还有弟弟，也在课余或公余的时间，给他打下手，帮着做一些力所能及的事情。那时候生活确实非常穷苦，在三年严重困难时期和1970年左右，甚至还要吃树根、野菜。好在由于父母都懂一些手艺活，除了四个姐妹夭折了之外，我们兄弟姐妹四个还是熬过来了。改革开放后，父亲在村里最早觉醒过来，率先办起了小卖部，凭着他的勤劳、诚实和能力，我家的生活才逐步好起来，而我们姐妹也得以发挥各自的长处，逐步成就了自己的事业。在这二十年左右的时间里，父母亲除了是我学习知识的启蒙老师外，更是我生活与生存的启蒙老师，他们教了我大量的在艰难困苦面前，怎样看待、怎样应对的态度和技能，怎样抓住机会发展自己的经验，让我在自己的人生里程中一直受益无穷。

　　对于我们家来说，"文化大革命"时期的艰苦生活其实并不是最难受的，最难受的还是政治上的歧视。比如上面派工作队来，根本不可能安排到我们家住，要知道这在当时可是一种重要的政治待遇呀！每逢有"最新指示"发表，村里就要广为张贴，在人家房门、墙上张贴的是红色的，而在我们家外面张贴的却是白色的，让人一看就知道是"问题人家"。由于出身不好，我即使成绩一直在学校里排名第一位，可就是入不了共青团。而这些，其实也还不是最难受的。最难受的是，每一次的中心运动，如果要办学习班，要开批斗会，一般都有父亲的份儿。让我毕生难忘的是，那一年的秋天，父亲又给集中到一个地方办学习班去了。在农村，这种所谓的"四类分子"学习班，是要自己的家属负责送饭送菜的。记得有一天的中午，我放学后照例去给父亲送午饭。已经是下午1点多了，上午的学习仍然没有结束，工作队的人正在教我父亲他们一首新歌，名字叫《战士歌唱东方红》。征得工作队的同意后，我父亲微笑着叫我坐在他的身边一起学。等到让大家吃饭的时候，没想到我竟然比学习班的人都学得好，回家的时候，我已经可以一路熟练地哼唱了。此后，每当我一想起这首歌，父亲当时那亲切的笑容就无比生动地浮现在我的眼前，这一幕情景留给我的并不是难过和悲伤，而是一种特别的温馨和信心。父亲这是在给我做着一种如何对待磨难、对待困厄的精神启蒙啊！

现在，父亲毕竟老了。前几年，我们把他带到医院做了一次全面的体检。父亲的身体机能很好，但却发现患了晚期肺癌，这让我们几乎慌了手脚。经过咨询医生，又借鉴社会上的各种经验，全家人都同意采用保守疗法。一是不告诉父亲真实的病情；二是不去大医院复检，以免让父亲精神紧张；三是加强营养，对症下药；四是让他参加一些适当的娱乐活动。此外，对于一直抽烟的父亲，只告诉他尽量减少烟量，而不是一下子完全戒掉。父亲也很配合，而且一直非常乐观，身体一直也无大恙。但我总觉得父亲其实是知道他的病情的，只不过是把他的想法深深地压在了心底。

　　这几天，癌分子终于转移到脑部去了，由于压迫脑部神经，父亲开始出现抽搐，两天后，右手、右腿变成了半瘫，口齿也有点模糊。但是，父亲却表现得非常冷静、顽强和乐观，时而还搞点儿幽默，他甚至还告诉来探望他的"雀友"们，待他过几天出院后，再和他们"筑长城"。通过近十天的积极治疗，父亲的病情奇迹般地稳定了下来，甚至出现了好转，父亲的口齿又像往常那样清楚了。因此，那天晚饭后，兴奋之下，他又给我们讲起了《三国演义》。

　　亲爱的父亲，我最尊敬的父亲！我懂了，你这是在对我们做着最后也是人生最高层次的启蒙——生命的启蒙啊！

　　亲爱的父亲，我最尊敬的父亲！你有这样的人生经历，有这样的人生态度，有这样的人生知识，有这样的人生精神，你一定会好起来的，你一定能活得更长一些、更长一些的！

　　啊，父亲，我永远的启蒙老师！

附录：

父亲是座山

青年的父亲

他是一座山

挺直的脊梁哟

左边挡着风雨

右边挡着雷电

为儿女顶起一片天

中年的父亲

也是一座山

坚实的肩膀哟

一头挑着太阳

一头挑着月亮

为儿女耕出一片田

老年的父亲哟

还是一座山

宽厚的怀抱哟

白天是那彼岸

夜晚是那港湾

为儿女送来一片暖

啊，父亲

亲爱的父亲

你是儿女心中

一座永远不老的山

我的一九七八

　　这篇文章原本是计划2008年才写的。由于2007年是恢复高考30周年，近两个月来全国的媒体就这个话题可是炒得沸反盈天，热闹非凡。而我是恢复高考的第二年，也就是1978年才考上大学的，按理2008年才是30周年纪念。但这是你个人的小事情而已，全国的周年纪念才是大事情呢。如此看来，2008年写这篇文章就不会有多少人感兴趣了。恰好《羊城晚报》"花地"说准备近期出一个我的专版，其中要安排一篇散文，自己就思谋着提前把这篇文章给写了。

　　说是1978年的事情，却还得从更远的时间说起。

　　我出生于广东连平一个典型的农民家庭，自祖上几百年前迁徙到粤北的九连山区开始，就一直是纯纯粹粹的农耕人家。至于说我们丘姓人是姜太公第三个儿子的后代，那时候始祖究竟是不是贵族，我们就不得而知了。然而作为客家人，我们村还是很有崇学重教的传统的，只是确实太穷，加上生活在崇山峻岭之中，交通和信息都十分闭塞，再努力也很难出什么人才。但就我们这个县来说，我们村的情况还不赖。据查，乾隆四十五年（1780）的庚子乡试，我们村就出过一个排名第二十一位的举人，名字叫丘庄。新中国成立前，也有几个人考上县城的中学，只是都因为生活困难中途辍学而未完成学业。"文化大革命"前，我们镇总共才考上三个大学生，我们村竟然占了两个。这两个大学生，自然就成了我们村的骄傲，成了学子们的"对标"，更是我心中的偶像。但对我影响最大、最直接的，还是我的父亲。父亲就是那几个没有完成中学学业的其中一个。为了生计，也为了不浪费好不容易学到的知识，更为了不辜负乡亲们的培育之恩，父亲从县城回乡后，自告奋勇办起了村的初级小学，结束了村里没有学校的历史。之后，全国解放前，他被刚刚建立的县政府任命为乡里的行政委员会委员兼财经股长。可惜好景不长，1950年，父亲因为冤案而入狱三年，释放后戴着一顶"劳改释放犯"的帽子回乡务农。父亲人品好，涵养高，又有知识，所以始终得到大家的敬重，对我的影响尤其深远。从小学一年级开始，我就一直是班上成绩最好的学生，也一直是班干部，1972年"教育回潮"，我更以全公社第一名的成绩考上了公社的"五七"中学。

1974年，虽然我当时是以几乎全优的成绩毕业的，而且大都因为这个因素加上良好的表现而先后被选去当民办教师、赤脚医生，1976年还被公社吸收为集体干部而成为电影放映员，但是，我却一直都没有被推荐选送读大学的资格，原因就是我的父亲是"劳改释放犯"。那时候，我一方面心灰意冷，悲观失望，经常和朋友一起逢场作戏喝闷酒；另一方面，又不甘沉沦，心存期望，所以还在坚持自己学一些东西、写一些东西，就这样浑浑噩噩、半醉半醒过了三年。1977年10月21日，突然传来了要恢复高考的消息，我好像在睡梦中给人浇了一盆冷水，一激灵清醒了过来，兴冲冲地第一时间报了名。基本上没有时间复习，也不知道该如何复习，我和大家一样，毫无准备就走进了考场。我清楚地记得那一年广东省是开卷考试，但其实根本就没有时间翻查资料，也没有什么资料可查；还记得那年的作文题目是"大治之年气象新"，一个政治性、形势性很强的题目；还记得考后大家都说很多试题都不懂得怎么做——我们在学校那些年基本上就没有学到什么东西，谈何高考！但是，我自己感觉还是过得去的，监考的老师也说我考得不错，所以心里就总存在一种"侥幸"。结果是可想而知的，全公社没有一个人收到录取通知书。

1978年春节后，新一年的高考通知又到了。还参不参加？我遇到了从来没有过的心理矛盾，遇到了空前的人生选择。母亲抱孙子心切，几乎到了"逼婚"的地步；朋友好言相劝，建议一心一意争取转为正式干部；自己也害怕一旦考不上，从此面子往哪里搁。权衡再三，我还是下决心再努力一次，或者说再碰一次运气。

说是再努力一次，是因为通过1977年的高考，我觉得自己还是有相当基础的，许多人也这样认为。何况到7月份才考试，时间和空间上都可以做更多的准备。因此，我觉得完全可以再搏一回。说是再碰一次运气，就似乎更符合我当时的客观情况和心理状态。1964年读小学，1966年"文化大革命"爆发，1970年读的是小学"附设初中"，1974年高中毕业，十年"寒窗"，满打满算也只能算读了四年书，基础如何可想而知。语文、政治、历史、地理等还可以自学，数理化本来就基本没有学过，根本不具备自学能力。放映队的任务很重，除了在镇上，每个星期起码要下乡三天，住在村里。因为前一次高考已经给了几天假期复习，这一次就不能再请假复习了。更为困难的是，1978年再也不是开卷考试了，而是改为闭卷考试，并且还是全国统考。

决心既定，接下来的问题就是怎么做了。在这个什么都闭塞的穷山沟里，根本找不到当时刚刚流行起来的"复习资料"，只好写信请在广州教书的舅父寄给我。记得舅父曾有一次将资料寄给他在我们县中学做校长的同学转交给我，同时介绍我插到这个中学的"复读班"去复习。没想到待我找到这个校长的时候，他却说如果让我去快班则跟不上，去慢班又无必要。结果非但没有取到那一大叠资料，还给我泼了一大盆冷水。好在这盆冷水非但没有泼掉我的决心，反而还激发了我的意志。回到公社，听说公社的中学也安排了老师给考生们补课，就报名去听了数学老师的辅导，一节课下来，那个"工农兵学员"出身的女老师却连一道数学题都没有做对，让我们啼笑皆非。怎么办？我突然想起了公社的废旧物品收购站。我一生都记得和深深感激收购站那两个阿姨，是她们让我一头扎进那一大堆"故纸堆"里，让我竟然找到了好几本"文化大革命"前的中学课本，而且分毫不取让我带走了它们。要知道正是这几本课本帮了我的大忙，让我除数理化之外，把中学的文科类知识都自学了个遍。当时下乡放电影很多时候是我一个人负责的，既要放映，又要兼着用小汽油机发电。农村晚饭吃得迟，一般要到晚上九点钟才开始放映，而这一段时间又刚好是广东电台高考辅导的时间，我只好边放映，边用耳机收听收音机的广播。现在回忆起来，记得最清楚的是当年广州唐启运老师辅导的语文课。

熬过了几个月的复习时间，终于迎来了1978年的高考。有了1977年的经验，有了这几个月的复习，底气已经足了很多，心理准备也充分了许多。三天过去了，虽然考场氛围紧张，自己却显得从容淡定；虽然外界抑扬不一，自己却显得一切如常。但是，之后等待考试结果的日子，却确实不是那么好过的，那种焦虑，那种烦躁，那种不安，那种恐惧，一直到今天，我都记忆犹新、刻骨铭心。当然印象最深的还是那一个美好的早上，金秋的朝阳暖洋洋的，我照例走进公社收发室去看报纸，一坐下来，我就发现桌面上有一封写着我名字的信，落款是惠阳师范专科学校。我的心立马狂跳起来。我不敢当场拆开，用最快的速度把它揣进怀里跑回了宿舍。谢天谢地，信里装的果然是录取通知书，我终于被惠阳师范专科学校中文系录取了，我终于成了我们公社恢复高考后的第一个大学生。虽然因为数学才考了13.8分而拉低了总分，录取的学校不理想，但语文却考了79分，排名惠阳地区第三位，心里也已经很满足了.

　　最兴奋的当然是我自己，家里人自然也兴奋得不得了，然而，在这里我最想记一笔的，却是那一晚公社里的领导和朋友们给我办的祝贺与送别聚餐。那一个晚上，我们大家都拿出了最坦荡、最真实的友情，都拿出了最大、最无保留的酒量。一会儿笑声，一会儿哭声，喝下去的是酒，更是友情，笑出的是高兴，哭出的是留恋。那一晚，我自然也是喝醉了，醉得坐在冲凉房里起不来，是朋友们将我抬回宿舍去的，离开的时候，喝醉了的他们还没有忘记"幸灾乐祸"地说一句：哈哈，明天走不了喽！然而，第二天一早，我却与往常一样又早早起来了，而且还清楚地记得要赶早上七点半的客车去县城。等到我拎着那个用自己从山上扛回来的木头打制的木箱子准时赶到车站的时候，欢送的锣鼓声、鞭炮声已经把小镇的街道闹得一片欢腾，昨晚的"酒友们"也嘻嘻哈哈围过来给我戴上了大红花，脸上是一片和煦的阳光和灿烂的笑容……

与《羊晚》共庆"知天命"

1957年8月9日，农历正好是客家人的七月十四日"鬼节"——一个很平凡的日子，在广东北部的九连山区连平县，诞生了一个婴孩。他就是我，一个很平凡的丘树宏。

也是1957年，那是我们国家一个非常重要的日子——中华人民共和国成立八周年。在中国最南端的大城市广州，诞生了一份报纸，那就是《羊城晚报》，一份非常重要的报纸。

当时空进入21世纪的第七个年头——2007年，那个很平凡的婴孩，那份非常重要的报纸，都一样走过了50年的岁月，迎来了"知天命"的大庆日子。

这，就是我——很平凡的一个人，与《羊城晚报》——一份非常重要的报纸的一种与生俱来的缘分。

第一次在省报发表作品

然而，我真正与《羊城晚报》产生关系，却是在23年后的事情。1978年，托邓小平同志的福，我作为恢复高考后我们公社的第一个大学生，考入了广东惠阳师范专科学校。从中学就开始喜欢写作的我，在尝试了各种文学题材的写作后，决定主攻诗歌。那个时候，诗歌可是时代的骄子，在大学就更是如此，每一个大学生都一样激情澎湃，似乎每一个人都是诗人。爱神也是在那个时候眷顾了我。于是，特殊时代的政治热情，"欲盖弥彰"的爱情，如饥似渴的学习，让我几乎成了诗歌疯子。每一天，都会"生产"出一首诗歌，有时候甚至是两首、三首，最多的一天好像是五首。课室、宿舍、湖边、山坡，到处都成了我的诗歌"工厂"。因为我从高二开始已经在县里的报刊发表了不少作品，成了小有名气的"作家"，所以大学期间写的东西，几乎可以全部寄回县里刊载，同时也陆续在大学的校刊、所在城市惠州的报刊发表。但是，寄到省级以上报刊的稿件，不是石沉大海，就是收到一张张小小的退稿单。

　　我清楚地记得，那是1980年11月的一个下午，我收到了《羊城晚报》的一个信函。跟以往一样，每当接到这一类信函时，心跳都会加快。而这一次，心跳就更加厉害了，因为我看到这一次的信函很不一般，以前都是小小的、薄薄的，这次的却是长长的，也厚了许多。我颤抖着双手将信封撕开，小心翼翼地取出里边的纸张，展现在我眼前的，竟然是两份样报！我不敢相信自己的眼睛，但在1980年10月30日的《羊城晚报》"花地"版上，却真真切切地赫然刊载着丘树宏的诗歌《北风吹过》！

　　这是我第一次在省一级报刊发表作品。也许负责的编辑并没有想到，这个第一次对于我是多么重要，它的重要性甚至不亚于我考上大学，因为这个第一次坚定了我写诗的信心和方向，让我的人生从此走上了无怨无悔的写作之路，让我的作品成了我人生路上重要的"敲门砖"。我是多么感谢《羊城晚报》，多么感谢"花地"，尤其是感谢那个素昧平生的编辑！遗憾的是，一直到2005年，我才找到这个恩人一样的编辑，他就是资深编辑、著名诗人左夫先生。左夫先生，谢谢您了！

　　因为有了这个第一次，此后，我陆陆续续在《羊城晚报》

发表了一些诗歌；也许是由于在《羊城晚报》不断发表作品的缘故，广东省作家协会的《作品》等报刊也开始刊载我的各类作品。

与《羊城晚报》亲密接触

1987年底，我调往珠海经济特区工作；1992年，又被派到当时的建设热土——珠海西区平沙挂职锻炼。从这个时候开始，因为公务的缘故，我与《羊城晚报》的交往开始多起来。除了与"花地"的联系外，也开始与新闻部、理论部打交道。后来，我先后调珠海市体改委和香洲区任职，与《羊城晚报》的交往就更频繁了，可以说是到了密切接触的地步。在这十年间，我几乎都处于珠海市中心工作的潮头，有几年甚至处于风口浪尖之中，《羊城晚报》一直给了我难于言表的大力支持，这主要体现在舆论支持和理论支持上。在我这十年的工作履历中，总会搜索到《羊城晚报》的名字。

当然，与我接触最亲密的，还是"花地"。改革开放让珠海沧海桑田、翻天覆地，让我热血沸腾。我创作了大量歌唱珠海特区、歌颂改革开放的诗篇，其中不少刊载在"花地"上。与此同时，"花地"还发表了我为数众多的其他内容的诗歌。

从2002年开始，我与"花地"的关系急遽"升级"，不仅仅是文学创作，业务工作竟也开始多了起来，以至使我几乎成了"花地"的编外人员。当省委提出要建设"文化大省"后，我会同"花地"等省城几个单位的领导在珠海组织了一次"沙龙"，2004年2月14日"花地"刊出了题为《一半是官员，一半是文人》的沙龙谈话录。2004年3月，"花地"刊发了我的长篇文章《广东离建设文化大省多远》，并组织了近三个月的大讨论。2006年9月，"花地"在全国率先组织"手机短信"大赛，我率先响应并写了开篇文章《手机·短信·诗歌》，还被聘为大赛的评委"威风"了一回。这段时间，只要"花地"有什么活动，我都会主动关注、积极介入，什么"超女"讨论呀，《三十三条支流》讨论呀，都曾经有过我的"发言"。

"花地"成就了一个诗人

我于2001年加入中国作家协会。至今为止；我已经出版了个人诗集4部，第五部诗集《以生命的名义》也即将于8月份我的"知天命"生日前问世，还出版了经济社科类著作6部。我的人生，是与《羊城晚报》同步的；我的成长，我的成功，是与《羊城晚报》分不开的，在某种意义上还可以说，是《羊城晚报》成就了我，成就了我这个诗人。

我这不是在"擦皮鞋"，不是在"歌功颂德"。请看以下实例——2003年5月1日，诗歌《以生命的名义——献给抗击"非典"的白衣天使》在"花地"发表，之后，《人民日报》等报刊转载，中国作家协会收进《同心曲》诗集并印成单张第一时间送进小汤山医院；2003年6月9日，中央电视台与中国作家协会以此诗为主题组织制作大型文艺晚会"以生命的名义"播出，此诗为压轴之作由二十多个国家级主持与明星集体朗诵。

2006年1月19日，"花地"发表《剑桥，我来了》；2006年10月5日，"花地"发表《客家人》；2006年12月28日，"花地"发表我和女儿的《父女诗羿：纪念海涅逝世150周年》。以上三首诗歌均被选入中国作家网《佳作欣赏》栏目。

这样说又好像有点王婆卖瓜了。我的意思是，《羊城晚报》50年来一直保持着"花地"这个文学阵地，一直对"纯文学"有一种执着的坚守，发展成为中国报刊的一个权威副刊，培养出了一大批文学人才，对中国文学事业的发展做出了不可磨灭的贡献。这种精神，这种奉献，确实令人感动，确实值得嘉奖。此外，"花地"发稿是公正的，是负责任的，也是有眼光的，不愧是伯乐。对于我来说，是"花地"这个阵地发现了我、支持了我、培育了我、成就了我。

如今，我和《羊城晚报》都已经年届"知天命"。在这个特殊的日子里，让我们执手相贺，让我们互为勉励。更重要的是，我要借这个机会，感恩《羊城晚报》、感恩"花地"，祝福《羊城晚报》、祝福"花地"。

我是南方的一缕海风

　　这是2019年1月19日早晨，我静静地坐在书房里，在书桌上打开当天的《南方日报》，只觉得有一缕海风徐徐吹来。原来是今天《南方日报》第八版刊发了一篇文艺评论《优秀传统文化"守正创新"的成功探索——评大型交响清唱剧<咸水歌>》一文，而在2018年12月16日公演的《咸水歌》就是本人的作品。原来，海风是从这里吹来的。

　　在我心中，《南方日报》正如她的文艺副刊的名字一样，是一股温润的"海风"，她以自己的姿态装点着岭南美丽的天空，滋养着广东这块人文热土。

　　幸运的是，我居然也深深融入了这一股海风，或者说，我自己也演化成了《南方日报》一缕微微的海风。

　　追溯起来，我与《南方日报》的情缘已经三十多年了。二十世纪八十年代初，我在九连山下的连平县委办公室供职，业务上开始与《南方日报》有了许多的勾连，采访、报道、做专版，自己当然也借机发表了一些"豆腐块"。

　　八十年代末，我调到珠海市委办公室工作，与《南方日报》的联系就更频繁了。火热火红的改革开放事业，激发出了我热烈的诗情，很快，《南方日报》"南海潮"副刊就发表了我的《崛起》一诗，并由此不断有新作品刊发。九十年代初期开始，我逐步走上地方领导岗位，在副刊发表文学作品的同时，更多的是借媒体配合经济社会发展和城市建设工作，尤其是九十年代中期到二十世纪初期，我负责珠海市的经济体制改革和城区建设发展工作，各种媒体，包括《南方日报》都为我创造了良好的舆论条件，提供了重要的舆论保障。2000年前后几年，我担任珠海市香洲区委书记，作为全省的干部体制改革试点，当时曾在全国首先尝试公选副区长，《南方日报》做了重点的系列报道，让社会各界了解公选的意义和部署，以及公选的全过程，改革获得圆满成功。之后，我们按照市里的安排，开展了全国规模最大的城中村改造工程，《南方日报》作为我们重点依靠的主流媒体，帮助我们度过了许多的难关，化解了许多的危机，使得城中村改造不仅大大获得成功，而且成为全省、全国的典范。澳门回归、街道管理体制改革、全国社区建设示范点建设，等等，我们那几年真的是大事、喜事一摞摞，所有这些，都留下了《南方日报》深厚的影子。《南方日报》那温热的海风，渗透到了我工作的每一个角落，浸润到了我生命的每一寸身心。

进入二十一世纪初，我迁居中山市工作和生活，与《南方日报》进入了一个更为密切的关系。尤其是在我担任宣传部长和政协主席的日子里，《南方日报》这股宝贵的海风，更为我的工作、生活提供了源源不断的动力。

最早是创建国家历史文化名城，建设以孙中山文化为首的八大文化工程，《南方日报》给予了全方位的支持和帮助，那时候《南方日报》每年的珠三角竞争力评选，中山的文化竞争力都在前三名，这大大提高了中山的知名度和美誉度。2011年是辛亥百年，我牵头负责中山市整个活动的策划和组织，《南方日报》则主动配合，成为媒体方阵中最重要的主力军。抗战胜利七十周年，作为感恩和回报，我与《南方日报》中山记者站策划了斯诺后代与《西行漫记》封面照片吹冲锋号那个小战士谢立全后代北京见面的活动，反响颇大，成为当年《南方日报》的大事件之一。2016年是孙中山先生诞辰150周年，受市委指派，我策划组织了"六·十·六·十"150多项国际、国家和省市一级活动和项目，自然需要媒体的广泛支持。《南方日报》又一次充当了主力军的角色，发挥了重要的作用。在"孙中山文化高铁行"项目中，《南方日报》派出强有力的记者，随同我们从中山出发，走进广州、长沙、武汉、南京、北京等地，他们采用各种手段，尤其是利用"南方+"网络直播的手段配合密实报道，影响空前，有力地助推了孙中山文化上升为国家命题。

　　在中山的这几年，《南方日报》将我个人的文学创作列入了重点予以推介，让我的文学影响力日益增长，达到了一个新高峰。2011年，我创作了大型组歌《孙中山》，《南方日报》认为这是一个重要突破，填补了空白，因而果断用一个整版予以刊发。省委宣传部看到后，决定列入辛亥百年的重点项目予以运作，并由我牵头主创了大型交响组歌《孙中山》公演，取得圆满成功。至今，《孙中山》已经在海内外演出十余场，在央视全场播出，还获得了广东省鲁迅文艺奖。这一切，《南方日报》都密切跟踪，予以了一次次大量而富有深度的报道。

　　近年来，我重点转入大型题材、大型台本的创作，《南方日报》"海风"副刊也不吝版面，接连整版发表了我的大型史诗《海上丝路》、《珠江》等几部大型作品，形成了规模影响，树立了我正能量、大题材主流创作的形象，坚定了我坚持这种类型创作的信心。至今，我已经创作此类大型作品近二十部，其中《南越王赵佗》《英雄珠江》《咸水歌》等已经成功搬上舞台，《共和国之恋》《Macau·澳门》《中山是座山》、《冼夫人》《海的珍珠，珍珠的海》等在国家级报刊发表，引起了业界和社会的广泛关注，形成了良好的社会影响。

我感恩我们这个国家和民族，感恩这个伟大时代，同时，也感恩《南方日报》这股温润的海风。我想，作为与《南方日报》有着这种深厚情缘的人，自己何尝也不是其中的一缕海风呢？是的，我就是南方的一缕海风，我愿意永恒地汇入《南方日报》这股浩浩的海风中，在南方这块热土，在南方这方蓝天吹拂、氤氲，生生不息……

2019年1月19日

天地人和，政协力量

2012年1月，我开始担任中山市政协主席。人民政协的职能涵盖广泛，工作千头万绪，但我认为首先必须确立政协的人文精神。我为本届政协确定了这样一种人文精神："天地人和，政协力量。"

"和文化"是人民政协的核心文化。

我是这样思考的——

"和文化"是中华文明的本质特征

在世界的东方，有这么一个国家；在这个国家，有这么一个特殊的文字："和"。"和"为形声字，从口禾声。小篆"和"可看作为由"千""人""口"组成。千人一口，同声同应，同气相求，和谐也。"和"的本义是和谐、协调。在拥有"和"文字的这个国家，有这么一种特殊的文化："和文化"。中华文明经过五千多年的演变发展，"和"成为中华民族最本质的特征之一，并形成了独特的"和文化"。自古以来，直到今天，以至未来，"和文化"以及它的价值取向，依然是中华民族最重要的文化源泉和支撑力量。

人民政协的"协"就是"和文化"。在有着"和文化"的这个国家，有这么一个特殊的群体——人民政协，它的核心和本质，可以用一个字来表示——"和"。1949年9月，在新中国成立前夕，中国成立了一个特殊组织——中国人民政治协商会议。　这一个特殊组织，它的人员组成体现的是"和"：各级政协的委员，都由社会各界组成，包括中国共产党、各民主党派、各人民团体、各地区、人民解放军、少数民族、国外华侨、宗教界人士等的代表以及特别邀请的人士，具有十分广泛的代表性。这一个特殊组织，它的性质和职能体现的是"和"：且看它的三大主要职能——政治协商、民主监督、参政议政；且看它的两大主题——团结和民主。　这一个特殊组织，它的重要任务体现的是"和"：在热爱中华人民共和国、拥护中国共产党的领导和拥护社会主义事业的政治基础上，巩固和发展最广泛的爱国统一战线，调动一切积极因素，团结一切可能团结的人，同心同德，群策群力，为实现我国各族人民的根本任务而奋斗。由此可见，中国人民政治协商会议，无论是它的职能，还是它的实践，不管是它的人员组成，还是它的运作舞台和形式，甚至从它名称的概念，都可以看出，它生命的内在和外在，都写着一个大大的字——"和"。"协"者，和也。

　　中山人文有一个大写的"和"字。在这个国家的南方，有这么一个城市，它的文化特质，也可以用"和"字来概括。每一个地区和城市，都有着自己独特的文化特质。而在中国南方的中山市，它的文化特质，正是完全契合了这一个"和"字。珠江与南海在这里相遇，中华传统文明与蓝色海洋文明在这里汇合，冲撞出一种特殊的咸淡水文化。这是"和"。这里有广府、客家、闽南三个语系的群体，改革开放后，更多的N个群体在这里汇集，形成了一种新的"移民文化"。这是"和"。这里养育出了推翻封建帝制，让中国走向民主共和的孙中山，这里为中国走向近代、走向开放准备了伟大的人物、伟大的思想、伟大的队伍；一代伟人"三民主义"的伟大方略、世界潮流的伟大警示、天下为公的伟大人格、博爱的伟大情怀。这是"和"。经济、政治、社会、文化、生态文明在这里协调发展，城市与乡村相生相存，适宜创业、适宜居住、适宜创新，被誉为"和美"之城。这是"和"。这里的老百姓创业氛围宽松，因此生活富裕；这里的老百姓民主空气浓厚，因此幸福和美。这是"和"。

因此，中山市政协的人文内核，应该就是"和文化"。

确定市政协的人文精神之后，我们专门办了一份《和》杂志，并确立了"天地人和，政协力量"的办刊宗旨。

"和文化"是一种伟大的软力量

办杂志只是提供一种载体，而通过"和文化"的建设，为当地的经济社会发展贡献力量才是目的。

我们开始将"和文化"融入人民政协"政治协商、民主监督、参政议政"三大职能中去，并体现其独特的作用。

将"和文化"始终贯穿于政治协商之中。

每年一度的政协委员与市长协商座谈会，是我们坚持了二十多年的老传统。

近几年，我们每年都与各民主党派、各界别首先认真研究，而后通过主席会议、常委会议充分谈论，提出三个选题送给市政府，市政协办公室与市政府办公室共同协商确定一个主题，作为当年的协商主题。

2012年的协商主题是"理想城市建设"，2013年是"美食文化产业发展"，2014年是"灯饰产业集群转型升级"，2015年是"关于孙中山文化旅游资源发掘整合提升利用"，市政府正副市长，包括市政府有关部门、有关镇区负责人，以及市政协正副主席、有关委员参加协商会议。会议由政协主席主持，采取"1+N"的方式，即一位副主席做主题发言，通报市政协通过长时间准备的课题结果，若干个政协委员从不同角度做补充，然后一位副市长做回应性发言，市长最后表态。每年的协商结果都列入市政府的工作督办范畴，并写入次年的政府工作报告，市政协则采取各种方式对执行落实情况进行民主监督。整个协商过程，都充分体现出一种和谐、团结、活泼、生动的景象，协商效果和工作效果都极佳。

我们将这种协商的原则和方式，广泛应用于各种政治协商之中，使得"和文化"形成了一种良好的氛围，甚至影响了全市其他系统。

民主监督的好方式："和文化"。

虽然民主监督是人民政协天经地义的重要职能，但我们还是尽量以"和文化"的指导思想和方式方法去履职。

比如，市政协发现，中山的红木家具产业虽然发展很好，但已经存在着很大的危机。为此，我们组织了专门的队伍，前往浙江东阳、福建仙游等地，以及中山本身，进行了半年之久深入细致的调研分析，写出了两万多字的专题报告《中山红木：是急流勇退还是续立潮头？——中山红木家具产业发展的战略思考》。考虑到各种因素，我们没有将调研的结果向媒体公布，而是采取用"政协大内参"的方式报送给市委、市政府和有关部门、镇区，而后以民主监督的方式密切跟进监督。这种方式达到了非常好的效果。市长看到内参后，决定将红木家具专业镇——大涌镇列为全市转型升级的示范镇，并亲自主抓，还专门出台了《中山市大涌镇产业转型升级发展规划纲要（2013—2020）》。经过两年的努力，红木家具产业集群发展出现了一派繁荣的局面。市委书记则将政协大内参称为"盛世危言"。政协对于专业镇的一系列调研成果，最终促成了市委、市政府"新型专业镇"重大战略的推出。

前几年，中山市在全国最早实行雨污分流工程。这是一项极具前瞻性的民生工程，投资巨大，工程量巨大，对老百姓的生活影响很大。工程开始后，各方面的反映非常强烈。为什么这么好的民生工程却带来这样的结果呢？市政协专门进行了深入细致的调查，最终搞清楚了原因，主要是宣传严重不足，一是宣传面不广，二是宣传的手段不通俗、太专业。为此，市政协向市委、市政府提交了内部调研报告，并提出了具体建议和操作性工作意见。市委、市政府予以采纳并迅速组织实施，广大市民了解实情之后，转而积极主动支持，民生工程办成了真正的民心工程。

带着"和文化"积极参政议政

经济建设、政治建设、文化建设、社会建设、生态建设"五位一体"工作政协都要介入，都要参与，都要参政议政。通过分析中山的实际情况，我们选择了以建设"人文型政协"作为切入口，突出在文化建设方面参政议政。

中山的灯饰产业占了全国的大半市场份额，在新形势下如何实现转型升级？我们积极建议和推进中山市举办灯光文化节，期望以此推进灯饰产业发展的突破和跨越。我们还孜孜不倦地推进红木家具产业从文化方面突围，从而尽快提升核心竞争力，从家具设计、展销方式、运营体制等方面加入文化元素。经过几年努力，红木家具产业的文化升级取得了重大进展。

"孙中山文化"是中山市最大的城市文化品牌，我们巧妙地将发掘、传承、利用、发展"孙中山文化"嫁接到日常的参政议政之中。2013年7月，中央台办和广东省人民政府在中山市联合举办第二届海峡两岸论坛。按照会议的安排，由市政协组织了一场大型交响组歌《孙中山》，作为论坛活动的专题晚会。市政协全面动员，全方位参加到了这一项重大的国家行为中来。晚会取得圆满成功，受到中央、省有关领导，以及中国国民党副主席蒋孝严等海峡两岸人士的广泛好评，为海峡两岸的文化交流合作与和平发展做出了贡献。2015年11月11日，我们联合人民政协报等单位，在北京召开"孙中山文化"专题研讨会，全国人大常委会原副委员长、民革中央原主席周铁农等领导专家对"孙中山文化"概念的提出给予了充分肯定和高度评价，从而使得这一概念从地方层面上升到了国家层面。

市政协还成立了全国第一个政协委员学堂，设立了政协委员文化公益奖，开展了"诗书画乐进校园"，组织了"中国诗歌万里行走进中山"、纪念香山建县860周年、中山澳门"孙文莲"展览、"香山香"沉香文化发掘、"扬帆天下"海上丝路经典报道等活动。一系列独具特色的文化工作，大大丰富了参政议政的内容和方式，也在一定程度上补了全市工作的"短板"。

我们还巧妙地以"和文化"切入公共外交工作。美国著名作家斯诺曾经出版《红星照耀中国》一书，影响巨大，其封面人物——吹喇叭的小号手，是后来派到中山担任军事领导的谢立全。我们千方百计找到了这两个历史人物的后代，在纪念中国人民抗日战争暨世界反法西斯战争胜利70周年阅兵观礼后，在北京策划组织了历史性的会见，进一步延续了中美人民的友谊，反响极大。

通过"和文化"，温润和提升了人民政协自身的形象，融洽了与市委市政府、与老百姓的关系，尤其是提供了一种无形而强大的软力量，为全市经济社会发展做出了积极贡献。

这，就是我们所倡导、所坚持、所追求的"天地人和，政协力量"。

心的看见

第三辑

粤港澳大湾区的人文价值链

——以"孙中山文化"为例

2017年3月5日，李克强总理在政府工作报告中提出："要推动内地与港澳深化合作，研究制定粤港澳大湾区城市群发展规划，发挥港澳独特优势，提升在国家经济发展和对外开放中的地位与功能。" 粤港澳大湾区指的是由广州、深圳、珠海、佛山、惠州、东莞、中山、江门、肇庆9市和香港、澳门两个特别行政区形成的城市群。 粤港澳大湾区城市群的提出，应该说是包括港澳在内的珠三角城市融合发展的升级版，从过去三十多年前店后厂的经贸格局，升级成为先进制造业和现代服务业有机融合最重要的示范区；从区域经济合作，上升到全方位对外开放的国家战略；这为粤港澳城市群未来的发展带来了新机遇，也赋予了新使命。 湾区，从地理概念上看，是由一个海湾或相连的若干个海湾、港湾、邻近岛屿共同组成的区域。总结一下湾区的共同点不难发现，当今世界，发展条件最好的、竞争力最强的城市群，都集中在沿海湾区。比如，东京湾区、纽约湾区、旧金山湾区是世界公认的知名三大湾区。可以说，湾区已成为带动全球经济发展的重要增长极和引领技术变革的领头羊，由此衍生出的经济效应称之为"湾区经济"。 粤港澳大湾区的提出，当然首先是从地理位置上来考虑的，其发展的核心，无疑是经济建设，比如基础设施的互联互通，利益共享，产业价值链的培育，金融核心圈的共建，全球创新高地的打造，大湾区优质生活圈的营造，全域旅游产业的建设、"一带一路"开放新格局的构建，等等。就经济建设和发展来说，自从粤港澳大湾区概念提出，尤其是在李克强总理的报告中提及之后，各界已经阐述得非常充分。然而，大湾区融合发展还有一个核心元素，却似乎未能引起人们的关注，这就是人文价值链。而这，恰恰是粤港澳大湾区非常突出的东西，是东京湾区、纽约湾区、旧金山湾区所不具备的独特元素。粤港澳有着非常丰富而集中突出的人文价值链，而这正使得这个大湾区的交融与合作具备了最大公约数的核心和灵魂。第一是历史的同一性。粤港澳大湾区的城市，自古同属于百越之地，秦始皇统一岭南之后，又基本同属于南海郡范畴。两千多年来，虽然政制不断变化，但是11个城市的人文历史总是维持着千丝万缕的关系。第二是人口的同一性。11个城市，虽然也有一定数量的客家人和闽南语系的族群，改革开放后在一些城市，特别是深圳等几个城市外来人口超过了本土人口，但绝大多数城市都是以广府人为主体的。第三是语言的同一性。与人口的同一性一致，广州话是11个城市共同的话语体系，即使外来人口占多数的城市，广州话也依然处于核心地位。第四是文化的同一性。11个城市，除了香港和澳门渗入了殖民文化外，岭南文化和珠江文化一直占统治地位。因为以上因素，粤港澳大湾区战略规划出台之前，11个城市的交流合作，尤其是人文的交融，其实就一直伴随着时间和历史的进程、而以各种方式在各个空间紧密进行着。今后，这种人文元素将是大湾区交流合作最重要的无形力量，是最高的竞争力，我们必须十分重视发掘总结，需要十分智慧地开发利用。必须提醒和强调的是，在所有这些人文的渊源之中，还蕴含着一个奇迹性的现象，那就是一代伟人孙中山先生。11个城市，无不与孙中山有着密不可分的关系，无不深深烙上了孙中山的印记。这是包括东京湾区、纽约湾区、旧金山湾区，甚至是世界上任何一个城市群所没有的一个空前绝后的奇迹。

更为奇妙的是，孙中山早于1919年就在其《实业计划》中提出空前宏伟的建设蓝图，其中第三计划就是建设世界大港。早在1919年，孙中山就已经注意到珠江口地区具备的港区优势，并将其视为国际发展计划的重要拼图。在《实业计划》之第三计划中，孙中山开篇就阐明广州是此"世界大港"的中心："吾以此都会为中心，制定第三计划如下：（一）改良广州为一世界港。（二）改良广州水路系统。（三）建设中国西南铁路系统。（四）建设沿海商埠及渔业港。（五）创立造船厂。"在孙中山的构想中，这个"世界大港"应当涵盖广州、香港、澳门，并同时联动珠江沿岸诸多城市。在《孙中山选集》上卷中孙中山画下的地图中，这个"世界大港"涵盖当时的广州、香港、澳门、东莞、佛山、三水、大良、香山、小榄、江门、新会诸地。相比如今粤港澳大湾区"9+2"的城市格局，当时珠江西岸城市远比东岸密集。

我们再来看看孙中山与粤港澳大湾区11个城市的关系——

中山，是孙中山的出生地，是他的故乡；澳门，是孙中山从学校走进社会从医的地方；香港，是孙中山赴夏威夷、早年求学和革命的根据地；广州，是孙中山革命的圣地；东莞曾经是孙中山家族的祖居地；珠海在孙中山时代同属香山县，与孙中山的关系极深；孙中山曾三次莅临肇庆谋划革命；深圳、佛山、江门，都有许多华侨华人追随孙中山革命。11个城市都有着众多的孙中山文化遗存。2016年11月11日，习近平总书记在孙中山先生诞辰150周年纪念大会上说："孙中山先生是伟大的民族英雄、伟大的爱国主义者、中国民主革命的伟大先驱，一生以革命为己任，立志救国救民，为中华民族做出了彪炳史册的贡献。"这样一个伟大的历史人物与粤港澳大湾区有着这样特殊而深厚的关系，注定了孙中山是这个大湾区的人文核心和灵魂所在。

2007年，中山市曾经提出了"孙中山文化"的概念，其内涵包括三个方面：第一个方面是孙中山的思想、主义、精神与品格；第二个方面是指这些思想、主义、精神与品格背后的文化元素；第三个方面，"孙中山文化"更少不了孙中山本人作为文化人、演讲家，乃至诗人、书法家的文化背景。孙中山，是中华优秀文化最重要的代表和遗产。毛泽东、习近平同志在谈到中华优秀传统文化的时候，都用"从孔夫子到孙中山"，我们都要总结、继承这样的表述，这说明孔子文化、孙中山文化都是中华文明最核心的代表。孙中山"是中国二十世纪三大伟人"之一，他推翻了帝制，建立了亚洲第一个共和国。他最早规划了中国的铁路和港口，他的《建国方略》对中国各方面建设都进行了规划和设计，他是中国现代化建设的先驱；孙中山第一个提出"振兴中华"的口号，这正是"中国梦"最早的雏形。最重要的是，孙中山文化的特质，除了有着优秀的中华传统文化，又吸收了世界先进文明，是大陆文化与海洋文化相融合的"咸淡水文化"，与粤港澳大湾区的文化特质高度吻合、高度一致。所有这些，都说明了一个十分重要的理念："孙中山文化"应该是粤港澳大湾区的桥梁和纽带，是旗帜和品牌。

因此，建议在孙中山家乡中山市成立粤港澳孙中山文化交流中心，负责大湾区孙中山文化交流的统筹协调，并引申到所有的人文交流工作。在11个城市成立孙中山文化交流基地或当地名人文化交流中心，结合当地人文与孙中山文化交流中心相呼应、相连接。以孙中山文化为重要载体和媒介，配合"一带一路"倡议，开展与国内外全方位的文化交流与合作。当然，"孙中山文化"还必须结合珠江文化、岭南文化、海洋文化、华侨文化、近代文化，以及广府文化、客家文化、潮汕文化和新旧时期的移民文化来开展交流与合作。同时，还要积极争取"孙中山文化"上升为国家命题和国家战略。 总之，在粤港澳大湾区发展战略和各项工作安排中，我们要将"孙中山文化"作为最重要的文化品牌来部署，并将它作为11个城市共同的人文价值链，作为利益追求的最大公约数，打造成最具竞争力的软实力，从而推进和保障大湾区战略的全面实施，为实现中华民族伟大复兴的中国梦，做出粤港澳大湾区城市群应有的贡献。

赵佗、惠能、孙中山与"广州学"

"城市学（Urbanology）"，是以城市总体为研究对象，探讨城市建设和发展中的各种宏观的、综合的战略问题的学科。

以上这个定义无疑是正确的，但我同时认为，城市的核心是人，城市学的研究核心也应该是人。城市学说到底就是人学，而通过研究城市的标志性人物，则可以找到一条研究这个城市的有效捷径，我们可以从这些人物身上找到这个城市最核心、最具代表性的东西。广州学，也应该如此。

2007年5月，南粤先贤馆正式落成，首批进馆历史人物56人，其中不少人物是与广州联系紧密的，第一个人物是赵佗，最后一个人是孙中山，中间还有一个人物是惠能，这三个重要人物与广州的关系则更加特殊而重要。

先讲一讲赵佗：广州是赵佗称王之地。

赵佗的历史贡献，可以用两句话来概括：中华统一英雄，岭南人文始祖。他最重要的社会治理思想是"和辑百越"。公元前214年以副将身份参与统一南越，并任龙川县县令；前206年，南海郡尉任嚣病逝，赵佗受托称王；汉武帝建元四年（前137）南越王赵佗去世，享年约一百余岁，葬于番禺（今广州）。赵佗死后，其后代续任了4代南越王至前111年，南越国被汉朝所灭。

在政治上，赵佗实行郡国并行制，仿效汉朝制度，郡县制和分封制并行，并实施中央官制和地方官制，确保政治上的有效控制和实际统治。

在军事上，设立将军、左将军和校尉制度，又分为步兵、舟步和骑兵，对号称"带甲百万有余"的军队实行有效指挥和控制。

赵佗是中原先进耕作技术、打井灌溉技术和冶金技术、纺织技术的传播者、推广者。他和首批南迁的中原官民把中原耕牛犁田和使用铁制农具的技术传播到岭南，极大地促进了岭南农耕业的发展。

在经济上，推广使用铁农具和耕牛，改变以前的"刀耕火种"和"火耕水耨"耕作方法，大量发展水稻、水果和畜牧业、渔业、制陶业、纺织业、造船业，并发展交通运输和商业外贸，促进了生产发展和社会进步，人民生活日益改善。

赵佗在开发边疆、传播文明方面，是引导岭南百越部落从原始氏族社会迅速走向文明时代的文化先驱和伟大政治家。

在文化上，首先是中原汉文字的使用，《粤记》说"广东之文始尉佗"，出土文物发现不少汉字。百越是一个能歌善舞的部落，有越舞和汉式舞。还有编钟、铜乐器和各式饰画、壁画等。

赵佗治理南越，非常重视"以诗书而化国俗"，利用中原先进的文化和伦理道德教化、诱导越人，教育他们赡养老弱、废除群婚。还利用行政手段推广中原汉字，教育越人"习汉字，学礼仪"，从而使"蛮夷渐见礼化"，迅速推动岭南地区文化的发展和社会进步。

赵佗实行"和辑百越"的政策，提倡中原人与岭南人通婚，尊重岭南人的风俗，促进融合和社会和睦发展。

赵佗从公元前214年作为秦始皇平定南越的50万大军的副

帅，一直到公元前137年（汉武帝刘彻建元四年）去世，一共参与治理岭南81年。其间他一直实行"和辑百越"的政策，促进了当地社会和谐，并把中原地区的先进文化带到了南越之地，使南越得到了更好的发展。一直以来，各界公认赵佗以中原文化开化了南越，但他以海洋文化影响岭南以至中原的贡献，却发掘得太少。

再讲一讲惠能。广州是惠能剃度受戒传授禅法开基之地。

六祖惠能，是佛教中国化的开山鼻祖，人称"禅宗六祖"。

广州的光孝寺在中国佛教史上具有重要地位。自从昙摩耶舍在此建寺讲学以后，先后有许多名僧也来此传教。例如南北朝时期，印度名僧智药禅师途经西藏来广州讲学，并带来一株菩提树，栽在该寺的祭坛上。唐仪凤元年（676），高僧惠能曾在该寺的菩提树下受戒，开辟佛教南宗，称"禅宗六祖"，为该寺增添了不朽的光彩。

乾封二年（667）正月初八日，惠能到了广州法性寺（今光孝寺）。印宗正在讲《涅槃经》，惠能在座下参听。"因论风幡语，而与宗法师说无上道"。印宗非常欣奇，问起来，才知东山大法流传岭南的，就是这一位。于是非常庆幸，正月十五日普集四众，由印宗亲为惠能落发。二月初八日为惠能授具足戒。此时惠能30岁。惠能弘法伊始，便以"直指人心，见性成佛"的顿悟禅，为岭南佛教带来了一股清新气息，在当地已经具有了一定的影响，特别是他作为五祖衣钵传人的身份，更使他受到了广州方面的敬重。

最后讲一讲孙中山：广州是孙中山的革命圣地。

孙中山最重要的贡献体现在：他是伟大的民族英雄、伟大的爱国主义者、中国民主革命的伟大先驱。他将广州带给世界，也将世界带给了广州。

1886年秋，孙中山第一次来到广州，进入博济医院，也就是现在的中山大学孙逸仙纪念医院学医。至今，医院最显眼的位置还立着"孙逸仙博士开始学医及革命运动策源地"的纪念碑。

孙中山学习西医,而民国时期盛行中医,孙中山"中西结合"创立"东西药局"。

行医期间,孙中山渐渐感受到"医人"不如"医国"。1894年,孙中山在美国檀香山成立了兴中会,这是中国近代第一个民主革命团体。第二年2月,孙中山在广州设立了兴中会广州分部,旧址为现广州市青年文化宫大楼所在的"王氏书舍"。通过这一分部,孙中山等革命人士在广州策划了三次起义。虽然起义最终都以失败告终,然而以王氏书舍为要地的广州革命活动也有了据点,因而更加轰轰烈烈地开展起来。

1910年11月,孙中山、黄兴、赵声等革命党人在马来半岛的槟榔屿召开庇能会议,决定再次在广州发动武装起义,黄兴担任总指挥,在越华路小东营五号设立起义总指挥部。1911年4月27日下午5时30分,黄兴率一百三十余名敢死队员直扑两广总督署,发动了中国同盟会的第十次武装起义——广州起义。敢死队突入总督署,总督张鸣岐逃走,起义军焚毁总督署后,在东辕门外与水师提督李准派来弹压起义的清军短兵相接。起义军浴血奋战,终因寡不敌众而不幸失败。

起义失败后,黄兴负伤撤回香港,喻培伦、方声洞、林觉民等革命志士牺牲,牺牲的中国同盟会会员有名可考者八十六人,其中七十二人的遗体由潘达微寻获安葬于广州红花岗。潘达微将红花岗改名为黄花岗,这次起义因此被称为黄花岗起义。

武昌起义推翻了清政府的统治,然而这一革命胜利果实却被袁世凯窃取。为改变这种"名不副实"的局面,1917年7月,孙中山率领部分海军南下,在广州召开国会非常会议,建立中华民国军政府,设立大元帅府,并要求恢复《中华民国临时约法》,开展武装护法运动。

护法运动失败,1923年孙中山又在原处建立革命政权,领导中国民主革命。

　　1924年1月24日国民党第一次全国代表大会在广州钟楼召开期间，孙中山正式下令筹办陆军军官学校，指定黄埔岛上旧有的广东陆军学校和广东海军学校原址为校舍，"黄埔军校"由此创办。

　　不管是赵佗、惠能，还是孙中山，他们的人文特质都体现在珠江文化中的"咸淡水文化"上，即既有丰厚的中华传统文化，又有异域的海洋文化，并将两种文化融会贯通成一种新的文化。赵佗的影响，在一个"古"字，至今2231年的建城史，确实"远古"；惠能的影响，在一个"深"字，弘扬"直指人心，见性成佛"的顿教法门确实"深入人心"；孙中山的影响，在一个"大"字，推翻帝制，建立共和，振兴中华，对中国、世界的影响确实是大大的。因此，这三个重要的历史人物，对于研究广州学有着重要而特殊的意义。

　　综上所述，建议"广州学"将重要历史人物作为一条红线贯穿始终，并确立和开展"广州学"历史人物"五个系列工程"：一系列学术研究丛书，一系列文艺作品，一系列教科书，一系列标志性纪念物，一系列产业产品。

　　一个城市的身躯是高楼大厦，产业是城市的血肉，而人物，尤其是标志性历史人物，则是城市的灵魂。一个拥有伟大的人物、拥有伟大的思想，尤其是通过这些伟大人物、伟大思想发生过伟大事件的城市，就有可能产生伟大的城市学。广州完全具备这些特质和条件。当然，我们不能忘记的是，在这些标志性历史人物的前后左右，还有一大批各类重要的历史人物，与这些人物共同的时空里，还站着这个城市的广大人民，我们在以标志性历史人物为经纬研究"广州学"的时候，千万不要忘记了他们的存在、他们各自的角色贡献。这，才是完全意义的"城市学"。

想起了南越王

——《南越王赵佗》创作缘起

记得毛泽东主席凡与广东人说起广东，常常会提到广东的三个名人，一个是孙中山，一个是六祖惠能，还有一个是南越王赵佗。这三个人，也是珠江文化中最有代表性的人物。

孙中山和六祖惠能多数人都比较了解，而知道赵佗的人却不多。

其实赵佗的老家是在河北的正定。按照毛主席的说法，赵佗是"南下干部第一人"。这种借20世纪40年代"南下干部"那个特殊的历史现象的形象说法，确实十分精准，而且是饶有趣味的。

说到赵佗，必须从秦始皇开始讲起。当年秦始皇统一六国的时候，是不包括被称为"蛮夷"之地的南越在内的。雄心霸气极盛的秦始皇休养生息后，开始派出浩浩荡荡的兵马，试图一统岭南，全面完成其伟大霸业。不承想因为军队严重水土不服，加上后方补给跟不上，打了几年，非但未能打下南越，所派大将屠睢反而被当地土著杀死，秦朝大军折戟而归。直至几年后秦始皇在今天的广西之地开辟出世界上第一条大型运河灵渠之后，军队后勤有了足够保障，这才在公元前214年全面统一了南越之地，并设郡建县，开始实施封建体制。这其中的关键人物，一个是负责掌管南海郡、桂林郡和象郡三郡的南海郡尉任嚣，另一个正是赵佗，他是南海郡龙川县的首任县令。八年后，任嚣病重，殁前将郡尉之职交予赵佗。秦始皇死后，赵高篡权，秦二世为政不仁，加之秦始皇伐武多年，民怨载道，中原战乱再起，赵佗遂独立南越国，自立为南越武王。

赵佗自任龙川县令始，即借中原先进耕作技术和文化传播文明，政绩斐然。称王之后，更全面施行"和辑百越""汉越一家"的民族融合政策，自称"蛮夷大长老"，广受称颂拥护。

后来刘邦建立汉王朝，派大夫陆贾携诏书下番禺，说服赵佗并封其为南越王。赵佗奉汉称臣，又获高度自治权，岭南得以长时期地和平快速发展，呈现一派繁荣祥和景象。

汉高祖刘邦驾崩之后，吕后专权，歧视南越并严限岭南发展，赵佗据理力争反遭冷遇污辱，吕后甚至密诏兵进南越。赵佗愤然自立，再次尊为南越武帝。直至汉文帝刘恒即位后，千方百计安抚赵佗，效仿汉高祖封陆贾太中大夫，再奉诏书南下封南越王尊号，双方罢兵示好。赵佗再次奉汉称臣，维护了汉王朝统一大业，岭南大地重获生机，获得从未有过的大开发，甚至扩延至海上，不但捕捞业走向发达，而且交流伸展到了更远的地区，远达今天的东南亚甚至非洲东岸，这也就是习惯所称的海上丝路的开辟。更为可贵的是，赵佗还吸纳了许多海洋文明并多方面影响了中原传统的中华文化。

赵佗自从公元前214年随军平定南越，任龙川县令，后自立南越王，至汉武帝建元四年（前137）逝世，前后达81年，其后代王位传至公元前111年汉武帝废南越王位，建立南越九郡，赵家统领岭南近百年，对中华疆土和平统一，对中华民族团结相亲，对中华经济文化发展的贡献至伟，可谓重于五岭、广如南海。中华统一英雄，岭南人文始祖，笔者用这两句话评价赵佗，相信反对的人不会太多。

对于赵佗如此卓越的功勋，作为赵佗事业重要载体的岭南地区，尤其是广东地区，虽然做了不少的考古研究、学术探讨、文物发掘和保护工作，然而相对于赵佗的丰功伟绩及其重大意义，我们所做的工作却显得那样单薄无力。

2015年11月10日，笔者专赴神往已久的赵佗家乡石家庄正定县寻觅赵佗遗迹，拜谒和考察了赵佗公园和赵佗先人墓，虽然林木苍翠、形制犹在，人们也对赵佗崇敬有加，却同样简陋萧条，缺乏成熟丰富的机制性的展示。

产生如此巨大的反差，究其原因，当是我们没有对赵佗这个特殊而重要的历史人物予以足够的重视，没有作为一个重要的国家命题来对待。

2016年，是秦始皇统一南越2230周年，也是赵佗出任龙川县令2230周年。赵佗身上所蕴含的追求和遵从国家的繁荣统一、民族的团结和睦、人民的幸福安康的精神和行为，正与实现中华民族伟大复兴"中国梦"之要义完全一致。如此，借此2230周年机遇将赵佗文化上升为国家命题和国家战略，应该是正当其时、意义深远的事情。

中山：城市规划人文漫想

20年前的1997年10月8日，中山市发生了一件国际性的大事件，联合国人居中心在这里举行了盛大的"人居奖"颁发仪式。有人说，这在中国还是第一次。

一个刚刚升级为地级市的小城，为什么会获得如此荣耀？据说"人居奖"颁给中山的理由，是因为中山的城市建设原则是不拆旧城建新城，这在当时的中国确实是一件不容易做到的事情，那时候绝大多数城市都不是这样做的。因此，中山市的获奖，具有重大的标本意义。

时过境迁，今天，我们再来回望20年以来的日子，虽然受到保护的旧城以孙文路步行街为代表，新建的新城以兴中道为标志，中山市的城市规划建设一时成为当时大江南北的热点，为全国的城市建设提供了重要蓝本，这一点即使在今天也不显得落后，但是，因为可以理解的主客观局限性，中山的新城建设，还是不可避免地留下了一些遗憾和不足。比如，缺乏一个中央商务区、大型公共设施配套不足，尤其是后来东区的规划建设，未能很好地承继、延伸和发挥以兴中道为中轴线的辐射带动作用，失去了一个历史性的机会，在新一轮的发展中，中山的城市建设未能乘势而上，百尺竿头，更进一步。虽然有了一个新建设的火炬开发区，但它作为一个完整城市的角色仍需待以时日；后来也曾经有过一个临海工业园，但只是出了个概念而已，昙花一现；2013年，翠亨新区战略横空出世。这是中山市的未来，成事成形需要十年、二十年以至更长的时间，我们完全不必太过着急，要从长计议，谋而后动，从容建设……

但这并不代表中山市城市建设的停顿！反之，今天，中山的城市建设正处于一个重要的历史转折点。这其中，深中通道的动工建设，无疑给整个中山市，以至珠三角东西两翼，铺设了一条生命的大动脉；粤港澳大湾区城市群战略的出台，把中山市以至整个大珠三角地区，一下子摆到了世界城市发展的巨大舞台中；尤其是，此前国家"一带一路"的历史性部署，作为海上丝路重要节点和中国改革开放先行地的珠三角地区，更是如虎添翼，前景无可限量。这三个几乎可以说是空前绝后的机会，使得中山市的生命体量，获得了几何级的膨胀和升华，也为珠三角地区的生命联系提供了无限的可能。正因如此，中山市的城市建设，就有了一个历史上从未有过的旷世机会。

于是乎，岐江新城的规划建设应势而生！

什么是岐江新城？从公示征求意见的概念规划中，我们看到，岐江新城位于中心城区的东北部，横跨石岐区、港口、东区和火炬区四镇区，大概位于从中山北站到中山站中间的地块，西到起湾道，东到京珠快速，南到世纪大道、濠头村，北到浅水湖。

岐江新城的规划建设作为中山控容提质的"核心工程"，是要高水平打造引领中山未来发展的都市新中心和城市新客厅，让岐江新城与中山市未来发展的"一号工程"翠亨新区建设发展形成"双星闪耀"的生动格局。

概念规划中指出，岐江新城要坚持高起点定位规划，着力打造都市新中心和城市新客厅，推动城市控容提质优化发展。

岐江新城及先导区的规划要秉持文化传承、活力都市、山水相融、绿色智慧的设计理念，精心梳理山水格局，注重生态自然和城市空间的融合，充分彰显个性和特色。一是立足于国际型服务中枢、创智型总部基地、生态型文化新区的功能定位，全面对标深圳前海、广州珠江新城、珠海横琴等先进地区，取长补短，发挥优势，努力打造具有文化底蕴、宜居生态、复合高效、活力多元的城市中心区，成为和美宜居中山的一张亮丽名片，粤港澳大湾区市民新城市生活空间体验的高标杆，拓展城市发展空间的新引擎。二是抓紧开展岐江新城控制性规划、产业规划、交通规划、生态建设规划等项目编制工作，推动新城建设有序开展。三是坚持资源集中、要素集聚、发展集约，积极引进生产性服务业的总部经济项目，带动存量优化和增量拓展。四是重点打造"一河两轴"（石岐河、绿色生态轴和文化轴）风景带，提升山水人文的景观品质，使自然与城市有机融合，人与自然和谐相处。五是高标准设计城市风貌，融入文化元素，体现岭南文化，以文化彰显城市特质、传承历史底蕴，让市民看得见山水、记得住乡愁。

岐江新城规划建设的地理原点，是濠头村以及五马岭。这是地理原点，同时也应该是岐江新城的人文原点。

本文重点探讨一下人文元素的岐江新城，谈一谈岐江新城文化设施规划建设的人文思考。

第一，岐江新城作为香山人文生发地的规划建设三大概念。

岐江新城的版图，从空间形态上有一个地理圈，即以濠头村、五马岭为地理原点，以岐江河为脉络，涵盖岐江、中山乃至大香山的地理版图。从人文形态上有一个文化圈，以郑藻如为代表的一批文化名人，深深影响了郑观应、孙中山、容闳等历史名人的思想。通过深入挖掘郑藻如与孙中山、郑观应、容闳等人的深层关系，将岐江新城的文化底蕴与中国近代民主革命、商业文化、海洋文化贯通，立体再现香山人文的历史渊源和时代意义，以延续本土历史文脉、观照城市文化肌理、凸显中山人文元素、挖掘香山文化底蕴。

因此，规划建设岐江新城三大文体板块，要注重廓清三大概念：

一是大城区的概念。岐江新城根脉在石岐、源流在岐江，绝不是另起炉灶，而是对石岐中心城区的文脉传承、框架拉开、枝叶壮大，其规划构思，必然与中心城区是有机整体、融合共生，要有岐江新城与中心城区共同构成大城区的概念。岐江新城的文化规划还要与中心城区所有镇区相连接。

二是大文化的概念。按照岐江新城"活力多元"的设计定位，规划建设新城的大型公共设施，必须打破"小文化"藩篱，要跳出文化看文化，跳出文化做文化。既要立足于文化设施这个核心层，也要考虑到教育、体育、科技、传媒这些文化创意产业中最具创造力、生产力的外延层，从大文化的角度考量岐江新城的大型文体设施的规划建设。从开始阶段，就立足于做实、做厚、做强、做优岐江新城的文化底子和文化肌理。

延续本土历史文脉、观照城市文化肌理、凸显中山人文元素、挖掘香山人文底蕴、贯通改革开放文化精神，应该成为岐江新城大型公共文化设施规划的题中之义。

三是大规划的概念。岐江新城"复合高效"的设计定位，决定了新城的规划要树立"大规划"的概念，注重"多规合一"，强化城乡规划、土地利用规划、生态环境保护规划、文化旅游规划、立体交通规划、社会事业规划等各类规划的衔接融合。要做到大型设施的规划与新城战略定位相适应，布局与新城战略定位相一致，资源投入与新城战略定位相协调。

第二，岐江新城大型文化设施规划建设的考量原则。

（一）扣准文脉，体现特色，形成地标。

岐江新城的文化设施建设，找准定位至关重要。一要符合岐江新城的规划定位，彰显香山人文内涵，体现大文化、大香山、大规划概念。二要把准岐江新城的人文定位，凸显"改革创新、博爱包容、务实求进、生态和谐"的人文底色，系统挖掘和梳理历史文化资源，积极保护和传承文化遗产，延续历史文脉，探索创新创优服务模式，打造特色文化品牌，建设新时期的城市人文新地标。

（二）统一规划，突出重点，集中资源。

岐江新城的公共文化设施建设，要做好系列文化设施的总体布局，重点集聚文化、教育、科技、体育、传媒等要素资源，形成综合性文化设施群，既彰显各自功能，又互相融合、资源共享，营造良性的文化生态。

（三）立足长远，适度超前，分步建设。

岐江新城的公共文化设施建设，不但要把握全市经济社会发展的趋势和目标，还要科学判断群众日益增长的精神文化需求；不仅要在时序上超前，而且要高标准、高起点规划设计，使基础设施和公共设施建设具有一定的超前性并留有余量，为未来长期发展留下足够的空间，保证与城市其他建设同步协调发展，如此才能最大限度地减少浪费、提高效益。同时，按照规划，分步建设。

（四）完善补充，辐射带动，提升实力。

在推进岐江新城规划的建设过程中，不仅要考虑通过新城对目前中山市公共文化设施进行补缺和完善，完善城市文化服务功能，满足城市发展需求和高素质人群的文化需求，而且还要立足岐江新城示范引领的标杆意义，打造高标准现代化公共文化服务设施，在珠江西岸以至粤港澳大湾区发挥示范引领作用，增强城市的后发动力和人才吸引力，通过文化引领，推动岐江新城建设，提升中山市的文化竞争力。

第三，岐江新城大型文化设施规划建设的概念关系及定位。

处理好四个关系，塑造铁城文化的延续区。

按照"文化传承"的设计理念，岐江新城承载着中山城市原点文化和香山人文精神，延续着以铁城文化、华侨文化、海洋文化等多元文化为代表的香山人文。在岐江新城规划建设"文化轴"，规划建设新型、标志性和凸显中山人文精神的大型公共文化设施，一方面可以弥补目前中山市城区大型公共文化设施的不足，另一方面可以依托新建的大型公共文化设施，树立中山文化地标，建设城市客厅，谱写新城公共文化发展的新篇章。

因此，规划建设岐江新城，必须突破"小石岐"的文化地界，注重处理好以下几个关系：

一是要处理好岐江新城与中心城区的关系，前者是对后者的人文传承、阵地开拓，绝非推倒重来、另立山头，后者是前者的文脉所在。

二是要处理好岐江新城与镇区的关系，前者是对后者的辐射带动，后者是对前者的有效补充和呼应。

三是要处理好岐江新城与大香山的关系，前者是对后者的一脉相承、创新升级。

四是处理好新老文化设施的关系，要努力做到建新不弃旧，各得其所，物尽其用。

第四，中心城区有关镇区人文规划建设的承接与呼应。

主要思路是发掘和突出自身人文元素，围绕和呼应中山（香山）核心文化品牌，与中心城区和岐江新城相得益彰，形成和发挥综合效应和群体实力。

最近，省委书记李希对中山给予了"三个定位"，即把中山建设成为珠江东西两岸融合发展的支撑点、沿海经济带的枢纽城市、粤港澳大湾区的重要一极。这标志着中山的城市建设进入了一个现代化、国际化的新阶段。这其中，自然也包括了人文建设这一重要的灵魂性内容。

本文仅仅是以岐江新城为例，但其中的思路和原则等，对于整个中山包括各组团、各镇区城市建设的人文思考和规划都具有典型意义，具有启发和参照作用。

中华文化复兴浅议

习近平同志提出了实现中华民族伟大复兴的"中国梦"，为中国步入世界第二经济大国和走向第一经济大国，注入了强大的动力，确定了宏伟的方向。国家富强、民族振兴、人民幸福是实现中国梦的具体体现，而最高的体现，应该是文化的复兴。为此，习近平同志又提出了建设文化强国的目标。他说："一个国家、一个民族的强盛，总是以文化兴盛为支撑的。没有文明的继承和发展，没有文化的弘扬和繁荣，就没有中国梦的实现。"

而今天，我们正处于三百多年来文化复兴的最好时期，但同时也是一个最困难的时期。

诚然，我国是四大文明古国之一，经过几千年的时空变化，中华文明是唯一保存下来的古文明。然而，发展到今天，我们却面临着一定程度的文化危机。究其根源，在于中国传统文化与西方工业文明的激荡，传统自然经济、计划经济向市场经济转换过程的阵痛及全球化时代的到来对我国的政治、经济、文化、日常生活等各个方面的冲击。

具体表现为：

一是传统价值规范的迷失，亟须重建新的价值理念。近代西方列强在鸦片战争中用坚船利炮打开了中国的大门，中国传统的自然主义和经验主义受到挑战，到五四时期，爆发了激烈的文化冲突，传统文化受到前所未有的批判，传统价值在社会生活中的规范作用受到怀疑。十年的"文化大革命"，传统文化更是受到了空前的破坏。改革开放以后，尽管优秀的传统文化得到不断的继承和发扬，但新价值理念的重建仍然任重道远。

二是传统文化面临着双重困境，需要重新定义。一方面，诗、词、曲、赋、国画、书法等传统文化的具体形态日渐萎缩。记载保存着我国五千年文化宝藏的文言文这一独特语言尽管还有残存，但已岌岌可危。很多传统节日及各种民俗，如乞巧节、重阳节、腊八节，敌不过西方洋节日的隆重、丰富和深入。另一方面，拯救传统文化的过程中又出现了许多误区。首先是生吞活剥现象，如汉服运动，穿上简单复制的汉服仿佛是与日常生活格格不入的戏子；其次是文化伪造现象，如传统节日、时节，借元宵节简单地推销汤圆，借端午节夸张地兜售粽子，这些都是商人进行文化造伪的例证。

三是文化创新创意不足，亟须寻找强大的观念动力。这主要体现在文化生产上。出版、影视、音乐、动漫等行业的文化生产创新不足，难敌美欧、日韩。而美欧、日韩成熟的市场运作方式，却在我国文化市场卷走巨额利润。

四是文化传播落后于世界一般水平，需要树立文化形象。当代不少中国人对本民族文化的理解基本上局限于戏曲艺术、武术、书法和饮食文化。即使近几年来披着中国元素外衣的欧美电影大片越来越多，但里面的中国元素如武术、民俗文化，只是满足观众对同一主题用不同方式叙事的新鲜感，真正成功的不是中国元素，而是受到西方观众认同的价值观和叙事方式。

21世纪是中国和平崛起的历史机遇期，要建设与中国特色社会主义相适应的文化形态，以文化崛起推动和平崛起。

中国特色社会主义核心价值的重构是文化复兴的主命所在。中国特色关键在文化，在其独具特点的社会理想和人生原则。核心价值重构必须放在全球化的大背景下，支撑中国特色社会主义建设、中国和平崛起、民族团结、社会和谐、实现"中国梦"等重大使命。我们有必要在社会主义核心价值体系的基础上进行凝练，构建为中华民族广泛认同并自觉实践的核心价值。

文化的整合是文化复兴的关键路径。中国传统文化孕育了儒家、法家、道家等为中华民族广泛传承和认同的思想价值，这些宝贵的思想在建设中国特色社会主义、和谐社会的当今仍然具有重要的现实价值。而西方资本主义在几百年的历史中创造了中国传统文化所欠缺的科学理性精神、法制契约精神，这正是现代市场经济成功的必要保证，即我们重构的时代精神和核心价值必须有效地整合中西文化中具有鲜活生命力的部分。

经济运行规范和生活规范重建是当务之急。习近平同志说："弘扬中华优秀传统文化，要处理好继承和创造性发展的关系，重点做好创造性转化和创新性发展。"文化的复兴不是简单复古，一方面要发扬传统，另一方面又要吸收现代和外来文化之积极因素，把东方和西方的文化精华整合到一起，使之变成具有可操作性的思想纲领贯通现代社会。要以培养优秀的国民为目的，进一步细化《公民道德建设纲要》，制定包含食、衣、住、行等五大部分的规范，对全体公民在日常生活方面提出基本要求，进而扩展为全社会的生活理想，增进社会和谐。

繁荣文学艺术是中华文化复兴、构筑精神家园的源头性、先导性、基础性工程。第一，要通过深入开展中华民族悠久历史和优秀传统文化的教育，不断增强民族文化认同，振奋民族精神。第二，要通过深入挖掘、整理和创新独具民族特色的文化艺术形式，展示我国哲学、社会科学、文学艺术、科学技术等方面的成就，以及崇高的民族精神、民族气节和优良的道德风尚，不断增强全民族的自尊心、自信心、自豪感。第三，要通过现代传播和交流，使民族文化和民族精神为实现中华民族伟大复兴提供精神支持和文化滋养。第四，要处理好社会效益和经济效益的关系，习近平同志这样说过："一部好的作品，应该是把社会效益放在首位，同时也应该是社会效益和经济效益相统一的作品。文艺不能当市场的奴隶，不要沾满了铜臭气。"

　　试办文化特区是一个值得大胆探索的路子。三十多年来，经济特区的举办，为中国改革开放的成功提供了重要的经验。我们可以考虑在全国选择一定数量的城市，试办文化特区，相信可以为中华文化复兴，为社会主义文化强国建设，为实现中国梦提供良好的探索和经验。

　　要实现中华文化复兴，一定要坚决坚持这样一个大方向，正如习近平同志所说的："要坚持走中国特色社会主义文化发展道路，弘扬社会主义先进文化，推动社会主义文化大发展大繁荣，不断丰富人民精神世界，增强人民精神力量，努力建设社会主义文化强国。"

让当代诗歌回归诗歌本源

中国当代诗歌怎么样回到诗歌本源，包含了两方面的问题：一方面是关于诗歌的主题和内容，也就是诗歌表现的对象问题；另一方面是诗歌的表现形式，即诗歌的体裁。说到底，也就是当代诗歌内在和外在两个方面怎么样回到诗歌本源的问题。

2013年我在《文学报》发表了一篇文章，题目是《中国新诗何时走出乱象》。我个人觉得当前的诗歌界比较乱，差不多可以说是所有文学艺术形式中最乱的。在中国，写诗的人很多，读诗的人也很多，相对于其他文学体裁来说，诗歌的活动丰富多彩，在这种"兴盛"的背后，隐藏甚至暴露出一派乱象。新诗已有百年了，我们还没有找到真正既符合中国汉语言、汉文字特点，又能够吸收西方诗歌优点的诗歌文本。我认为，中国的当代新诗，首先要守住和弘扬自身的诗歌文本传统，包括其中的内容和形式。当然，随着时空和时代的变化，中国诗歌还必须学习借鉴中国之外的诗歌的优点。但在当下，问题的主要方面，还是如何回归中华传统诗歌的本源。

当然，当代新诗怎么样回到诗歌本源的问题，首先要明确一个重要的前提，这就是我们首先要本着百花齐放、百家争鸣

第三辑

的原则来思考和分析。我们并不是说，诗歌要有一种完全不变的主题、不变的内容、不变的体裁和格式。现在是一个开放多元的时代，尤其是改革开放之后，我们的政治、经济、文化、社会等方方面面都已经走向开放和多元。文学，包括诗歌，也肯定要随着社会的变化而变化，肯定也是开放和多元的，主题、内容、格式都应该是开放和多元的。而且，这是文学和诗歌的生命所在，如果不是这样它就没有生命。

在这个基础上，文学体裁包括每一个人、每一个家庭、每一个单位、每一个城市、每一个国家、肯定有它独特的所在，正因为如此，世界才具有丰富多样的各种生命，诗歌同样如此。但是，无论是生命，还是诗歌，总会有一个自己本源的问题。

诗歌的本源有狭义和广义之分，广义是指全世界、全人类的诗歌，狭义是指中国本身的诗歌。每一个国家，每一个民族、每一个地区都有它自身的东西，这个就属于狭义。从广义上讲，诗歌有它的共同之处。首先在主题和内容方面，我觉得应该是真善美的，这是人类共同的价值追求、共同的价值指向。主题核心是真善美的，诗歌才能给人以真正的意义，要不它就起了反作用，诗歌给予人们的必须是正能量。

其次是格式方面，诗歌有着与其他文学体裁不同的特色，因此在它的格式方面也应该有所规范。如果诗歌写成散文就不成诗歌了，写成小说、话剧等，就更不是诗歌了。诗歌就是诗歌，不是其他任何一种文学体裁。

中国的诗歌主题内容和体裁形式也应该有自己的特点。当然，现在的诗歌在主题、内容方面，在表现形式、手段方面已经跟以前有了很大的不同，或者叫进步，它更时尚、开放、多元——主题、内容、形式都是这样。同时，中国新诗才百年时间，还在不断的探索中、完善中、发展中，不可能一下子就形成很固定的一种模式，这也是可以理解的。

我们讲当代中国诗歌应该同时具备两个元素。一个元素是中华传统，中国诗歌传统的优秀的独特的元素应该保留，这才是中国的，否则就不是我们的。我是我，而不是其他国家、其他民族的，是中华民族的。而另一元素是，它又不是封闭不变的，特别是在开放的时代，它要走向社会和市场、走向全人类，这样的话，它同时也应该吸收其他国家、其他民族、其他语言的诗歌优秀的东西，包括主题和形式。

正因为处于这种阶段，我们现在处于一种乱象状态似乎也不奇怪。我们整个社会正处于转型时期，人们的社会价值观等各方面都相对比较乱，旧的打破了，新的还没有建立起来，我们的诗歌也同样处于这种状态。其实说到底，诗歌的问题也是社会的问题，问题的根源还是在社会。但我们不能简单将原因和责任推给社会就算了。如果没有引导、检讨和前瞻的话，任性"乱象"下去，诗歌就没有出路。今天，我们确实要思考怎么样能够逐步找到一种既有中华传统诗歌的优秀元素，又吸收西方现代诗歌的优秀元素，而成为中国现阶段以及后阶段一种崭新的诗歌文本。

全人类包括中国的文学有着共同的内容和主题，比如真善美。中华的文化传统也有独特的主题和内容，比如，中华传统的"和文化"，还有释儒道文化，这都是我们的特点。这些特点相信在所有文学题材里，包括诗歌里面都很浓厚，我们必须要继承、弘扬。

又比如我们有海洋文化，欧洲也有海洋文化。我们的海洋文化特质体现的完全是和谐、和平，郑和七下西洋，就没有占领别人一寸土地。西方的海洋文化则总是与殖民文化、掠夺文化联系在一起。这些体现在文学里就不同。我们的诗歌本源，首先体现在内容主题上要与中华文化传统相一致，是健康的，是正能量的，读了以后对人有好处，而不是乱七八糟的，更不是假的、丑的、恶的。真正的文学是属于社会的，如果你写出来放在自己口袋里、带进棺材去，那你怎样写、写什么都无所谓，但只要你给第二个人，包括你的妻子、父母、小孩看，就有一个社会责任问题，你就要负责任。这一点，是文学包括诗歌最基本的道德问题。

现在的诗歌界很乱，跟社会现状有关，社会上的道德滑坡、没有底线现象，也影响到一些诗人及其诗歌。

诗歌本源问题，就格式、形式来说，我们自古以来就是诗的国度，是诗歌古国，我们诗歌的起源和发展早于很多国家。讲到诗歌，首先要讲到中国，《诗经》、唐诗、宋词在世界诗歌史上的地位十分高，再往下是戏剧的影响力也很大，其实中国戏剧中的诗歌成分也非常浓厚。这些诗歌的优良传统我们必须继承不能变。我们是方块字，汉字对诗歌有特殊的好处，具有十分独特的优势。汉语同样如此。为什么中国的诗歌出现最早，而且比其他文学体裁发展得更充分、更辉煌？汉字和汉语言比较适合诗歌这种体裁是个重要的因素。中国古代诗歌尤其是格律诗的重要不足，是自由度不够。我们为什么有唐诗、宋词那么整齐优秀的东西？那正是汉文化、汉字结构所决定的，但它也带来了自由度的不足。到"五四"的时候我们有一种追求，追求科学、民主，追求文学的解放，在诗歌方面也打破原来的传统，开始引进和学习西方的自由诗。学习西方是对的，学自由诗优秀的东西也是对的，是对中国古诗不足的重要补充。自由诗最大的优点在于自由，但我们现在新诗的缺点是太自由了，从内容到格式到各方面，天马行空，无边无际，毫无标准，毫无约束。这不行。

其实，从一定意义上讲，自由诗要写得好，要写得比古体诗还要美，在无限自由的情况下写得隽永，别人记得住、能流传的诗歌，有时候可能比古诗、比格律诗还难。诗可以分为诗和歌，诗要有韵律，需要节奏，适当的短，不要太长，不要太散，不要太自由。而歌则要十分讲究押韵、对偶等。这些是诗歌这种体裁的基本要求、基本元素，也就是我们中华传统诗歌的本源所在。西方的自由诗，其实也有这些类似要求。但是，我们现在许多的诗人和诗歌，已经漠视抛弃了这些东西，只学习自由诗的"形"，而没有学习自由诗的"魂"，因而导致"非诗化"非常严重。

我们必须正视这种不好的趋向。必须呼吁，我们的文学组织，特别是文化管理部门，这方面要有一种引导。"官方"办的报刊和其他媒体，包括网络，要有一种责任，即对诗歌本源和本体问题，从主题内容和体裁格式上都要有大概的指导思想。同时，我们又要百花齐放，主张大胆探索。现在的主要矛盾是如何建立主流导引，真善美的主题内容不能变，中华优秀传统不能变，吸收西方国家先进的、优秀的文化成果也不能变，而且要做到兼收并蓄。所谓本源，并不是一味保守，并不是一成不变，它是在自身优秀的基础上吸收各种新的成果，来形成自身的东西，形成新的自我。

现在确实到了我们要对诗歌本源和本体问题有所作为的时候了。改革开放三十多年，以前以经济工作为中心，首先解决温饱问题，这是对的。但在文化传统的继承和弘扬这一块没有跟上。一个强大的国家仅仅是物质强，那不是真正的强，文化才是最高的竞争力，文化上不来，在世界上根本没有地位，自身的发展也难以为继。我们在抓文化强国建设，召开了高规格的文艺座谈会，这都是很好的信号和机会。我们现在要好好思考我们的传统文化在哪里，怎么样传承发扬好，同时如何吸收外面的先进文化，融合形成崭新的文化。

诗歌客观上是有层面的，有所谓文人圈子的纯诗歌，这类诗歌，艺术上的要求会高一些。但同时，诗歌最重要的是要面对社会，这就有一个诗歌的大众化、通俗化的问题，其中甚至还包括诗歌的口语化。然而，通俗化、口语化决不等于低俗化、口水化。

如何让当代诗歌回到诗歌本源？首先，我们的诗歌机构、文学机构和管理机构应该有所作为，我们的报刊和各类媒体应该有所作为，我们的教育系统应该有所作为，我们的诗人应该有所作为，各方面都要有所担当，要负责任，要有使命感，要对社会有导引和教化的作用。因此，我们呼吁从中国作家协会开始到省作家协会，包括负责文化和文学管理的各级党政机构应该好好思考和正视当前中国文学的问题、诗歌的问题和走向，真正起到一种正确有效的导引作用。这种导引作用并不是约束，不是绳索，是健康性、引导性的东西，各级作家协会、诗歌委员会，也应该有担当的责任感、使命感才行。然而，这种导引、责任和使命问题，非但发挥得很有限，且在目前还产生了一种非常值得我们警惕的现象，那就是在我们的文艺管理机构的诗歌事业管理者中，在我们的报刊等媒体，包括网络的编辑记者中，其实有不少人就是诗歌"乱象"的参与者、支持者和制造者。这是很要命的事情，不能不引起高度重视，应尽快予以解决。

教育部门也至关重要。现在中国足球从娃娃抓起，整个体育系统的体制改革从这里突破，就是因为足球到了今天，已经影响国家形象和国民信心，影响一个国家民族的荣辱，再这样下去就会影响民族自尊心。诗歌现状有些类似，如果诗歌乱象走到今天的中国足球这种地步，将很悲催，到时候要回来就很难了。因此，我们也要从娃娃开始抓起，传统的诗歌教育，包括现代诗歌教育，应该从小学开始进入教材，要通过培育老师来引导学生。要在大中小学校设置诗歌课程，按照年龄特点设置诗歌鉴赏课、写作课。同时，文学家、诗人也要主动走进校园，为学校的文学教育和诗歌教育做义务服务。

同时，诗歌的本源是什么？建议在全国开展大讨论。中国诗歌的现状如何？中国诗歌的走向是什么？诗歌界要出来呼吁，要通过全媒体来呼吁，我们确实应该有所担当、有所作为、有所贡献。

近几年来，随着国家的强大，中华文化在世界上的影响力已与以往不同。古代中华文化曾经非常辉煌，当时尤其在欧洲的影响非常厉害，我们要重新回到，或者说走向这个盛世时代。清代以来为什么我们的文化影响力不大？最主要的原因是国力走向薄弱，国家地位下降，国家地位下降带来文化传播力、影响力都不行。我们的文化很优秀，非常好，相信随着时间的推移，中华文化的影响力将越来越大，包括诗歌的影响力。现在的问题是我们自己怎么样继承我们的传统，以及吸收国外诗歌的先进文明，来改革自己、完善自己、强化自己，从而回归中华传统诗歌本源，真正建立适合自己的中国当代诗歌文本。

广东人文富矿呼唤集体抒写

近几年来，我在坚持惯常的文艺创作和人文社科写作之外，开始重点尝试着对大题材，尤其是处于空白地带的重大题材的研究和创作，目前已经创作了大型史诗、长诗或舞台文学台本十余部，包括《30年：变革大交响》《共和国之恋》《孙中山》《海上丝路》《海上丝路·香云纱》《珠江》《Macau·澳门》等等。2014年，由省委宣传部和省作协安排结集出版了《长歌正酣》。就这样写着写着，越写越觉得有太多的题材要写，总是写不完。由此，自然就想到了这个问题：广东的人文，其实是一个资源极为广博的富矿，仅仅几个人的努力，充其量只能挠挠它的皮毛，最多也只能动动它的表层而已，是根本触及不到它巍巍南岭那么伟岸的内核和茫茫南海一样深邃的容量的，就我自己而言，力量更加渺小得几乎可以忽略不计。

这样一个人文富矿，正在呼唤集体抒写！

——从远古的岭南，到公元前214年秦始皇统一而建郡立县，汉代从国体上完全统一南越，开辟海上丝路，一直到唐宋大量贬官南下，宋元大决战，郑和下西洋，明清几番开放和海禁，孙中山推翻帝制，邓小平南海边画圈……广东，在每一个历史的节点上，都呈现出了与中原地区不同而独具异彩的人文风貌。

——长江、黄河，这是中华民族伟大的母亲河。然而，人们却常常忘记了珠江，这也是与长江、黄河一样伟大的母亲河。珠江，与长江、黄河一样承载着中华民族的传统文明，但它以八大出海口与南海、与太平洋相连接，咸水、淡水交融碰撞，融合成了一种崭新的咸淡水文化，既向海外传扬中华文化，又向大陆输送海洋文明，从而补充了长江与黄河的不足，为中华文明增加了蔚蓝的底色与开放的动力。人们发现，黄河边出了个孔子，长江边出了个老子，珠江边，则出了个六祖，他们组成了西方人所说的"东方三圣人"。人们还发现，"中国二十世纪三大伟人"——毛泽东、邓小平长在长江边，孙中山长在珠江边。

——中国的汉文化博大精深、异彩纷呈，在广东则落脚在三大族群上。一方面，广府人、客家人、潮汕人，以各自不同的文化，从历史的时空诠释了中华传统文化不同阶段、不同地域、不同宗祖的风采。三种族群，三种语言，三种菜系，三种……然而其渊源、其内核、其四至，却有着惊人的一致性，那就是正宗的汉文化。另一方面，也是三个族群最具生命力的表现，就是因为千百年的迁徙、再迁徙，他们都以不同的发展大大丰富了汉文化的内涵。

——广东，还有一个让世人惊讶的群体：华侨。据不完全统计，中国在海外的华侨约六千万人，广东就占了大半。这个群体每到一个国家，就对那个地区的开发和发展做出了卓越的贡献，同时他们又情系祖国，给中国带来许多世界先进文明。过去，他们被孙中山称之为"革命之母"，改革开放后，他们更是成为中国联通世界的一座特殊的"桥"，即所谓"华侨，中国桥"。

——广东，尤其是珠江三角洲，因为其特殊的咸淡水地理，而形成了一种咸淡水文化，使得这个地区在中国几千年的历史中，屡屡在关键阶段发挥特殊的作用。第一个时期，当是中国封建时代的"盛世时期"，即自汉唐以降，以至宋元明，再到清代中期，中国一直是世界强国，这些时候的广东，与福建等沿海地区一样，都是在经济、文化等方面连接世界的重要港口。第二个时期，应该是清朝末期尤其是近代，广东成为中国民主革命最重要的先行地，产生了伟大的人物、伟大的思想和伟大的队伍，是中国近代史和近代文化的摇篮。第三个时期，是20世纪70年代末以来，广东更是成为中国改革开放的试验田、先行地。而今后，广东依然肩负着"三个定位，两个率先"的重要使命。

…………

我们可以想象，在以上所述的文字中，其中究竟产生了多少英雄豪杰、仁人志士，包括普通而贡献特别的人物，发生过多少可歌可泣、惊天动地，包括普通而影响特别的事件，留下了多少千奇百样、琳琅满目，包括普通而作用特别的印迹。所有这些，都使得广东孕育成为一个含金量极高，而取之不尽、用之不竭的人文富矿。

今天，我们该如何面对、如何发掘这个人文富矿？

毋庸讳言，文艺创作是很个人化的事情，文学家、艺术家们的个人创作，应该是发掘这个富矿的核心所在。然而，因为这个富矿确实太庞大、太繁杂，仅仅有个人的力量是远远不够的，还必须动员艺术家们的集体抒写。

这就是组织型创作。而组织型创作的前提，是省里有关部门首先对广东这一人文富矿要有深入系统的了解，再做出战略性的规划。比如，可以制定"广东省人文历史重大题材文艺创作五年规划、十年规划"，同时按时间、体系、人物等形成一系列的安排。

笔者在任中山市委宣传部长的时候，曾经尝试并且坚持了几年的组织型创作，实践证明效果是显著的。省里也有不少这种成功的例子。比如，2011年的时候，省委宣传部将我的大型组歌《孙中山》立项为重点项目，然后成立一个专门的班子，人员是跨界的，包括作曲家、演唱家，还有交响乐团、合唱团，等等，经过半年努力，排出了大型交响组歌《孙中山》，至今已经在国内外演出五场，先后在中央电视台、广东电视台播出，影响广泛，国家领导人周铁农、中国国民党前副主席蒋孝严等评价颇高。最近，美国、中国台湾和中国香港的文化机构，以及中央台办都在联系协调在2016年孙中山诞辰150周年纪念活动中在美国、中国台湾、中国香港的演出。

随着科学技术的进步，人类社会的发展，多媒体、全媒体，大文化、泛文化成为潮流，因此组织型创作一定要适应当前情势，必须是开放的、多元的、综合的，必须调动和整合全省的创作力量，宣传部门、文化部门，文联、作家协会，以及各类媒体联合起来起做，还可以邀请省外甚至海外的力量。

人力是核心力量，而资金则是重要保障。省里要按照"规划"的要求专门设立重大人文题材创作基金，同时设立项目评估机构，按照项目的分量和创作进度选择项目和拨付资金。

无论是私人化创作，还是组织型创作，最终依靠的还是创作者个人的力量，因此必须制定专项的政策，为创作者提供足够和良好的服务，包括实地采风、深入生活，古迹考察、档案查询，作品利用、成果评价等等。当然，文化也是生产力，而且是重要的软实力，对于优秀的作品，省里要像对待科研成果、对待地区生产总值业绩一样给予重奖。改革开放到今天，文艺重奖也应该是实现"中国梦"不可或缺的应有之义。

爱情为诗路导航

我的诗歌第一次变成铅字，是1974年5月；第一次在省级报刊发表作品，则是1980年10月30日，《羊城晚报》刊登了我的诗歌《北风吹过》。而首次在省报发表作品，则与我的爱情生活有着密切的关系。

从高中阶段开始，我就建立了文学创作的个人爱好，一直到1981年大学毕业，我的创作非常丰富，创作的作品很多，文体很杂，有诗歌、散文、小说，还有戏剧，甚至还不知天高地厚地写歌词并自己谱曲。几年中虽然也在地县级报刊发了少量作品，但总是不能走向更高的层面，因而觉得十分苦闷和迷茫。好在这个时候爱情走近了我，因为文学，因为诗歌，说破了，就是因为不断送出"爱的自白"这类爱情诗，我与一个师妹认识了、相爱了。她不仅点亮了我的人生明灯，还点亮了我的创作之灯。有一次，她突然对我说："丘树宏，你就是写诗的命！"从此我明确了自己的创作方向，并立誓一年内必须在省级以上报刊发表作品，否则就不配做她的爱人。方向明确了，道路找准了，果然立竿见影，不到半年，《羊城晚报》就刊发了我的诗作。那时候能在千千万万的自由来稿中被根本不认识的编辑选中，确实是一件很不容易的事情。

从此以后，我的诗歌创作之路基本上走得顺风顺水，发表的作品越来越多，影响力日益增长，诗集陆续出版，先后加入了省作协和中国作协。2003年"非典"期间，中国作协和中央电视台以我的诗歌《以生命的名义》为题，并作为压轴作品制作大型抗击"非典"电视文艺节目播出，造成极大影响，我也由此正式步入中国诗坛。2007年10月，中国诗歌学会在北京举行了我的诗歌研讨会。散会出门的时候，一位将军诗人建议我可以创作一些大题材的大型作品了。当时我自己还不怎么在意，事后我的妻子，也就是当年的师妹正正经经地对我说，将军诗人说得对，你是应该写一些大题材的大作品了。经她这么一说，我真的是有一种醍醐灌顶的感觉。

这又是诗写人生路的战略性转折。

2008年是改革开放四十周年，作为一个受惠者、见证者和参与者，我觉得有义务和责任写一些东西，于是，大型组诗《30年：变革大交响》应运而生，并全篇发表在《光明日报》上。2009年是中华人民共和国成立六十周年，省委宣传部约我创作了近两千行的大型史诗《共和国之恋》。这件作品的创作极不容易，在主题内容的取舍处理、诗歌艺术形式的布局上，让我经历了一次几乎是凤凰涅槃般的锻炼，让我从此对重大题材、史诗性作品的把握奠定了坚实的基础，也在中国诗坛确立了自己的位置。

随着年龄的增长，阅历的丰富，我与妻子的爱情生活也步入成熟期。我与妻子商议之后，我在诗歌创作上做了两个方向的调整。

一是既注重在诗歌圈内的活动，更要注重跳出小圈子，走向社会、走向基层、走向民间。近几年来，除了创作"小我"类的作品外，我更重视中国和广东一些题材依然空白的大作品的创作，并想方设法搬上舞台，扩大受众面，扩大影响力。我创作了《孙中山》《海上丝路》《珠江》《Macau·澳门》《南越王赵佗》等十几部史诗，有几部作品主创成了大型史诗，比如大型交响组歌《孙中山》已在海内外演出十余场，并在央视播出，影响广泛。2018年是中国改革开放四十周年，我在三十周年作品的基础上，创作了大型史诗《中国梦，大交响》和《海的珍珠，珍珠的海》，前者《诗选刊》七月号重点推出，后者由《中国诗界》以卷首诗人的形式，在鲁迅文学院隆重发布，中国作家协会副主席、著名诗人吉狄马加到会并予以高度评价。这既是中国诗歌界对中国改革开放四十周年的呼应和献礼，同时也是对本人等诗人正能量创作的充分肯定和高调推介。

二是诗歌创作逐步走向精神回乡。我和妻子都生长在九连山区，随着年龄的增长，乡愁逐步爬上了两鬓的白发和脸上的皱纹。妻子说，夫啊，该为家乡做点事情了！其实，从1988年调到珠三角工作生活后，我一直在为家乡建设做一些事，但多数是乡村发展、道路建设的实体性项目，而最高层次的乡愁，应该是精神回乡。2018年7月，借家乡的"开桃节"，我将创作的本县首部大型音乐情景歌舞《九连山下》台本，歌曲《连平，我们可爱的家乡》《我是你永远的"山大王"》《石陂头，永远在心头》的公益使用权捐献给了家乡。更让我们俩感到无限欣喜的是，我们的母校惠州学院（原惠阳师专）最近找到我们，要我们为当地创作一部表现自然环境和人文历史的交响史诗台本。这似乎在意料之外，又在情理之中。要知道，那里，既是我诗歌事业的原点，也是我们俩爱情发生的原点啊！

我的文学倡议（两则）

之一：创建"咸淡水诗派"倡议书

南宋绍兴二十二年九月十五日（1152年10月14日），香山县成立，至今已经863年。当时的香山县包含了现在的中山、珠海和澳门地区。在这个地方，有一条与长江、黄河一样伟大的母亲河——珠江；珠江有八大出海口，其中五个口门经香山地区而流入南海，再融入太平洋。珠江为淡水，南海是咸水，淡水代表中华传统文明，咸水代表蓝色海洋文明。咸水淡水在香山地区交流、碰撞、融合，形成了咸淡水，两种文明在这里交流、碰撞、融合而形成了咸淡水文化。这种文化在一二百年前达至一个发展高峰，使香山这个地区开始在经济、政治、教育、商业、军事、文化等各个方面对中国，以至世界产生了重大的影响，从而成为中国近代史、近代文化的摇篮。这个摇篮，摇出了孙中山、郑观应、容闳、杨匏安等伟大的人物，摇出了"三民主义""商战"等伟大的思想，摇出了涵盖各个领域的一支伟大的队伍，在中国和世界的发展中矗立起一座又一座的高峰，留下了无可替代的历史性重大贡献。所有这一切，其核心和灵魂，就是咸淡水文化。这种咸淡水文化一直引领和推动着香山地区以至整个中国的发展，并且影响了世界。随着历史和时空的变化，澳门成为特别行政区，珠海成为经济特区，它们依然保持着咸淡水文化的浓厚特质，而且随着新文化的介入而展示出各自不同的风采；而作为香山地区地理、政治、历史和人文原点的中山市，则更多地坚守和继承了咸淡水文化的传统元素而使其更为丰厚，甚至创造性地挖掘和发展了咸淡水人文而使其更加富有鲜活强大的生命力。

　　咸淡水文化在香山地区文学艺术方面的体现，其特点同样十分突出鲜明。香山人以其生命力旺盛的咸淡水文化，尤其在电影、教育、美术、出版、音乐等艺术领域为中国的文化发展做出了重大的贡献。比如：容闳、郑玛诺开创了中国的留学文化；唐廷枢编撰出版了中国历史上第一部英汉词典；苏曼殊是中外文学比较的先驱者之一；王云五通过主持商务印书馆在中国的出版业和近代文化教育事业中留下了重要痕迹；吕文成和萧友梅贯通中西，开创了中国现代音乐史，吕文成创作出了一大批既保持中国风格，又有西洋音乐元素的广东音乐；郑君里、阮玲玉是中国电影事业的重要开创者；古元借鉴西方又摆脱了西方木刻艺术的局限，创造了以阳刻为主而具有鲜明民族特色风格的中国版画；黄苗子、方成等人的漫画，则坚持中国传统，引入西方思维，创造了中国漫画的新气派；阮章竞将中国古典诗词和西方自由诗融入民歌，形成了自身特点并影响了中国诗坛；李海鹰成为中国当代流行音乐事业重要的开创者和奠基人……综上所述，从一定意义上说，香山地区早已基本形成咸淡水文学艺术流派的雏形。只可惜这一重大特点一直没有引起各方面的发现，更未能得到学术理论的支持。今天，到了将香山咸淡水文学艺术流派这一独特形象摆到世人面前，并予以发掘、总结、推介、传承和弘扬的时候了。我们建议先从诗歌开始。

　　为此，我们郑重提出创建"咸淡水诗派（香山诗派）"的倡议——咸淡水诗派在地理意义上，包括了大香山地区，即现在的中山、珠海和澳门地区。咸淡水诗派在人文意义上，包括了在思想内容、风格特点、形式体裁这三个重要方面，既要坚持中国传统元素，又要吸收世界各国优秀元素。咸淡水诗派，无论是什么元素的思想内容，必须是真善美的，而不是假恶丑的；无论什么元素的风格特点，什么元素的形式体裁，其出发点和落脚点必须是以中国化为生命根本的，必须坚持中国风格、中国气派而又不保守封闭、墨守成规；学习借鉴世界各国优秀成果而又不崇洋媚外，更不搞全盘西化；倡导创新探索，而不主张无原则的标新立异、离经叛道，更不能数典忘祖。咸淡水文化的核心特质是，它既是开放的，又是兼容的，因此，咸淡水诗派也是开放的、兼容的。首先，它不会自囿于大香山地区，而会将思维和眼光扩延至中国，以至全世界；其次，它决不否定和排斥其他任何一种诗派，而且会主动与其他诗派交流合作，主动学习借鉴其他诗派的优点；再次，它正视和倡导风格形式的丰富性，而且孜孜追求格调体裁的多样化。我们倡议：大香山地区凡是承认咸淡水诗派理念和主张的诗人们，郑重地联合起来，共同组建诗派的队伍和机构，确立诗派的特点和目标，建立诗派的制度和机制，研究诗派的学术和理论，促进诗派的壮大和发展，从而在广东、在中国乃至在世界的诗歌版图上，留下咸淡水诗派的浓重身影，贡献咸淡水诗派的诗歌力量。

诗人们，让我们开始做起来吧！

之二：2016中国诗歌年倡议书

关于中国新诗的起源时间问题，一直以来莫衷一是。比较权威的说法，应该是以第一件作品正式发表或出版为准，这就是胡适写于1916年8月23日的《朋友》，后来改名而发表于1917

年2月号《新青年》的《蝴蝶》一诗。无论如何，任何事情都需要有一个比较一致的定论，新诗的起源也是这样，我们建议诗歌界搁置争议，就以1917年2月的一个日子作为中国新诗起源的纪念日。

到了今天，中国的新诗已经是一百个年头了。从五四时期白话诗的草创，经过一百年的发展，中国新诗已经成为世界诗歌版图中一个不可或缺的板块，与中国的国土、中国的人口、中国的经济一样是一个体态庞大的板块，它以一种特殊的姿态站立于世界诗歌之林，虽然还很粗糙，但却十分特别，特别可爱。

中国新诗的历史是怎样的？现状如何？成就和不足在哪里？今后往何处去？新诗百年，我们确实要静下心来好好想一想了，因为，诗歌事业的健康发展和兴盛，也是实现"中国梦"的应有之义。

为此，我们倡议：2016年为中国诗歌年。通过中国诗歌年的各种活动，为2017年2月正式纪念中国新诗一百周年做好准备。

中国诗歌年，我们建议开展这样一些活动：

发起中国新诗百年大讨论，召开新诗百年纪念大会，编辑出版新诗百年大系，评选新诗百年百位诗人，举行新年百年诗歌大赛，拍摄百年新诗大型纪录片，开展新诗百年百城行……

中国诗歌年由中国作家协会诗歌委员会统筹组织协调，各省、区、市作家协会诗歌委员会响应，充分发动和引导各类民间诗歌组织和全媒体参与，尤其是动员最广泛的诗人参加。

何以解乡愁？唯有诗与歌

年届花甲，真正属于自己的乡愁就自觉不自觉地爬上了斑白的头发、密集的皱纹上，以至一次次悄无声息地走进心房。今晚，借着观看俄罗斯世界杯英格兰和比利时比赛的机会，我愿意用手机将这些感觉写出来与众人分享。

乡愁是人生的一个过程

作为在农村土生土长的我，第一次到几百里外的地方生活，是1978年冬考进大学来到惠州西湖边的惠阳师专读书。那时候每个假期都能回家，加上年纪轻轻的，父母正值壮年，因此没有什么乡愁可谈。如果硬是说有，那一定是矫情。

第二次离开家乡到更远的地方生活，是1988年初调往珠海工作。那是真正的离开家乡了，是一家三口迁居珠海。在珠海的十几个年头里，其实也没有什么乡愁的感觉。父母轮流着每年都能到珠海帮忙做家务，一家人逢年过节也陆续可以回老家，自己因公事私事也有不少回乡的机会。

真正开始有淡淡的乡愁，是2004年初调任中山之后。那时候女儿长大了，上了大学，父母已经年老，按家乡习俗不愿意再出远门。每次回老家，看到逐渐老去的父母，心里总会像被什么咬了似的，疼。回到单位，回到中山的家。淡淡的乡愁就会渗入心头，时不时闷闷的。

几年后，年逾八旬的父母先后仙逝，自己也就慢慢地变老起来。老的当然是身体，但主要是心态。真正的乡愁，就如影相随地成为生命中不可分离的一部分了。它有时潜伏着，默默的，一有机会就会猝不及防地跳出来，让我莫名地落寞，甚至哀伤。

现在回忆起来，其实我从迁居珠海开始，乡愁就已经紧随其后了，只是表现的形式很特别。由于生长在贫穷的大山区，自懂事起穷困和饥饿就一直是生活的主题，因而一有机会就会思想着如何回报家乡，如何帮助乡亲。最早的时候，省里实施富裕地区扶持贫困地区的政策，珠海正好负责挂钩家乡连平县。这也让我有了为家乡出力的机会。几年的扶贫，珠海市给家乡的城市建设、教育发展、产业项目等支持甚大。当时自己是一个小小的科长，但因为是在市委办公室这个核心单位工作，在策划组织、穿针引线上还是花了不少心思，起到了一些作用的。

扶贫济困也是一种乡愁情结

后来我到了县区基层挂职，进入珠海的中层干部层面，之后又担任市体改委主任、城区书记，直至成为市领导，再而调任中山市担任几个岗位的市领导，便有了更多的资源可以做慈善、做公益。二十多年来，有赖于各方面热心人士的无私支持，我为家乡连平的学校建设、道路建设、乡村建设，以及扶贫助学的近二十个项目，筹集资金达到二百多万元。

近几年，我总结以往经验，改变了做慈善的方式方法，按照"花少钱，扶到人"的原则来做，基本不再做建设性项目，改以做助教助学为主。即每年将家乡小学考上初一的前十名、初中考上高一的前十名学生，组织到广州、中山、珠海游学一次，让他们亲身感受外面的世界。这样做，花钱不多，效果很好，尤其是能真正将公益落实到每个学生身上，极受乡亲的好评。

这几年，自己的年龄日渐增长，已经年届花甲，开始强烈地感觉到心离家乡越来越近，这是到了精神回乡的时候了，由此就有了多为家乡做文化慈善、文化公益的想法。

我知道，属于我的完全意义的乡愁，正式开始了。

真正的乡愁是精神回乡

于是，也就有了2018年广东连平鹰嘴蜜桃开园仪式中我安排的文化捐赠活动。借这个"开桃节"，我为家乡捐赠了大型音乐情景歌舞《九连山下》台本，歌曲《连平，我们可爱的家乡》《我是你永远的"山大王"》《石陂头，永远在心头》的公益使用权。

《连平，我们可爱的家乡》是早几年创作的，那时候父母还健在，因而歌词和曲调还是十分开朗乐观清新的。

《九连山下》则是2014年为纪念连平建州380周年而创作的，后来做了一些修改。这是第一部表现家乡连平人文历史的大型舞台作品。

对于《我是你永远的"山大王"》，则需要从"山大王"的释义讲起——

"百度百科"中说，山大王，土匪的别称。（大，在这里读dài，和大夫的大一个音。）

在近代，上坪有"土匪窝"之称，这是人们对上坪的误解。其实在上坪，土匪只是一小撮而已，而且只在一个非常短暂的时期存在，绝大多数上坪人都是勤劳质朴、本分诚实的客家百姓。《我是你永远的"山大王"》中的"山大王"是反词正用（这里的"大"读音dà），蕴含上坪人热爱家乡、勇毅忠勇的人文性格和丰厚历史，同时也期冀上坪乡亲世代吸取被误会的教训，保持警醒，团结一致，振奋精神，永远做一个优秀的客家人。

我们的村庄叫作石陂头，是我乡愁真正的原点，创作《石陂头，永远在心头》这一首歌，乡愁的心路历程显得最为深切——

小时候，觉得石陂头很大。大大的祠堂，大大的围屋，大大的山岭……

长大了，觉得石陂头很小，小小的池塘，小小的街巷，小小的河流……

今天我开始变老了，又觉得石陂头是那么大，小时候在家乡所有的一切——快乐与忧愁，苦难与阳光，几乎装满了我整个心头。

今年清明期间，我照例回家乡扫墓，没想到家乡竟然给了我一个大大的惊喜，无意中我发现了我们村的老族谱！我颤颤巍巍、小心翼翼地翻开那斑驳沧桑的族谱，好像摸到了几百年前祖先的心跳和脉搏，甚至还能感受得到他们的体温。这部明代万历十三年（1585）首修、清代康熙二十七年（1688）重修的《丘氏族谱》。经历了330年的风风雨雨，尤其是在"文化大革命"期间，家乡的"四旧"已经被扫得荡然无存，它居然还能几乎完整地存活下来，这不能不说是一个奇迹。从中原迁徙，到大岭南的落脚定居，千百年的血脉繁衍、枝繁叶茂，祖祖辈辈又经历了怎么样的春秋日月、沧海桑田……

由此，在我的心目中，过往的一切一切，包括光荣和苦难都变小了，而家乡石陂头，却再一次无限地高大起来、高大起来……

小诗也许有意料不到的大收获

——诗集《雪下大了，世界就干净了》后记

最近几年来，我的业余文学创作重点放在大型史诗和舞台文本方面，每年的节假日，尤其是长假，多数是关起门来创作，因此每年都有一个甚至两个大型作品出笼，至今已经完成了十几部。同时，对于一些比较成熟的作品，想方设法搬上舞台，比如主创了大型交响组歌《孙中山》，目前已经在国内外演出十余场，还主创了大型电视艺术片《英雄珠江》、大型交响史诗《南越王赵佗》。这些作品除了演出外，还在中央电视台、广东广播电视台播出。

其实，与此同时，我也还在坚持写一些有感而发的小诗和短诗，数量还不少。因为主要精力放在大型作品上，故一直没有时间将这些作品整理出版。2018年年初，广东人民出版社的领导说："你的大作品影响很大，但我们知道你的小诗其实也挺棒的，何不结集出版？"

这就是这部《雪下大了，世界就干净了》（以下简称《雪》）的来由。

从1974年5月我的作品首次变成铅字开始，我的诗歌创作多以小诗为主，最初二十年出版的个人诗集，也是以小诗为主。但近二十多年来，外界一直将我列入"大诗"、政治抒情诗的

队伍，却忘记了我以前的创作和作品，有的人甚至以为我没有小诗。看来，适时编辑出版这一部《雪》，还是很有些必要的。这些小诗，多数中不溜秋，少数作品质量不咋地，但有个别杂篇的确是得意之作呢！

就创作来说，我近几年还是想以大型作品为主，主要是考虑到广东，甚至全国，有许多的重要题材缺乏作家关注，积极主动创作的人更少，有着太多的空白，自己在这方面有些经验，要争取多做。另外一个想法是，文学，包括诗歌，不能仅仅满足于在文学、诗歌的小圈子内交流，还要争取走进社会、影响社会。实际上，我这些年正在有意无意地"淡出"诗人圈，而是更多地考虑诗与歌的结合，诗歌与舞台、诗歌与社会的结合，比如组织更多的朗诵和演讲活动，创作制作更多的歌曲，组织更多的诗书画乐采风和交流活动；特别是策划创作和排演更多舞台节目，通过演出、电视播放、网络传播等，按照时尚的说法就是"诗歌+"，让诗歌有更多、更丰富的受众，这样就能使文学包括诗歌，能够跳出"象牙塔"而走向社会。这样做虽然困难极大，但却是非常值得的，目前的成效也是很明显的。我将此当作了自己的事业来做，而且是一个百分之百的志愿者，完全是无偿的义务劳动，虽然碰到了许多的挑战和压力，但却觉得很开心、很快乐。在这里，我要向一直关心、支持我，与我一起做文化公益的领导、老师和朋友们、同事们，致以衷心的感谢和崇高的敬意！

工作之余，大作品创作的闲暇，我还是会继续坚持写一些小诗、短诗的，只不过不会像创作大作品那样刻意、执着，会很随意、随性。我想，大作品不一定就有大收获，小诗不一定就是小出息，说不定在随意、随性中，小诗、短诗会有意料不到的大收获呢！

用心做：一切皆有可能

拙著《雪下大了，世界就干净了》从编辑、出版、发行，到第二次印刷的过程，时间不长，也就是三个月而已，但却很值得回味。说白了，就是让我对当代的出版业和出版市场有了一个崭新的认识。我愿意借此书重印这个机会与大家分享一下。

其实我2018年原本是没有出版诗集的计划的，主要是想着延续近几年的思路和做法，争取多创作一些大型的作品。2018年是改革开放四十周年，我的创作任务和文化项目很多、很重，没有更多的时间和精力整理编辑以往的诗稿。但是，广东人民出版社却专门找到我说，你的"大诗"、大作品已经影响很大，人们也一直将你列入主旋律"大诗人"的范畴，殊不知你的"小诗"其实也很棒，数量也蛮多的，不如我们来帮你出版，以消除人们以为你仅仅只写"大诗"而不写"小诗"的误解。出版社还说尝试用完全市场化的办法来运作。

出版社的诚意和执着打动了我。一个月后，我将近十年来写的"小诗"找出来送给了出版社，由于资料比较散乱，并没有找齐，但也有近三百首，当时自己定了一个书名叫《远方的远方》。没有想到出版社那么负责任，一周后就带着一份意见清单又来到我的办公室与我相商了。他们根据目前的市场情

第三辑

况，遴选出一百八十多首，编成六辑，并建议用我其中的一首诗歌标题《雪下大了，世界就干净了》（以下简称《雪》）作为书名。他们说按照现在的出版市场，书的质量当然是第一位的，但书名也至关重要，因为读者对作品的第一个直观印象，就是书名，因此一定要吸引人。为了这个书名，他们草拟了五六个方案，在北京、广州、中山的编辑同事中进行无记名投票，结果《雪》的得票最高。我心里觉得书名偏长了些，但看到编辑们那么认真，又是市场化运作，也就同意了用这个书名。

接下来就是封面设计、校对审核，书出得非常顺利，恰好赶上了7月份的中山书展和8月份的南国书香节。出版社建议做做营销策划和宣传，比如搞搞签名销售啊，搞搞沙龙啊，等等，我则希望看看随行就市的情况如何，故而没有同意。即使这样，在两个书展中，《雪》都受到了比较高的关注，销售情况不错。到了9月初，出版社说销售上了当当网、京东网的排行榜。9月9日，"百城读书沙龙（广州站）相约读书、共赏美好时光"之"来花城读诗"活动在广州购书中心举行，组织者选中了《雪》做重点推介。这一活动对《雪》的销售起了推动的作用，直接引发了国庆节期间《雪》的销售在当当网等的排行榜中名列前茅。至此，诗集基本售罄。

现在想起来，出版社的运营还是有一些门道的。就《雪》来说，第一是书名定得好，比较新颖，读者一看到就会引起兴趣。第二是封面设计也很吸引人；第三是出版一些独特的宣传推介比较巧妙；第四才是书中的作品比较好，大多是短小精干甚至是微型诗，主题和内容与民众的生活接近，语言精练、形象而活泼，读者喜欢。

《雪》第一次印刷时，我的后记标题是《小诗也许有意料不到的大收获》，今天果然应验了这个预计。看来，不管什么事情，只要用心做，一切皆有可能。信然！

总是因为风的缘故

霍金走了，李敖走了，2017年3月19日凌晨，洛夫也走了！

洛夫与中山市、与笔者本人缘分不浅。2009年笔者策划组织的全球首个"中山杯"华侨文学奖，严歌苓送来了《小姨多鹤》，张翎送来了《金山》，没有想到的是，赫赫大名的洛夫，竟然也将他的《漂木》送来参评。这三部作品无疑都获得了大奖。两个女作家来了中山领奖，年逾古稀的洛夫也亲自莅临颁奖典礼，让我感动得很。

从此以后，笔者与洛夫的来往多了起来，他回祖国大陆，只要有空就会到中山走一走，笔者也会邀请他参加一些文化活动。后来还在小榄为他办了一个书法展，名字叫"因为风的缘故"，他告诉笔者这是他当年写给太太的一首诗的名字，笔者则以这个为名字写了一篇散文。

2016年11月中旬，我主创的大型交响组歌《孙中山》在台北演出，发了信息邀请洛夫先生出席，恰好他在台南参加一个诗歌活动而未能见面，他在信息中说他还到中山的，谁知这竟然成了我与他永诀的信息。

洛夫走了，但他的乡愁、他的《漂木》、他的诗书却永远不会消失。谨以此联，深切悼念洛夫先生——

浪迹汪洋把乡愁种成一根不沉漂木

擦肩诺奖将诗艺矗起三世永远洛夫

一、"诺贝尔"没有为洛夫颁奖，祖国和故乡为洛夫颁奖

2009年，笔者策划创设了中国也是全球首届"中山杯"华侨文学奖，洛夫的诗集《雨想说的》获得诗歌类最高奖。同年11月，他带着夫人专程赶到中山接受颁奖，由此笔者开始了与他的交往。

洛夫无疑是当代中国最杰出的诗人之一。北京大学中文系教授、中国新诗研究所所长谢冕曾经说过，洛夫是中国诗歌界绕不开的一个名字，中国诗歌界因为有了洛夫的加入而光彩夺目。

1938年出生于湖南的洛夫，1949年去了台湾，1996年迁居加拿大。他从1946年开始新诗创作，至今从未停笔，更在72岁高龄的时候写出了三千余行的长诗《漂木》。他通过自己的探索和组织，开创了中国台湾现代主义诗歌的新时代。作品被译成英、法、日、韩、荷兰、瑞典、南斯拉夫等文，并收入各种大型诗选，台湾出版的《中国当代十大诗人选集》，将洛夫评为中国十大诗人首位。他是一位纯粹的诗人。

洛夫的诗歌浸透了浓浓的乡愁，他的乡愁诗《边界望乡》与余光中的《乡愁》一同入选大陆的语文课本。他的《漂木》，漂泊的意象更是举目皆是，充满了海外华侨心灵深处的孤寂与悲凉。2001年，《漂木》获得诺贝尔文学奖提名，但最终未能迈进瑞典的那个大厅。

然而祖国的大门向他敞开了。2009年，中山市与中国作家协会、中华文学基金会合作首创"中山杯"华侨文学奖，面向全球征集华侨华人，以及所有人创作的华侨华人题材的文学作

品，洛夫的诗集《雨想说的》获得诗歌类最高奖。当我们将以孙中山雕像制作的奖杯颁发给他的时候，他满含热泪地说，我多年深重的乡愁啊，今天好了许多。

二、人们称洛夫为"诗魔"，我却分明看到了一个顽童

洛夫被诗坛誉为"诗魔"，是基于他的表现手法近乎魔幻，因而成为台湾地区现代诗坛最杰出和最具震撼力的诗人，成为中国诗坛超现实主义的代表人物。台湾地区《中国当代十大诗人选集》这样评价他："从明朗到艰涩，又从艰涩返回明朗，洛夫在自我否定与肯定的追求中，表现出惊人的韧性，他对语言的锤炼、意象的营造，以及从现实中发掘超现实的诗情，乃得以奠定其独特的风格，其世界之广阔、思想之深致、表现手法之繁复多变，可能无出其右者。""吴三连文艺奖"的评语则这样说："自《魔歌》以后，风格渐渐转变，由繁复趋于简洁，由激动趋于静观，师承古典而落实生活，成熟之艺术已臻虚实相生，动静皆宜之境地。他的诗直探万物之本质，穷究生命之意义，且对中国文字锤炼有功。"

2011年的第二届"中山杯"华侨华人文学奖，洛夫以颁奖嘉宾的身份再次来到中山。2012年10月，中山首次举办洛夫书法展览，他又到了中山。三到中山，我却丝毫看不到"魔"的任何痕迹。也许是自1988年以来，他不断地回到大陆，"乡愁"病渐愈？也许是到了耄耋之年，"魔气"渐消弭？总之，不管在饭桌上，还是在活动中，甚至是接受记者采访，洛夫都显得睿智、幽默，还常常显出一种顽皮。当他不说不动的时候，却像一尊佛，慈眉善目，安然淡定。我想，洛夫先生这是到了一种境界了。

三、爱人之爱，诗歌之爱，故乡之爱，书法之爱，都是因 为风的缘故

　　每次见面，笔者总爱与洛夫调侃地说一句"因为风的缘故"。这是洛夫很有名而且充满浪漫故事的诗作。1981年，在洛夫生日的前两天，夫人要求他为她作首诗。晚上洛夫待在书房苦思，这时突然停电了，洛夫点起了蜡烛。天气闷热，洛夫顺手打开窗户，不料一阵风吹来，把蜡烛吹熄，室内一片黑暗，这时洛夫的灵感骤发，便写下了"以整生的爱/点燃一盏灯/我是火/随时可能熄灭/因为风的缘故"。三次来中山，洛夫都带着他的夫人，两人卿卿我我，还常常公然"打情骂俏"，十分恩爱。

　　洛夫的书法艺术也到了很高的境界。前两次到中山，笔者看到的虽然只是他的应酬之作，但已经十分震撼。2012年10月中山举办他的书法展，让我有幸全面了解他的书法艺术。原来洛夫沉潜于书法探索也已近五十年，长于魏碑汉隶，尤精于行草，书风灵动萧散，境界高远，曾多次应邀在菲律宾、马来西亚、温哥华、纽约，以及中国的台北、台中、北京、西安、济南、南宁、深圳、杭州、衡阳、石家庄、太原等展出，并日渐被藏家看好。加拿大外交部曾将他的书法作品作为礼品赠送中国外交部。欣赏他的书法，总让笔者有风徐徐吹过的感觉，那是诗意的风，能吹进你的心，吹进你的灵魂。

　　这让笔者想起洛夫的名句："雁回衡阳，因为风的缘故；心中有诗，时间即是永恒。"谨录2012年重阳节为洛夫中山书法展写的贺诗结束本文。

　　　　　　　双眸朗朗亮开途，

　　　　　　　正午聪明涩当殊；

　　　　　　　边界望乡托漂木，

故国寻月心还苏；

总是因为风缘故，

沟通百艺赋新茶。

你是献给天堂的幸福山歌

——悼念姚晓强

我与晓强认识并不是很早。那是在2011年，为了纪念辛亥革命100周年，我创作了大型组歌《孙中山》，省委宣传部将其列入了当年的重点文艺项目，要编排成大型交响组歌，让省音协负责组织作曲家作曲、编曲，我这才与时任省音协秘书长的姚晓强有了许多的联系。参加作曲组的作曲家有六位，组长是省音协主席刘长安，具体工作则由常务副主席方天行负责。没想到工作开始不到一个月，方天行患重病入院，这样，许多具体工作自然就落在了晓强的身上。

记得小组的第一次集中是在中山市。也许是我们做这个项目感动了孙中山先生的在天之灵，那天中山竟下起了瓢泼大雨。晓强既作为作曲家参加讨论会，还要兼职做司机，晚饭后又要冒着滂沱大雨开车送大家回广州。晓强的话语不多，多数时候他是在倾听别人说话，但一旦说起来却往往很到位，总是说到点子上。晓强做事效率极高，记得由他负责的《建国方略》是最早完成谱曲的。晓强的性格虽然不温不火，但对于组织协调工作却非常负责任。有个别作曲家确实因为其他任务太重，到了约定的最后时间还未能交上曲子，晓强就会一个又一个电话地催促，软软的话语让对方不得不赶紧完成任务。待所有曲子谱好后，晓强又主动负责起所有编曲的统筹任务，仅仅一周时间便全部完成了，而且一次性成功，基本不用修改。

2011年11月8日，《孙中山》在广州星海音乐厅首次公演。全国著名的广州交响乐团，来自孙中山家乡的合唱团，在激情四溢的年轻指挥家林大叶的统领下，与九位歌唱、朗诵艺术家一起，第一次在舞台上用音乐成功展示了孙中山的全新形象。演出大获成功。

同年11月12日，是孙中山诞辰145周年，也是首届孙中山文化节闭幕的日子，《孙中山》在中山市隆重演出。不断响起的热烈掌声，迎接了首次以音乐形象出现的孙中山"衣锦还乡"。

同年11月23日，在中国文联、作协"两会"召开的日子里，《孙中山》在北京中山音乐堂首次登场。久负盛名的北京交响乐团，加上莫华伦、幺红的加入，《孙中山》以其让人备感温馨的音乐形象为深冬的北京吹来了一股早春的暖意。全国人大常委会副委员长、民革中央主席周铁农观看完节目后，给予了高度评价。

2012年4月22日至23日，《孙中山》先后在中央电视台音乐频道全场播出。这是广东本土原创交响音诗作品的第一次，播出后影响巨大。

2012年8月11日，《孙中山》海外巡演第一站在马来西亚吉隆坡举行，槟州交响乐团、马来西亚华人合唱团与中国歌唱艺术家珠联璧合的演出，给马来西亚的观众特别是华侨华人带来了强烈的视听震撼。

2013年1月15日，《孙中山》荣获第九届广东省鲁迅文学艺术奖。

2013年7月24日，第二届海峡两岸中山论坛在中山市举行。这是一个由中央台办和广东省政府主办、广东省台办和中山市政府承办的国家级大型论坛，中央政治局委员、广东省委书记胡春华，全国政协副主席罗富和，中国国民党副主席蒋孝严等两岸政界领导人共500多人出席了论坛。当晚，《孙中山》作为论坛专题晚会节目隆重演出，蒋孝严和新党主席郁慕明，与海内外嘉宾1300多人第一次在孙中山的家乡同台观看孙中山专题演出，场面热烈感人，观众好评如潮。蒋孝严在接见290多名演员时，不断竖起大拇指连声夸赞，说心灵激起了强烈共鸣，总想上台与演员一起歌唱。中国国民党原副主席林澄枝连连说演出太精彩了，并说一定要到台湾去演出，相信一定很轰动。

我之所以那么详细地介绍大型交响组歌《孙中山》的创作和演出过程，是因为我和晓强因《孙中山》而认识、深交，是因为他在《孙中山》这个作品中的艺术投入和特殊作用；同时，也因为《孙中山》的团队，是一个完全意义的广东本土团队，由于这个团队，才有了《孙中山》这个优秀的作品。完全可以说，《孙中山》的成功，已经成为广东本土原创的范本。所有这些，晓强无疑做出了重要的贡献。广东的音乐史应该记下这一笔。

由于《孙中山》的缘故，我与晓强的联系多了起来。三年间，我们从认识，到相知，到深交，这其中除了音乐业务关系外，最重要的，还是我们的性情相投。

前面已经说到，晓强对工作极端负责任，说话不多，做事却很到位。他不喜欢张扬，低调而谦逊。《孙中山》成功之后，他总是将成绩归于他人，总是不愿意接受媒体采访。赴马来西亚演出的时候，他借口工作忙，而把出国的机会让给了其他艺术家。这让我越发地尊敬他，为他的行为深深感动。

2012年，他担任了省音协常务副主席，行政事务陡然多了许多。本来创作任务就很繁重的他，肩上的担子更重了。

在全省各种各样的音乐艺术活动中，总能看到他的身影。晓强总是觉得，无论哪一个城市，不管哪一个活动，只要有关音乐，省音协都要了解，都要支持。省音协的人员本来就少得可怜，因此到现场压阵的总是他自己。2012年9月，中山市东凤镇的文化中心落成，我建议省音协在那里建立一个少年儿童音乐培训基地，他二话没说就答应了，还亲自带着有关人员到镇里来挂牌。

广东省一直没有自己的音乐节，这是广东音乐人的一块心病。晓强很想在自己的任上填补这个空白。他召集主席团的成员专门研究，提出了以冼星海的名义设立广东星海音乐节的方案。由于上级要求压缩各类奖项，因此只给了同意举办的批文，资金却要省音协自己解决。这对于搞音乐的艺术家们来说，可是一件大大的难事。然而晓强却没有退缩，而是毫不迟疑地筹办起来。结果硬是办成了首届广东星海音乐节。首届广东星海音乐节成功举办了一系列活动，如森林天籁合唱艺术盛典、高峰论坛——对话岭南乐派、广东音乐民族管弦乐新作品音乐会、歌唱比赛（民族、美声、流行）、少儿音乐才艺大赛等，其中部分赛事还与中国音乐金钟奖比赛项目对接。办成广东音乐界最专业、最高规格、最大规模的音乐盛事，晓强为广东的音乐事业做出了不可磨灭的重大贡献。就凭这一点，广东也要给他立碑。

晓强对于音乐的痴迷和热爱人所共知，但他绝不会因为自己的爱好和兴趣，就接受粗制滥造，就什么都照单全收。相反，晓强对于自己作品的要求标准严谨得近乎苛刻。我与他从认识到深交，按常理合作的机会应该很多，但事实是除了《孙中山》的合作，我与他个人只合作了一件作品。我写了不少的歌词，有的在报刊上发表，有的发到他的手机上，晓强看到后，偶尔会做一些好评，但一般不会下什么结论。

记得是2013年上半年，晓强突然发了一个邮件给我，让我读一读他给我的歌词《更上一层楼》写的谱子。我试着哼了哼，感觉不错，就告诉他自己把握着做就是了。同年10月，我们一起到深圳参加一个活动，见到了著名音乐人晓光老师，晓

强拿出手机说放一首新歌给我们听听。原来就是他新作曲的
《更上一层楼》。听完后，晓光老师马上说这是一首优秀的作
品，应该好好运作推介。晓强这才告诉我，这是他十年来写得
最好的一首歌，演唱者唐彪也说十多年没有唱过那么好的歌
了。他们两人好像这十多年一直在等着这首歌似的。晓强说这
话的时候，两眼都在发亮，这种情况对于他来说是极少的，至
少在我认识他以来是从来没有过的。分手的时候，晓强很认真
地对我说，他一定会好好运作一下这个作品，让我心里十分
温暖。

然而，晓强的承诺没有能够实现。那时候他正在忙着广东
星海音乐节的事情，除了统筹组织各项活动，还要千方百计筹
集资金，还有其他一大堆烦人的行政事务。他确实太忙了、太
苦了，忙得苦得顾不上推介运作自己的作品。那时候我察觉到
了他的憔悴，曾经几次提醒他要注意劳逸结合。谁知道2014年9
月2日上午，晓强心脏病突发，遽然仙逝，我不禁心恸泪涌。晓
强生前曾经创作过一首大家都很喜欢的歌曲《幸福山歌》，就
将这首《你是献给天堂的幸福山歌》献给晓强，祝他在那边安
好无恙吧。

只有天堂的召唤，

你美丽的生命，

才这样迅速离开我们，

不管我们如何的需要，

无论我们怎样的留恋。

似乎早就已经听到

天堂召唤你的声音，

因此你将密密的五线谱，

连起每一个白天和夜晚。

好性情好朋友最美是你，

吉祥颂祝福天下所有人；

走好啊，好兄弟！

你是献给天堂的幸福山歌，

你是永不消逝的音乐之魂。

心的看见

第四辑

咸水歌：疍家人的《诗经》

——大型民俗清唱剧《咸水歌》创作札记

中国是一个诗歌古国，几千年前的《诗经》，足以让我们在世界的文化版图上挺直腰杆。而我，也似乎与民歌有着一些特殊的关系。我是客家人，客家山歌在中国民歌中有着重要的一席位置。记得小时候，我们村有几个能唱能讲的"村宝"，其中一位，完全是个文盲，没有读过一天书，但说话却十分的幽默，完全是一个活宝，不管什么场合，只要他在，就一定笑声不断。他很会讲笑话，同样的事情，到了他的嘴里，都会成为"笑料"，而大家也很喜欢与他逗乐子。他更有一个特长，那就是能唱山歌。能唱山歌，其实并不是很稀罕，村里还有几个中老年男女，也会唱。但他有一个绝招，那就是出口成"唱"，什么事情、什么事物，到了他的嘴里，就成了一首歌。记得人们叫他"颠朋"，"朋"是他的名字，"颠"就是"疯癫"的意思，倒不是人们要诋毁他，而是说他很会娱乐人。"颠"那还是一种褒义呢！

说远了，还是说回我自己。由于"颠朋"的影响，还有我父亲会哼几句粤剧的陶冶，我小时候上山砍柴、出门耕田，也会唱几句不像样的山歌。然而不久，"文化大革命"开始了，全国人民都唱样板戏了，山歌自然退居二线，甚至还被批判成

"四旧"的东西，谁都不敢去触碰它了。没有想到的是，1974年读高二的时候，我爱上了写作，因为写的作文在公社和县里的广播站播出了，就开始学着大量地写东西，包括诗歌、小说、散文、评论、戏剧，甚至还斗胆作词作曲写毕业歌！嘿，还真有收获，当年县文化馆办的《文艺报》，在"五四"专刊刊发了我的作品《促唱山歌批林彪》！据说是校长寄给他们的。这是我的作品第一次变成铅字。冥冥之中，我文学人生的第一次，就与民歌结下了不解之缘。

然而，就是从这个时候开始，民歌与我却似乎断了一切音信。虽然我曾经被推荐去县剧团学习培训，虽然我一直坚持文学创作而且成绩可观，但在我的身上，就是总也看不到客家山歌的影子，当然更没有其他民歌的影子。

20世纪80年代末，我来到了珠海工作、生活，一次到斗门县出差，偶然在灯笼沙看到了水上人家婚嫁表演的场面，那是我第一次接触到咸水歌。虽然语言和音调都与客家山歌相去甚远，但那份质朴、那份炽烈、那份情感，在我的内心却掀起了一个个的涟漪和波浪。但是，很奇怪的，之后的十多年，我又与民歌再一次分离了，包括我家乡的客家山歌，也包括我工作、生活地珠海的咸水歌，与我没有发生任何关系。

时间来到2004年，也许是缘分到了，这一年我来到了中山工作。在古代，中山、珠海和澳门都属于香山，中山是香山的原点，也是一代伟人孙中山先生的家乡。正因为如此，我的工作和生活，包括我的个人文化和创作行为，我的感情和内心，竟然从此盈满了孙中山文化、香山人文、中山风情……

我的收获是十分丰厚的，这真是我一生的福分。自然，这里面包括了咸水歌，然而在咸水歌之前，却发生了一个非常奇妙的小插曲，而且巧妙的是，小插曲的主题，正好是客家山歌。那是2009年夏天，中央电视台在中山拍摄大型史诗电视连续剧《下南洋》，当导演知道我是客家人，而且是个诗人后，就主动邀请我为电视剧创作一首主题歌。盛情之下，我很快就以客家山歌的形式写出了《阿妹寻哥洗琉琅》，导演很是满意，立即让人谱曲，并请谭晶演唱。2011年3月剧组在央视举行媒体见面会的时候，谭晶没空出席，倒让我用家乡连平客家山歌的音调原生态地演绎了这一首主题歌，后来在广东电视台也依样画葫芦地这样做了，居然收到了意料之外的效果。这首"连平"山歌，已经成为我的保留节目。

还是说回咸水歌。在中山，坦洲的金斗湾，民众的水乡游，东升的胜龙村，小榄、民众、南朗、张家边……到处都听得到悠悠扬扬的咸水歌，它是那样的悦耳、那样的动听、那样的勾魂。从2007年，我就开始重点关注咸水歌，尝试着为咸水歌的保护、传承、弘扬和发展做一些力所能及的，直接的或间接的工作。那几年，广东省文化部门明确中山市是广东咸水歌文化的中心，然后组织了以咸水歌为主的全省性大型民歌大赛，东升胜龙小学以咸水歌合唱特色成为全国第一个镇一级的国家合唱基地，中山咸水歌成为国家级非物质文化遗产。咸水歌研究、教学、传播等，都进入一个好时期。2013年，我偶然在五桂山镇的网站上，看到一个民间故事，说的是以前疍家人与岸上人，包括客家人都不能通婚，后来一个客家青年砍柴的时候被毒蛇咬伤，疍家爷爷救活了他。他在疍家养伤，帮忙干活，与疍家姑娘产生爱情并创造了用客家话演唱的咸水歌——白口莲山歌。大家为疍家爷爷、为两个年轻人的爱情所感动，打破规矩让一对情侣结了婚。那时候就想，作为咸水歌，需要有一个好的舞台作品，才利于传播和传承，于是一直在等待机会创作。2016年10月8日，东升镇一直坚持学习、传播咸水歌的周炎敏，代表广东民歌走上了中央电视台的《中国民歌大会》，这是继20世纪五六十年代何福友上京演唱、80年代林梨在央视录音之后，中山咸水歌再次走上国家最高舞台。表演取得了巨大的成功，影响空前。我在央视播出实况当晚，专门策划组织了一个活动，期待引起更多、更大、更广泛的关注、重视和支持。我决定将咸水歌作为2017年人文型政协建设和我个人文化工作的一个重点，予以部署和安排。此后，我邀请省音协的领导和部分著名音乐家先后走访几个咸水歌地区，与当地领导和文化部门形成了一个共识：2017年共同组织一个咸水歌歌词征集活动，而后在年底举行第一届咸水歌文化节。后来，还向到中山指导工作的文化部原副部长、著名词作家晓光，中国音协主席叶小刚做了汇报，他们表示高度肯定和大力支持，晓光老师还主动提出要出任评委。

这个时候，我觉得创作咸水歌舞台节目的时机已经基本成熟，于是开始归拢几年来收集的资料，着手创作的前期准备工作。几年来，我都是考虑以客家青年与疍家姑娘的爱情故事为线索，将其写成大型音乐歌舞剧。但国庆前带队前往珠海斗门采风的时候，一个音乐家的一番话改变了我的想法，他建议中山或珠海创作一个咸水歌清唱剧。我突然想到，根据目前咸水歌人才队伍的情况，如果写一台音乐歌舞剧，表演的人数很多，表演的技巧也很复杂，这种节目要搬上舞台很困难。另外，咸水歌的优势主要是"歌"，是演唱，舞蹈方面相对弱一些，倒不如写成清唱剧，主要突出"唱"的类别、唱的功夫。因此，我拿定主意，借2017年国庆、中秋"双节"八天假期的机会，创作一台大型民俗清唱剧《咸水歌》。

创作进展非常顺利。因为有前几年的思考和准备，两天时间，提纲拟定；三天时间，初稿出笼；再修改两天，7日晚上，就将初稿的首发权交给了《中山日报》；8日恰好是星期天，按常规要出文化周刊，如此，《咸水歌》正式面世。我想，这应该是全国第一部咸水歌主题的大型民俗清唱剧剧本。

这一台清唱剧，我考虑要配合交响乐、合唱，交响乐中加入广东音乐的小乐队，这样珠三角的味道和风格就十分浓厚了。另外，咸水歌主要是用广州话演唱的，多数地方的广州话地域口音又很重，广东之外的人往往听不懂。这样，传播就成为一个大问题，传播力太弱，咸水歌就走不远，包括地域走不远、历史走不远，这就说不上保护与传承，更别说弘扬与发展了。因此，我大胆改革，全剧除了最精华部分需要用广州话，以及因为剧情的需要采用客家话演唱外，其余大多数曲目，都采用普通话来演唱。当然，剧本也采用了部分传统的经典咸水歌作为"过渡"。这种改革，在其他一些文艺领域，包括一些地方的民歌，都曾经有过许多成功的先例，咸水歌也有过单首歌曲的实践，然而作为一台大型主题节目，要成功，还需要方方面面的共同努力，还需要时间和实践来检验，成效如何，目前还是个未知数，但在我心里是充满期待和信心的。

如前所述，中国有《诗经》，这是全体华人华侨共同的《诗经》。这几年，一些客家商会请我给他们写主题歌，我写的都是客家山歌的风格，在我看来，客家山歌就是客家人的《诗经》。后来给家乡创作了一台大型史诗节目《九连山下》，都贯彻了这种思想。而咸水歌，同样也是疍家人的《诗经》，这部《诗经》，流传了千年百年，随着时空的变迁，它也在不断地演绎变化。我诚挚地期待着，大型民俗清唱剧《咸水歌》，能够印证出咸水歌风雨阳光的历史身影，也能够给今后的咸水歌提供一些前途命运的未来预示。

道：罗浮的精气神

——《道·罗浮》文学台本创作札记

这其实是一份大学时代未完成的作业。

恢复高考后，我考入的是广东省惠阳师范专科学校，1981年毕业。母校后来改名为惠州大学，再后来改为现在的惠州学院。惠州学院的一个办学特点是有艺术学院，更突出的特点是，艺术学院居然有一个交响乐团，这在广东省内是唯一的，在全国的此类学院中也是凤毛麟角。

惠州学院很为这个交响乐团骄傲，这也为惠州人所赞许，因为惠州本身没有交响乐团，学院这个乐团就成了惠州市的一个文化品牌、一个城市名片。然而，学校师生甚至惠州人的心中始终有一个很大的遗憾，这就是乐团没有一个自己原创的大作品。为此，近年来学校一直在思考着如何填补这个空白，惠州市委、市政府也希望学校能够创作一个表现惠州人文历史的原创节目，既是学院的品牌，又是惠州市的重要项目，是外宣公关重要的形象项目。

2017年，惠州学院校长彭永宏决定启动原创作品这一项目，经过校长会议讨论通过，确定从校长专项经费中支持30万元作为首期资金，由音乐学院牵头，以罗浮山作为主题，创作一部全面集中体现惠州人文历史的大型交响作品，作为2019年新中国成立70周年的献礼作品，同时也打造成为惠州市的城市形象项目。

项目确定后，却迟迟难以启动，据说主要是一直找不到合适的文学台本创作者。今年春天，有校友突然想起了笔者并报告了院校领导，院校领导知道我曾经主创的大型交响组歌《孙中山》在海内外演出，2017年又主创和演出了大型交响史诗《南越王赵佗》，并已经创作出一批类似作品，因此一拍即合，同意特邀我主笔。然而前期参与项目的作曲家对于一个"官员"是否真的有这样的本事却表示怀疑。他们不了解笔者，有这种疑虑是正常的。为了打消他们的疑虑，学校在今年7月上旬专门召集有关主创人员到学校集中开会，主要是想让大家了解我的"本事"。我如期前往，现场播放了我的一些作品，我还谈了初步想法，"考试"顺利通过，正式决定让我近期拿出一个提纲供讨论。接着，我在音乐学院领导的陪同下，前往罗浮山采风。借采风的机会，我与当年的师妹、如今的妻子回到了我到师专读书的首站——博罗湖镇显岗参观。旧地重游，自然心情分外激动，尤其是增强了创作的责任心和使命感。我对校领导说，我知道这是我要给学校上交的一份未完成的作业，一定不会辜负学校的希望。

7月下旬，我的创作思路和大提纲出来之后，邀请了学院领导和主创班子到中山研讨。通过采风和阅读资料，我对整个作品的主题内容和呈现形式有了一个大致把握。首先是给罗浮山定位为"百粤群山之祖，岭南人文圣地"，第一句是司马迁的说法，第二句是我的说法。罗浮山的人文核心是道教，但如果仅仅突出这一个方面，作品的路子就非常窄，演出也会遇到许多障碍。我觉得将罗浮的主题归结在一个"道"字上是对的，但必须由此放开思路和视野，作品才会有前景和出路。这个时候，我创作《孙中山》的经历帮助了我，其中一节我写的"大道之行，天下为公"中的"大道"，成为我思路的一个"启爆点"。罗浮山的"道",不仅仅是道教,它应该是"大道",是"正道"。在这个"道"中,罗浮的山水之美是自然之道、神话传说是神仙之道、文人墨客是人文之道、青蒿百草是医药之道、东江纵队是正义之道,最后是未来之道,是人间正道。我的这些想法得到了大家的一致赞同。为了突出这个"道"字,我将作品的名字也定为《罗浮·道》。这样既突出"道"这一主题,这个比较特异的标题也起到吸引观众的目的。

2018年国庆假期,是主创团队确定我在罗浮山创作并完成台本的约定时间。到达罗浮后,我主动提出要攀登1296米的飞云顶、细致参观冲虚观之后才开始创作。这样做首先是采风的需要,其次是体现对罗浮山的一种崇敬之情。在冲虚观,这里的主人专门安排一位在读的硕士研究生道士为我们讲解,让我对道教有了更为深刻的切身认识。我以往一路步行爬过的山,是家乡1430米的黄牛石山,当时是在公社医院赤脚医生学习班上要到山上采药,记得还在山洞里过了一夜。此次,61岁的我能否顺利到达山顶?说实话心中是有点儿打鼓的。我们一行因为多是音乐界人士,故一路上都响彻着我们嘹亮的歌声,时时引起游客们的瞩目,为罗浮山的国庆节增添了一种欢乐的氛围。我们一行确实很棒,一路上几乎没有什么停顿,全都顺利到达了峰顶,在峰顶举起五星红旗高高飘扬,照了一张几乎可以与那张《人民解放军占领南京》媲美的得意照片。大家传到各人的微信群里,无一例外地马上引起了刷屏。

第二天起来,主创团队微信群里传来一片叫苦之声,原来是爬山的后发现象:腿脚开始酸痛!笔者原以为情况严重的,因为昨天爬到最后几十米的时候,确实觉得有些吃力,谁知居然没有多少问题,腿脚依然很灵活,一切正常。

开局的重要活动如此顺利而开心,创作问题就不大了。10月1日晚上开始在计算机上打下"序曲"两个字,从此思路无比通畅,一路绿灯。依时写作,依时吃饭,依时休息,一切都按部就班，10月5日早上，大型交响史诗《道·罗浮》文学台本初稿圆满完成！

这个作品的顺利完成，惠州学院，尤其是音乐学院的领导岳晓云、李富明一直参加采风、研讨各项事宜，做了非常到位的铺垫。而在博罗，我不得不感谢两个人物——请注意，我讲的是"人物"：一个是谢泽南老校长，他是博罗，尤其是罗浮的一部"通书"，他为我的创作提供了无私而大量的学术支持。还有一个是罗浮山景区道乐团的团长赖一凡，他是博罗，尤其是罗浮的一个"活宝"，他为我的起居生活提供了无微不至的安排照顾，特别是安排的博罗客家菜，让我能在一片浓浓的乡愁中创作。对于两人的关心帮助，我无以回报，除了期待《道·罗浮》尽快成功演出，另外自行分别送给他们一个雅号，一个是"罗浮一仙"，一个是"罗浮一虎"，希望他们不要见怪。

当天晚上，彭永宏校长，岳晓云、李富明等音乐学院老师，以及谢泽南、赖一凡等专程赶到罗浮山一起庆贺文学台本初稿创作成功，并对台本给予高度评价。

补记：

之一：10月6日从罗浮山回中山的路上，我兴冲冲地将"札记"发给了一些文友，没想到竟然得到了一个意外的大收获：北京一位文化人发来一个信息，说这些年他在创新一个中华文明的研究方法，通过这个方法也可以得出"罗浮"名字真正的来源。他还说，罗浮此地的古国"缚娄"这个名字，也与罗浮的名字有关。此外，他正在用这个方法研究全国各地所有古地名的由来，条件成熟时会将成果公之于众。我很希望将这个成果适当融进我的文本，更期待今后能有机会结合节目演出与各界分享。

之二。我写作重要作品有一个习惯，就是写出初稿后要"冷"一段时间再拿出来看一看，这样才能发现有哪些地方需要修改。大概过去了十天吧，我突然想到作品似乎有一个重要遗漏，那就是没有写罗浮的当下，而是从"正义之道"的东江纵队历史，一下子过渡到"未来之道"去了。因此，我决定补写"发展之道"这一个乐章，表现罗浮、博罗和惠州今天的发展之路。这样，作品的主题内容就更为完满了。

　　之三：近日，艺术学院告诉我，有一个人看到《罗浮·道》文本后，建议作品的题目改为《道·罗浮》，"道"谐音"到"。这个建议真好！于是，从今天开始，题目就改成《道·罗浮》了。非常感谢这个"一字师"！

一座城市的书香缘

一年一度的中山书展又隆重开幕了,从2009年7月的首届书展开始,不觉间已经走过了十年的历程。

是的,许多城市都有书展,但因为中山人与书的特殊渊源,中山的书展有着与众不同的意义和味道。

众所周知,中山古称香山,是一代伟人孙中山的家乡,后来因孙中山先生而改名。中山先生有三大爱好,其中之一就是读书。他说:"我一生的嗜好,除了革命之外,就是爱读书。我一天不读书,便不能生活。"伟人的读书故事,一时传为美谈,一直影响至今,还将影响未来。

而孙中山先生的《建国方略》,更是中国第一部从政治、经济、文化、教育、军事,以至国家的规划建设等全方位研究和部署国家建设的巨著,一百年后的今天,以至今后依然有着重要的指导意义。

中山还有一个名人郑观应,他是中国近代最早具有完整维新思想体系的理论家、启蒙思想家,也是实业家、教育家、文学家、慈善家和热忱的爱国者。他成书于1894年的《盛世危言》,是中国思想界一部最早认真考虑从传统社会向现代社会转变的著作,也是中国第一部印发各级官员的必读之书。此书深刻地影响了孙中山和毛泽东。

中国出版业中历史悠久的出版机构是商务印书馆，1897年创办于上海。中山人王云五对该馆的经营发展起了重要作用，他还编撰了一本著名的四角号码字典，成为第一个将汉字数字化的中国人。

中山（香山）人唐廷枢，是清代著名的洋行买办，他在1862年写过一本名为《英语集全》的书，是中国最早的英语词典。当时他采用广州话注音，使得许多人学讲的英语多多少少都有点儿粤语味道。

不仅有如上事例，还因为中山（香山）的咸淡水地理，以及由此产生的咸淡水文化，这个地方成为中国近代史、近代文化的摇篮，它摇出了伟人孙中山，摇出了伟大的思想，还摇出了一支伟大的队伍，政治、经济、商业、文化、教育、军事方方面面，中山都出现了许许多多的中国"第一"，因而也出现了各类最早的著作。

中山，确实是一个与书香有着特殊渊源的城市！

正因为如此，十年前，中山在全国地级城市中比较早地顺理成章地产生了书展。接着，又在全省以至全国，早早地成立了广东人民出版社中山分公司，在图书出版和发行体制方面做出了有益的探索。

十年历程，随着中国改革开放的深入，中山书展也走出了自己的特色之路。中山的专业镇众多，集群产业丰富，因此会展经济发达，中山书展则成为其中唯一的精神产品展会，担负着光荣的读书育人、化风成俗的重任，角色特别，受到各界关爱和好评，寄予了许多的期待和厚望。

十年后的书展，在承继传统的同时，中山书展也丰富了当代文化许多崭新的元素，数字阅读、电子音像自不说，它还辐射到了读书的许多关联行业，包括文创产业，而且互为补充、互为彰显。2018年的中山书展，更出现了社区和农村数字图书超市等新技术、新模式。

历届书展都举行名人讲座、名著签售，2018年更邀请到了张颐武、阿来等大咖齐聚，让市民享受到一场又一场的文化盛宴。

借助于以往的关系，我邀到了中央广播电视总台改革开放四十周年"四十不惑"专题片摄制组来中山拍摄，并专门推荐了书展主题。在书展现场，导演杨笑山表示："中山书展比我想象中要好得多，男女老幼都来逛书展，而中山书展能坚持十年也充分说明了市民对阅读的热爱。在拍摄过程中，中山的干净精致就像人的精神状态面貌一样富有朝气，让我们印象深刻，这也充分说明了人的气质与城市的气质是相互滋养的。"

我想，中国梦、全面小康、老百姓对美好生活的追求，读书也是其中重要的应有之义。一个爱读书的民族才是有希望的民族，一个爱读书的城市才是有希望的城市。

中山书展，自然充满希望。中山人的书香缘，必然越来越深厚、越来越久远……

"博雅"，我的图书顾问

　　从2004年初开始，我就和"博雅"有了一些来往，但真正与她结缘，应该是2004年底的事情。记得当时我因为要参加广东经济体制改革研究会的年会并且要在会上做一个发言，就委托博雅帮我找一本正在热销的书——《拐点》。在这次会议上，我受《拐点》的启发，做了一个《从"点线"式改革到"三角"式改革——以广东中山市为例》的发言，引起了不小的反响，后来，包括《凤凰周刊》在内的几家报刊都做了转载。从此，我与博雅的来往就开始逐步密切起来，以至博雅成了我个人的图书顾问。与博雅的交往确实让我受益匪浅，这不仅仅体现在图书的推介和供应上，更体现在文化的熏陶上，体现在知识的充实上，体现在精神的愉悦上。近几年来，我先后有三次比较重要的学习、出访和考察活动，都与博雅有着一种特殊的关系。

　　第一次是2005年6月，我带队前往西藏看望援藏干部。西藏是我从小就一直向往的圣地，可以说去西藏是我的一个梦想。我很早就养成了一个习惯，那就是无论去什么地方，都先要通过阅读对这个地方的人文等情况做一个粗略的了解，然后在途中写一些东西。而去西藏，那就更不能随便了。这时候，博雅出现在我的面前。一周内，她通过与全国的网络联系，给我提供了5本介绍西藏的图书。浏览一遍后，我带着其中两本去了西藏。九天时间，我一路考察、一路看书、一路思考，一路用手提计算机敲出了人生第一篇万余字的长篇游记《西藏行脚》。其中的一些诗文在《羊城晚报》《南方日报》等刊出后，尤其是"西藏文化网"将其挂在《内地人看西藏》栏目中作为一个窗口文本后，没想到竟产生了意想不到的影响，到目前已经有数以千计的人看了这篇文章后去了西藏。在藏期间写的一首诗歌《西藏》还在西藏建区40周年时被《中国民族报》在文化版头版版配上整版的照片压题刊出，据说已经在援藏干部中广为流传。

第二次是2005年底，我被选派参加广东省第七期公共管理高级研究班学习，其间最后一个月是到英国牛津大学进修。这可是人生难得的机会。因此，我从去英国前一个月就开始做人文方面的准备，博雅更是给我提供了近10本与英国特别是牛津有关的书。其中有一本叫《牛津——历史和文化》，是德国人彼得·扎格尔写的，我在出国前就将整本书读了个遍，之后还带着它到了牛津，它伴着我在英国过了整整一个月的日子，对我的学习和考察起了不可替代的辅导作用，更成了我在写作长篇日记式散文《留在英伦的记忆》的重要参照读本。后来，《中国作家》发表了我这篇散记，诗歌《剑桥，我来了》在报刊发表后，还被"中国作家网"收进了《名作欣赏》栏目。

第三次是2006年5月，我奉命带一个政府代表团前往南美考察。去南美也不是件容易的事情，仅单程就要连续坐25小时的飞机，可不是谁都受得了的，所以必须格外珍惜。跟以往一样，博雅自然又成了我的图书顾问。在她拿给我的5本书中，由中国水利水电出版社出版的《南美洲》显得十分特别。一般的旅游性书籍都是教科书式的介绍，干巴巴的，而这本书最大的特色就是对人文的介绍分量很重，而且是娓娓道来，好像在和你交谈；阅读时，你会不自觉地把它当成一个旅友，你甚至会觉得它是一个活生生的生命。正是因为有它的陪伴，我才得以更好地进入南美——不仅用脚步、用眼睛去感受南美，还将生命和心灵与南美融在了一起，让我顺利地写出了近两万字的游记——《南美四国行》。

当然，与博雅的图书交往并不仅仅体现在我这三次的行脚中，我与博雅的交往是全方位的——我这两年多的经济、社科、人文和工作业务方面的研究与实践，都找得到与博雅交往的痕迹。博雅给我提供的表面上是图书，但在我的体会中，她提供的实质上是一种广博的文化、一种雅致的精神、一种博而雅的生命。

人生有这样的图书顾问，的确是一件非常幸福的事情。

说一说《影像中山五十年》

看完《影像中山五十年》样书，最先想到的两句话是：

作为新中山人，我感谢路华同志，是他通过一种特殊的方式让我了解了中山的五十年发展与变化；

作为老中山人，也会感谢路华同志，他用一种特殊的方式勾起了人们对五十年许多的回忆与缅怀。

摄影真的是一门有趣的技术，一门有趣的艺术。

在路华同志的手下，不仅有趣，更有意义。

翻看着那一张张照片，我们仿佛又回到了五十年前的田园风光中。明澈的河涌，弯弯的乡道，漫天遍野的蔗田，还有驮犁的老牛、勤耕的老农，好像在合奏着一支淳朴自在的田园小夜曲。

翻看着那一张张照片，我们仿佛又走过了五十年的风雨阳光历程。破旧的渡船，缓慢的汽车，结伴快行的学生，还有新盖的高楼、长长的大桥，好像在延伸着一条不断向前的社会大轨迹。

我年轻时也曾经对摄影有一些兴趣。买不起相机，就借朋友的玩，还买了什么显影液、定影液，借朋友的暗房学晒相，但终因天分太低而没有坚持下来，所以对摄影总的来说是不怎么懂的。

　　但我的直觉告诉我，路华同志的摄影是有水平的，也是很有价值的。

　　路华的摄影是写实的，是一种影像的记事，是一种历史记录，但又看得出其中的艺术眼光和艺术角度，所以他的作品并不是一种简单的客观重复。路华的摄影是现实的，也是浪漫的，在许多作品中都看得出他自己的一种情怀，有些镜头甚至很唯美。更重要的是，路华在他的作品中还寄托了一种思想、一种思考，这就是他对真善美、对现实生活和未来的一种强烈的追求和期冀。

　　读中山，读中山的历史，不能不读路华，不能不读路华的摄影作品。

　　感谢摄影，感谢路华。

"猫论"与"猫诗"

——《白猫黑猫——中国改革开放30周年颂诗》浅谈

30年，在岁月的长河中只是短短一瞬。30个春秋，对于个体的生命来说，可以让懵懂无知的孩子长大成人；30年改革开放，改写了中华民族的命运；30年沧海桑田，绘就了一幅波澜壮阔的长卷。

历史将永远铭记1978年！就是在这一年，当晨曦在小岗村的田野播下第一粒希望的种子，当春风从一个叫"三中全会"的会议中徐徐吹出，中国，这条酣睡的东方巨龙开始苏醒，一个崭新的时代宣告来临。"不管黑猫白猫，捉到老鼠就是好猫。"30年前，小平同志用一个风趣幽默、释理明朗的比喻将改革开放初期面临的一系列难题化繁为简，为改革开放铺开了一条光明大道；一句再通俗不过的话，矗起了一座理论的高山，又如孙悟空的金箍棒，神奇地撬动了整个中国，惊动了地球。 改革开放，简简单单的四个字，却包含了多少深刻的内容，蕴含了多少期待、多少憧憬。变革从一场"真理标准"的讨论开始，春心，在希望的大地上萌动，追逐南风，它领舞的脚步沿着海岸线出发，从南方起飞，随后，一场久违的春雨，开始滋润大地干涸的心灵。 走别人不曾走过的路，从来都不会一帆风顺。在行进的路上，在奔跑的途中，灾难似乎从未远离过。从一次一次的水灾到惊世裂变的地震，从"SARS风暴"到金融危机，还有那么多的困厄与疑问。"不走回头路！"没有什么可以阻挡中国腾飞的渴望与脚步。30年风风雨雨的历程，我们有幸亲历，感同身受并见证了这个时代的蝶变和新生。三十而立。30年，是祖国长大了、长结实了的30年，是芝麻开花节节高的30年，是人们生活日新月异的30年，是阳光普照、充满希望的30年。当离散的儿女终于回到母亲怀抱，当时光的鼓点敲响世纪的钟声，当终于获得接上世界的链接，当百年的梦想圆在2008年的北京，当鲜艳的五星红旗飘扬在广袤的太空，我们把目光投向更为遥远、更为美好的星际。

改革开放的30年，是中国经济迅猛发展、文化空前繁荣的30年，然而，我们也不难看到，在繁荣的景象后面，却鲜有与这个伟大时代相呼应的文学作品。单从诗歌的层面说，更缺少有深远影响力的精品力作。随着构建和谐社会的深入，国家和民族需要每个有良知的诗人将创作融入这个伟大的时代。遗憾的是，诗歌却似乎正从社会生活的主流中退出，它作为"歌"的功能正在被弱化和消解，许多背离时代、缺乏诗歌精神的"作品"泛滥，有的过分沉湎和观照小我的内心世界，有的以炫耀技巧和凸显个性、故弄玄虚为能。诗人自身的"堕落"把诗歌逼到了被大众冷落和社会遗忘甚至遗弃的尴尬境地，为此，笔者曾发出了《30年：诗人们都到哪里去了》的叹惋与呼吁。这也是我们联合《诗刊》征稿并萌发要选编这样一本集子的初衷。在纪念改革开放30年之际，我们从大地的怀抱中撷取花朵，从河流的歌唱中采摘音符，从天空的梦想印照云彩，作为一份小小的献礼。

收录在本书中的诗作，虽然有大气磅礴的交响曲，有关注细节的抒情诗，但比照改革开放30年所取得的巨大成就以及我们这个古老的诗歌国度，无论从数量上还是从质量上说都是不尽如人意的，更缺少黄钟大吕的史诗巨作，我们期待着更多的诗人将视线和触角切入生活，创作出无愧于这个伟大时代的伟大作品。三十正年轻，有我们的祝福和歌唱，祖国的明天一定会更加美好！

原来，家乡是可以带着走的

——我看《带着家乡走天下》

据我的了解，在全球各个国家和地区，家乡的观念，似乎是我们中华民族最为浓厚；而在我们中国，又以汉族最为强烈。无论从血脉、姓氏，还是从文化、风俗，无论在语言、文字，还是在地理、历史，不管是有形的，还是无形的，"家乡"两字，让多少人牵肠挂肚、魂牵梦萦、永不割舍，让多少代天接地连、枝繁叶茂、衍生不断！多少人，多少次，我们都在心底呼唤：啊，家乡！生我育我的家乡，我们永远的家乡啊！

是的，家乡是我们的根，家乡是我们的魂；家乡是我们的寄托，家乡是我们的港湾；家乡是我们的父亲，家乡是我们的母亲。

无论是谁，不管是什么原因，每一个人，都可能会离开家乡，或者短时间，或者长时间，有的人甚至是——永远。离开家乡的人，一般留在山区里的比较少，即使在今天，离开的也还是少数，留在家乡的总是大多数；而在沿海一带却不一定，因为各种原因，自古至今，这些地区离开家乡的人可多了，有些地方甚至出外的人比家乡的人口还要多。

出门在外时间长了，思乡之情必生。那想念的情怀可真是怎一个思字了得啊！思念起来，哼一哼家乡的歌儿，想一想家乡的小河；看一看带在身边的照片，与家乡的亲人通一通电话、发一发微信；上网浏览浏览家乡的网页，放一放家乡的录像……随着时间嘀嗒嘀嗒过去，那心中脑间的思念劲儿也就可能排遣过去啦。然而，还有那些思乡念乡深切的人，依然沉浸在那深深的情愫里，那可是深切得成了一种沉重的心病啊。想想那些催人落泪、让人心痛、让人愁肠百转的古诗，想想台湾诗人余光中的《乡愁》，那个思乡的样子啊，可真真是不可救药了。

　　于是，我就想，人世间究竟有没有能够医治这种久病沉疴的乡愁的良药呢？

　　我想应该会有的。

　　如前所说，哼一哼家乡的歌儿，想一想家乡的小河，这是一种药；看一看带在身边的照片，与家乡的亲人通一通电话、发一发微信，这是一种药；上网浏览浏览家乡的网页，放一放家乡的录像，这也是一种药。

　　然而，这些药，只能治一治小病、轻病，治不了大病、重病。

　　能治思乡大病、重病的药，应该是有形的，能够让你看着它，就能触摸到家乡的山山水水，触摸到父老乡亲的心跳和血脉；它又是无形的，是在有形中蕴含和生发的无形，让你能够感觉到家乡的远古和未来，能让你真切地置身于家乡的品性和灵魂，而源远流长、巍峨精神，生生不息、永恒不绝……

　　今天，我找到这种药了。它，就是摆放在我面前的这本书：《美在连平》。

　　《美在连平》，具备了上面所说的思乡良药的一切元素和功能。捧着它，我的思乡大病就好了一半；读完它，我的思乡重病，似乎就彻底痊愈了。

感谢编者，感谢作者，他们做了一件大好事，让我们这些思乡的人有了一个可以带在身上的家乡，有了一种可以随时随地医治思乡重病的良药。

带着它，我们可以志在四方，我们可以走遍天下。

与生俱来的诗人

——西安文人远村印象

近十多年以来，陆陆续续参加了无数的诗歌活动，接触了无数的诗人，由于性格的缘故，也因为活动时间多数只是三五天，能留下深刻印象，或者后来能够深交的诗人，少之又少。

然而远村似乎是一个特例。

到写作本文为止，我与远村只见了两面。第一次是2008年9月20日，我的诗集《以生命的名义》获得"中国2007年度最佳诗集奖"，《诗选刊》（下半月）在西安举办颁奖典礼，远村受邀出席。那一次因为包括食指、芒克等名人，对远村并未留下多少印象，只是听了他的发言而已。而第二次，则已经是五年后的2013年6月14日，我随广东省政协参观团到西安考察文创项目，公务会议上与远村有了交谈，晚上与西安几个文人相聚，远村带着他的诗书画集参加，我与他聊得挺欢，此后则陆续有了比较多的信息和微信交往。这可能与我们都在政协机关工作有关，我对他主编的陕西省政协《各界》杂志很感兴趣，但最重要的，还是他的气质感染了我。是的，是远村那种与生俱来的诗人气质，或者换一种说法，在我看来，远村就是那种与生俱来的诗人，他的这种许多诗人所缺乏的"气质"，打动了我的内心。

说远村是与生俱来的诗人，大概有三层意思。

远村是一个写字画画的"童星"。在西安，有文艺天才的小孩似乎并不奇特，西安有太多这样的文艺"童星"了。然而远村是出生和成长在陕北的，这就让他的"与生俱来"有了某种特殊性。青年时期，生活的许多不如意，突如其来的疾病，使他"意外"地成了诗人，很早就出版了诗集，在国家级权威报刊发表大量诗作，甚至"掌控"《延河》诗歌权力五年之久，成为影响全国的实力派诗人之一。然而，在我看来，远村的这个意外，却是"意料之中"，他是"与生俱来"的诗人。

随意性就是远村的诗性。"两三个春天突然闯入/打碎了诗歌的宁静//七八片汉字被风吹落/惊动了梦里的唐朝。"没有任何的刻意和雕琢，似乎是极为随意的交谈，但细细地读下来，好像里面又有着一些深刻而厚重的东西，你越琢磨越觉得并不是字面上那么简单。就是不去思考它，也朦胧地觉得很有些诗意。远村的诗歌，基本都是这样的。

远村的字画说到底就是诗。我虽然不懂字画，但还是喜欢看，喜欢欣赏。我很喜欢看远村的字画，主要是看着不觉得累，不会烦人，他的字画确实让我很放松。为什么呢？因为远村字画的主题多是诗性化的，尤其是所用的笔墨非常随性，让人觉得是信手拈来，毫无做作，不管是看每一幅字画的总体，还是将一个一个的字拆开来，将画中的图像一个一个分开来，总觉得还弥漫着一种浓浓的诗歌的味道。

写到这里，我突然想起：远村？"远村"不就是一首诗吗？

"乡村无望"？功不唐捐！

——从程明盛《大国空村》谈起

偶读一本题为《大国空村》的新书，作者程明盛讲述了自己家乡程湾（湖北应城一个村落，人口四五百人）的故事。光看书名、简介，我的心就像给锤子撞击了一样，那种疼痛难以形容。不过我想这种疼痛，从乡村走出来的游子应该会感同身受。毕竟，"情由忆生，不忆故无情"，对于家乡的人物、山川、草木，作为游子，自然是"未免有情，谁能遣此"！说起来，我离开那个生我养我的山村三十多年了。如今的她，与程明盛笔下的程湾一样，也可谓一个典型的"大国空村"。

我的村庄在粤赣交界的九连山区，我的童年和青年时代就是在那里度过的。童年时代，虽然让我刻骨铭心的一直都是"贫穷"和"饥饿"这两个词儿，但在同时，"纯朴"和"美丽"这两个词儿，也一直在温暖着我的身心，滋润着我的成长。

改革开放后，山村的活力得到了释放，父老乡亲推翻了压在头上的"饥饿"大山，迈开了致富的步伐。而我，也成为全公社第一个大学生，由此离开家乡出外读书谋生、成家立业。

进入20世纪90年代，中国的改革全面转向城市，工业化带动城市化的浪潮铺天盖地，得益于改革开放的农民，吃饱了饭后积攒的精力因为未来方向的不明朗正好找到了出路。于是，农村青壮年涌向城市，以留守老人、留守儿童为标志的"空心村"也就产生了。不过，如果只是限于留下老人和儿童的"空心村"，那并不可怕。问题是，千千万万的农村正在消失。作家冯骥才说："2000年全国有360万个古村落，现在的自然村只有200万个左右。"问题的严重性，更在于农村人口的空心，同时伴随着自然生态的空心、社会伦理的空心、传统文化的空心。

应该说，家乡人民的生活水平比三十年前好了很多，也有少数人已经致富，过上了小康的日子。但是每当我回到村里，却难以开心和轻松，心头总是沉甸甸的。不见了以往的青山绿水，山变秃了，原来波浪欢快的河流已经盖不过脚踝；村头村尾脏兮兮的，垃圾遍地也无人管；尊老爱幼亲情醇香的味道淡得不能再淡了，乡亲之间心里总是隔着一层膜，甚至如陌路人；春节的时候，那代表全村人精神图腾、舞了几百年的香火龙，已经十几年不见踪影；几百年的围屋因年久失修而破落不堪，新盖的房子毫无规划可言，更无配套；田地多数丢荒，老人儿童不可能做农活，少数留在家里的青壮年则游手好闲、无所事事。如此令人心酸的"空心图"，直让一些师友脱口而出"乡村无望"之语。也许，工业化、城市化的过程，必然带来村庄的沦陷，但这只能是少部分，而且应该只是"人口空心"，而不能伴随着生态空心等。

对如上乡村全面空心、全面沦陷的现象，我们确实也不能说公众习焉不察、麻木不仁了。上网搜索，有篇题为《谁的故乡不沦沦》的文章，竟成了中学语文阅读理解题！而类似"每个人的家乡都在沦沦"这样的表达，你当然可以说它不科学不严谨，但它无疑直白地喊出了游子的心声。我猜想，每一个走四方的游子，无论地位卑微或者显赫，无论月入五百元或者身家过亿元，都不愿意看到一个"人口空心、生态空心、伦理空心、文化空心"的村庄。而这空心村，不管是自家的或者是他家的，大家都不免触目伤情，感受一种锥心之痛。

"寻寻觅觅，冷冷清清，凄凄惨惨戚戚"，这样的空村语境真让人莫名伤感。但我们也不宜一提到乡村，就沉浸在伤春悲秋的愁绪里。或许，应该集思广益想想对策？可以想见，飘散在各个角落的有识之士，其实也一定是通过各种途径，在为家乡的教育文化、道路建设、扶贫济困做着力所能及的事情。当然，在乡村空心化的洪流中，这种力量可能微薄到大家都忽略它的存在。但我想，有心就有力，能做一点是一点。胡适不是说"功不唐捐"吗？唐捐，就是白白丢了的意思。"没有一点努力是会白白的丢了的。在我们看不见想不到的时候，在我们看不见的方向，你瞧！你种下的种子早已生根发叶开花结果了。"你瞧，胡适先生说得多乐观！对于乡村种种现况，说实话，眼下我也有点悲观，但长期而言我是乐观的。因为我看到，上上下下不少同道中人发出了记住乡愁、重建乡村、每个人的故乡都应免予沉沦的呼喊。

如今，有关"乡村无望""知识无力"的声音很响亮。我的建议是，从乡村走出来的游子，你可以悲观也可以乐观，但切莫冷眼旁观，就写写类似程明盛《大国空村》这样的乡村笔记吧。或许你写不了费孝通《江村经济》那样的经典名著，但应能激发身边三两人反哺乡村和投身乡村建设之志，那岂不也是功德一桩？如果你已经功成名就、发家致富，何不运用你的资金和影响力，动员更多的资源和力量，让生你养你的山水常在、人文永续，让你和更多的人留住乡愁，让我们的乡愁如生命之花永远开放？

静心是一种历练

——画家吴文锋白描

我对吴文锋，可以说是了解又不了解。说不了解是我与他谋面不多，更没有对他进行专门研究；说了解，就是虽然很少见面，却总时时感觉得到他——通过微信，通过一些艺术活动的报道。比如最近，我在各种媒体中了解到，2017年10月4日，中欧文化艺术节在法国巴黎十一区艺术馆隆重开幕。法国外交部巡查员Gérard Chenal、欧洲科学院中国分院院长毕征庆等百余位中法政界代表和艺术家出席开幕式。中国广东籍书画家吴文锋12幅作品在文化艺术节亮相，引起广泛关注和嘉宾盛赞。开幕式上，Gérard Chenal代表法国政府授予书画家吴文锋"中欧文化艺术大使"勋章。这是很不容易的事情，所以我在微信里主动发声，热烈地祝贺了吴文锋。可以说，这应该是他艺术人生的一个重要的转折点，我们有理由对他充满期待、充满信心。

我与文锋，还是我担任中山市委宣传部长的时候，因为接待我们的乡贤、著名漫画家方成老先生而认识。我对他的第一印象是，一个十分好学的人，人很柔静，眼神有点儿忧郁。后来他将画我的漫画送给我，连画稿也一起送给我了，又觉得他十分细心，善解人意。不久，听说他不在报社工作了，半年之后再见到他，穿着很传统而禅意十足的衣服，便觉得有些怪怪的，只是没有问他为什么。再后来，他在微信上晒出了许多照片和作品，才知道他在潜心国学、主修禅学，孜孜追求将中华传统文化和禅学渗透作品之中。确实，大家都发现他的作品从体裁到题材，从形式到内容，都有了很大的变化。原来我只知道他画漫画，现在才知道他在苦攻工笔，书法也了得，而且同时大做善事、做公益。从这个时候开始，文锋又给了我一个新的形象。说一句不知道文锋喜不喜欢听的话，这让我想起了一代宗师李叔同。呵呵，但愿文锋不要出家。

时间仅仅几年，文锋的艺术就上升到了一个崭新的境界，我觉得最重要的是他的心静下来了。人生的历练千种万种，学习、生活、工作，都是历练的场所和机会，但静心，则是直达灵魂的历练。此次文锋能有那么多的作品参加中欧文化艺术节展出，无疑给中山的艺术界包括文艺界提供了蓝本，但更重要的影响，我觉得还是他能获得这种荣誉和成功的原因：静心。在中山的艺术界，包括广东，以至中国的艺术界，刻苦追求成功的人不少，但也有些不好的倾向，比如过于浮躁，名利超前，有了一些成绩就尾巴翘到天上去了。还有的则有些许成功就不再追求进步，耽于过舒服日子，优哉游哉；这当然也是一种"静心"，但这是不思进取的"静心。

吴文锋首先是心静下来了，然而又在心静中暗暗用力，有想法，有行动，因而能不断进步、不断成功。我们确实十分需要这种榜样。

舞蹈的其实是诗歌

——读《黄金在天上舞蹈》

　　我一直认为，众多的文学体裁中，诗歌仍应该是最好、最直接的文本和抒情方式，因为它与人们的心灵最近。作为诗的国度，中国自古以来的泱泱诗歌，不管是风雅颂的《诗经》，还是唐诗宋词明曲，不管是大江东去，还是小桥流水，不管是风语俗话，还是文言雅语，都曾经如同一泓浓浓的鲜血那样流淌和澎湃在我们跳动的心房里，浸润和滋养着我们的生命，成为我们生生不息的永恒的灵魂。

　　中山历史悠久，文脉深厚，海洋与江河这种"咸淡水"文化的兼收并蓄，使它的周围聚集了不同语种的人群，他们在这里生衍繁殖，形成了独特的"香山人文"。近现代以来，中（香）山名流辈出，诗人中尤以苏曼殊、阮章竟名冠海内。改革开放后，随着中山各项事业的迅疾发展和外来人口的大量流入，文化的发枝也渐呈多元之势。从新诗来看，这种影响也是显而易见的。

　　近日，余丛送来《黄金在天上舞蹈——中山先锋诗十四家》的小样，邀我作序。浏览了一下作者的名字和他们的作品，有眼前一亮的感觉。

从整体看，中山诗人还是以传统诗歌创作为主。早在1996年，余丛和符马活、乔明杰等人创办了"三只眼"诗社，并开始了"先锋诗歌"的写作，后因人员的变动，让人们好长一段时间听不到他们的声音了。从"三只眼"到"中山先锋诗14家"，中山先锋诗歌走过了风风雨雨的十多年，"形只影单"的余丛也经历了人生的蜕变。所幸的是他仍在坚持，而且，在他的周围又聚集了一帮热爱诗歌的朋友。于是，编选这么一本集子自然就成了他分内的事。由此可见，余丛他们其实并没有真正沉寂，他们一直在默默探寻、在默默舞蹈。

　　诗界一直有流派之说，自先秦的"逸诗"到两汉的"乐府"再到盛唐的"现实主义""浪漫主义"，从白话诗问世后的"湖畔""新月"诗派到"朦胧诗群"到"他们""非非""第三条道路"写作，等等。我并不认为"先锋诗"和"传统诗"之间存在绝对的对立或对垒，最多只是风格、形式或者内容表述上的迥异而已。先锋也好，传统也罢，都离不开一个"感"字，前者注重的可能只是一种"感受"或"感觉"，后者则更加倾向于"感情"和"情感"。当下的许多先锋诗歌，叙事和口语的成分在增多，作为抒情的本意正在下降。我主张诗歌内容和风格的多样化，我也有自己的偏好。我不赞成诗歌只有"大我"，也不赞成"小我"才是真正的诗歌；我不赞成将散文甚至是大白话分行就是诗歌，也不赞成将诗歌写得像天书，晦涩、坚硬、怪异、生僻、冗杂，除了作者自己，谁也看不懂。同样，我认为先锋不会凭空而出，它源自生活的土壤，无论手法、技巧如何变化，都不该缺少构成诗歌的最基本元素。

　　因为与诗歌结缘，我对中山新诗给予了较多的关注。本书的14位作者，有些是我所熟悉的，有的是新面孔，他们有的曾经在这座城市生活，有的刚刚融入这方热土。虽然他们生活在中山的时间或长或短，各自的经历和生活状态不一，但这些都不妨碍他们热爱诗歌。收录在本书中的作品，除了诗歌本身的内容和技巧，都具备了扎实的诗歌语言，也不乏娴熟的技巧；既有独特的生命体验，也有民生和现实观照，基本是能读懂的诗歌。14人中大都是"70后""80后"诗人，余丛、符马活和乔明杰是"三只眼"诗社成员，在诗歌的道路上走得更远一些。木知力的诗歌有种不经意的美，栾婉荷的诗迷幻而蕴含节奏，刘春潮的诗带有写实和绘画倾向，二二的率真和敏锐，能给人留下较深的印象。倮倮的专注与诙谐，何中俊的犹疑和悲情，王进霖擅长叙事和描写，刘洪希更多关注普通人的命运和生活，而光钵的诗则更接近古典传统，他们的诗更多地来源和还原于生活。阿鲁和徐林是两位更加年轻的诗人，从他们的诗歌本身以及驾驭文字的能力来看，有理由给予更多关注和期待。

本书的命名应该是个广泛而宽松的概念。如余丛所言，"这里的先锋更多有'地域性'的强指，是框架于中山本土概念之下的"。"虽标榜为'先锋诗'，但并非为了向对应的'传统诗'示别"。中山诗群不可能只有一种风格或一种声音，只要是好诗，只要对诗歌有利的事，无论是传统还是先锋，都应该受到肯定和尊重。而通读所有诗歌，我还有一个强烈的感觉是，虽然余丛将14个诗人都归进"先锋"之列，我却觉得自己很难将这些诗人和诗歌都与诗坛上所描述的那种"先锋诗人"或"先锋诗歌"完全画等号。

《黄金在天上舞蹈——中山先锋诗14家》是中山先锋诗歌的首次列队亮相，也是中山新诗良好活跃氛围的见证，从某种意义上说，他们代表了中山年轻诗坛的一种方向和未来。我愿意这样期待他们。

如果说有遗憾，就是14人中没有一个土生土长的作者，中山本土诗人们似乎依然从事和执着于传统的诗歌写作。这，也是一种值得珍惜、褒扬和期待的写作取向。

好的诗歌，是经得起时间检验和读者评判的。无论过去、现在还是未来，也都会有它忠实的跟随者和阅读者。真正的诗歌，在人间或者天上，玉石般沉睡或黄金一样舞蹈，都会散发出它们独特的光芒，并永远值得我们珍爱和仰望。

人生点滴可成诗

——浅议《半途碎影》

大凡抒发感情的文学作品，尤其是散文、诗歌这类体裁，其最高的境界应该是让读者读起来能够入眼、入脑，还要入心。然而这是极难极难做到的事情，只有极少极少的天才做得到，即便是这种天才，能达到这种境界的作品也极少极少。

我将这三者称为情感诗文"三要素"——

"入眼"，主要指诗文的语言和篇章结构；

"入脑"，主要指诗文体现的思想和意旨；

"入心"，主要指诗文中的内容或者故事。

绝大多数的作家，特别是散文家和诗人，虽然不能排除有时候可能偶然会写出一两篇能让读者入眼、入脑、入心的作品，但总的来说他们多数时候或者说多数的作品，最多只能做到三者有其一，或者有其二，如此而已。就是那些个散文大家和大诗人，都逃脱不了这个宿命。

入眼、入脑又入心的作品是上上品，我们当然会百读不厌、手不释卷。三者有其二的作品，也可以说是上品了，然而这种作品也并不是那么容易可遇可求的；三者只占其一的作品，入脑或者入心都是不错的，最让人难以忍受的就是那些只是入眼，却不入脑，更不入心的作品，看起来花团锦簇，内里却只是镜中花、水中月，没有内容，没有内涵，真真的要不得。

说了那么多，真正要说的，是吴从垠的这本散文集《半途碎影》。读了前面的文字，读者一定以为我是要大大地说《半途碎影》的不是了。对其中的不是，是要说一说的，但那是后面的话。前面说了那么一大通话，其实主要还是为了说说《半途碎影》的好话。

《半途碎影》中的散文，当然不是那种仅仅只是入眼而不入脑、入心的作品，否则我也不会写这篇序文了。说心里话，总的来说，《半途碎影》离"三要素"皆具备的境界确实还有比较大的距离——许多文人诗家莫不如此呢，然而其中个别篇杂却隐隐地有些"三要素"的影子。譬如《大湖的女儿们》《手艺人的黄昏》《石岐记忆》，写的都是作者本身的生活，语言的特点是实实的、淡淡的，娓娓道来，篇章结构则是一人、一地或一事，这已经能入眼了；叙述中还穿插了一些感叹和议论，引人思考，这就是入脑了；文中的内容都是作者所见、所闻、所感，并不是假借的生活，有血有肉有温度，很能让人入心。只是语言的把握还是浅白了些，变化也少；所感则浅尝辄止，不敢洋洒恣意；所描写的内容小中未见大，大中未显微。因此，情感"三要素"就打了折扣。

如果按照我所谓的情感诗文"三要素"理论，《半途碎影》最重要的特点是"入心"，其中绝大部分散文都基本做到了这一点。这已经殊为不易了。我想，这里面大概有这么几个因素：一是作者是十分热爱生活的，无论困苦，还是小康，作者都保持着务实和乐观，保持着自己的追求；二是作者对生活的观察很细致，也多有独到之处；三是作者很勤奋，每到一处，除了观察，还坚持记录、写作，这就使得即使是行脚性散文，也写得大有与人不同之处——作者不仅是用脚去体验的，更是用了心去感受。比如《北美散简》，就写得很有厚度。

热爱生活，植入生活，赤胆忠心，真情实感，这本来就是情感诗文的基本要求，但在今天的文坛，不知道什么时候却成了一种奢望。然而吴从垠却一直在这样孜孜不倦地探寻，从《半途碎影》可以看出，他也这样做到了。以文入心，入心为文，善哉，从垠！

最后，还是要说一说《半途碎影》的不足。从垠写家乡，许多人与事都恍如昨日，情感也显得淳朴可爱，但写近十多年来的生活，艺术性是明显地向前跨越一大步，但那种最可贵的元素、那种渗入血液和骨子里的情感却似乎逐渐地淡了。这背后究竟有什么东西？建议从垠好好思考一下。

这肯定对从垠会有好处。从垠将书名定为《半途碎影》，我是有不同意见的。就年龄来说，四十多岁可以勉强说是人生的"半途"，但就文学创作生命来说，尤其是散文写作来说，却可以说是才刚刚开始，或者说正是当年，是黄金时代。所以，建议从垠好好盘点一下自己的人生，好好盘点一下自己的写作，尤其是在情感诗文写作上，更好地向入眼、入脑、入心"三要素"靠拢，这样一定会实现一个新飞跃的。正如从垠在后记中所说，"我似乎听到了街树抽新叶的声音——又一个四季轮回开始了"。

还原家乡原来的样子

——读《上坪旧事》

1974年7月高中毕业后，我回到了自己的村里。因为当时父亲还戴着"劳改释放犯"的"帽子"，所以虽然我在学校的表现和学习成绩一直都在最优秀之列，却一直没有推荐上大学和招工、当兵的机会。好在乡亲们对我十分好，一回家，就让我当了生产队的队委，还兼了记分员。不久，又让我做了民办教师，接着，甚至让我到公社学习，当了大队的赤脚医生，后来又兼职兽医。将一千多人的生命托付给我，这应该是大大的信任和荣光了。我非常珍惜这个岗位，刻苦学习，认真钻研，上手很快，加上从业态度好，不久就得到了乡亲们的一致好评。

没想到1976年6月，我又被荣幸地选拔到了公社放映队工作。后来才知道，是我的一位宗亲叔公向放映队的师傅推荐了我，加上公社的领导一直比较了解我的表现，认同我的才干，我才有了这么一个人生转折的好机会。而上面所说的这个师傅，就是本书的作者谢石宏先生。

我被派到县城的县电影队培训半个月后，就回来跟着师傅一起边做边学了。放映队就我们两个人，除了所有的放映业务外，海报、幻灯制作、票务都是放映队自己负责。而更多的是下乡放映，近的地方一般有电源，我们自己用自行车载着设备去。远的地方则通常要走一两个小时的山路，更远的则需要走三四个小时的山路，这些地方还要带着汽油发电机自己发电，这就要求我们必须懂得发电机的技术，要求蛮高的。所有这些，都是师傅手把手教会了我，让我很快可以独立工作。

正是有了这么一个在公社工作的机会，让我有了更高、更宽的接触面，有了更多的学习机会。那时候下乡放映，一般要晚上9点钟才开始，而且多数放两个片子，电影放完后，热情的农村干部还要请我们吃宵夜，待回到公社通常已经是凌晨两三点钟了。因此我在放映队的两年多时间，都是晚上工作，白天睡觉。因为年轻身体好，加上我喜欢看书学习，白天睡觉的时间也不多。那么多的大好时光，我就跑到书店去。工资每个月才29元，不可能买多少书，好在那时候逛书店的人极少，买书的更少，加上售货员好说话，我得以静静地在书店里度过我的读书时光。这段时间，我还发现了一个秘密，在供销社的旧废品店里，有不少的旧书，我经常到店里"淘宝"，可以找到"文化大革命"前以至更早一点时间的书籍，甚至有少量的古籍。我将它们当作宝贝，工作人员却将它们看作废品，所以总是很大方地让我拿走，一分钱都不要。1978年，我成为恢复高考后全公社考入大学的第一个大学生，与我在公社做放映员，与我在公社的学习锻炼机会，与师傅的教导和帮助，有着直接和间接的关系。每当想到这些，我虔诚的感恩之情就油然而生。

记得师傅是裁缝世家，除了放电影，他平常还要做裁缝，以作为养家糊口的补充。师傅还很有些文气，偶尔会与一些"老先生"讨论诗词歌赋、古人逸事。这也很让我受益。

上大学后，与师傅的联系就少了，毕业回到家乡工作，后来到珠海、中山工作，一直忙于事业，与师傅的联系也不多。真是很不应该！近年到政协工作，虽然还是有些忙碌，但肩膀上的责任毕竟轻了许多，今年将近花甲，居然开始有些怀旧起来。清明节，按习惯回家扫墓，路上突然想起要与曾同在公社工作的同事和朋友一起聚一聚。晚上，让乡亲一联系，居然来了十几个人！当时他们都比我大几岁甚至十余岁，因此相比之下我是明显见老了，他们却没有显得如何老态。改革开放后，经济和生活都好了许多，退休后，他们基本上都是一种养尊处优的状态，所以身体和精神都蛮好的，这让我非常舒心。大家心情舒畅，不免你敬我我敬你，场面真诚热烈，当年的趣闻逸事也不断浮出水面。只是怎样也不会像在公社的时候，拼命地吃，拼命地喝。师傅是从来不喝酒的，这一次故态依然。借着朋友们呹三喝四的时候，师傅悄悄告诉我，他最近写了一点东西，内容是讲家乡旧事的。这引起我极大的兴趣，赶忙请他抓紧寄给我拜读拜读，争取能出版。

半个月后，我收到了师傅寄来的《上坪旧事》书稿。厚厚的一叠，大概有三万字。虽然知道师傅有些文气，但正正式式写那么一本书，还是让我惊讶得很。师傅写的是他自己的"所闻"，内容则是家乡的"匪事"。家乡的"匪事"，我以前也多多少少听过，却一直没有放在心上，只记得好像有好几个版本。时过境迁，千嘴百舌，家乡的"匪事"似乎成了无可考证的"无头公案"。师傅觉得有必要将他所听到的东西写出来，公布出来，起码作为一个方面的佐证，更期望能引起乡人的重视，引发更多的佐证，以尽可能还历史一个真实，以免诳害后人。

师傅的精神和坚持让我感动。待我慢慢阅读其中的文字，崇敬之情更是溢满心胸。首先，我是一个喜爱和坚持写作的人，深深知道写作的艰难。师傅平常写作并不多，一下子进入分量那么大的写作，劳心劳力的程度可想而知。其次，师傅的写作秉持着中华文化的传统，从篇章结构，到行文造句，都拿捏得稳稳当当，显示出一种深沉和厚重。再次，师傅的文字很质朴，质朴中却感受得到一种对家乡深深的爱，甚至是火一般炽热的爱。这正是一个文化人最根本、最核心的素质所在。师傅真文人哪！

　　据我了解，《上坪旧事》应该是我们县目前唯一的一部"上坪匪事"类型的书，填补了题材的空白。这是我师傅的文本性贡献。中国的政协系统有一个著名的传统是文史工作，而文史工作的一个特点是"三亲"工程，即亲历、亲见、亲闻。师傅的《上坪旧事》属于"亲闻"，我想应该也可以作为连平县政协一个难得的收获。最重要的是，如前所述，师傅的《上坪旧事》给历史留下了一个重要的佐证，为历史的迷雾拨开了一层神秘的面纱，当会纠正许多的误解和误传。就这一点来说，师傅的辛劳是值得的，真的是善莫大焉。祝贺祝贺！

心的看见

第五辑

西藏行脚

题记：作为一个公民，我有义务和责任去探寻和揭开所谓西藏是旅游禁地的神秘面纱；作为一名诗人，我有义务和责任去采掘和述说西藏那特殊的人文与生态环境；作为一介官员，我有义务和责任去了解和感受我们援藏干部的不凡精神和生存状态。于是，就有了2005年6月10日至19日的西藏之行。

一、神圣的向往

"西藏"两个字早已蜚声中外。神秘而又圣洁的西藏，以其巨大的诱惑力和穿透力，影响着无数人的心海。踏上这块圣地，去感受她所带来的心灵的锻炼与生命的升华，已是许多人的神圣期盼。这个愿望，也在我的心中埋藏了很久很久。

知道西藏，是20世纪60年代的事儿了。大概是1965年吧，有一次县里的文艺轻骑队送戏下乡在我们家乡的祠堂里演出，其中一个节目是男女声表演唱《看看拉萨新面貌》；后来，又看到了一个叫《洗衣舞》的歌舞。那特别的旋律、特别的服装、特别的舞蹈，在我小小的心灵里留下了不可磨灭的印象，也带给我一种朦胧的向往。随着年龄的增长，特别是读了大学以后，小时候的感觉加上对西藏的逐步了解，去西藏便成为我心中一个神圣的梦想。我是多么期望能走进这块神奇的土地，去探究它的奥秘、领略它的伟大、感受它所带来的心灵撞击与洗礼啊！神秘的西藏就像一条雪白的哈达，常常萦绕在我的心中，常常牵动着我的思绪。记得曾经多少次地希望能到这个神秘的地方去走一走、看一看，前几年，我在珠海当区委书记的时候，甚至还曾经两次筹划去西藏看望本地到西藏当兵的战士们，却总未能如愿。主要原因是时间上确实安排不了，但也许还有一个因素在隐隐起作用——每当我说起要去西藏的事后，总会有一些人关切地说：要慎重啊，要慎重啊！听到这些劝告，觉得心中的向往反而越发急迫，对生于斯长于斯的西藏人也越发敬佩了。近几年，我有幸几次参与接待原西藏自治区主席、现全国人大常委会副委员长热地同志，他那从一个农奴到国家领导人的传奇人生，更增添了我对西藏的神往。尤其是这些年陆续接触到了一些援藏的广东干部，交流之中，对他们的精神和行动的感动与佩服之情油然而生。他们那黝黑的脸庞上，写满了高原生活的艰苦；他们那自豪的神情中，显现出不屈不挠的精神；他们那动情的话语里，荡漾着撩人的异域风情；他们那依恋的眼神中，流露出西藏的不凡魅力。从这个时候开始，已经不仅仅是我自己在神往西藏了，而是西藏有一种说不出的东西在召唤着我，要我去贴近她、感受她，去与她对话、与她交流，让我融进她的土地里，或者让她融进我的生命中。

与援藏干部交流当然少不了喝酒。觥筹交错间，他们每每以藏族人那种特有的智慧和直率告诉我哲理般的话——只有到了西藏，你才会真正理解到天空之高、大地之广、道路之长，你才会真正从心里感到生命的宝贵、精神的肃穆、心灵的高远。更有一位援藏的朋友紧紧拥抱着我蛊惑我说，为什么那么害怕西藏？生命不是拿来享受的，生命是用来飞翔的。来吧，到西藏来吧，到了西藏，你才能真正成为你生命的主宰！这个时候，我是整个人让他给感化了。酒酣情醉之中，和着四十年的神往之情，一首回肠荡气、豪情激越的诗歌《西藏》从心中喷涌而出：

你的天好高好高——/再伟岸的野心/也遥不可及/只有最纯净的灵魂/才能触摸到/你神秘的云端//你的地好大好大——/再宽广的欲望/也盖不过你/只有最谦虚的胸怀/才能融会到/你神奇的土层//你的路好长好长——/再矫健的步伐/也走不到头/只有最虔诚的膜拜/才能亲近到/你神圣的征程//啊，西藏——/一个不老的童话/一个永恒的梦幻……

今天，深藏于心四十年的梦想终于实现了，一只生命之鹰，终于可以在西藏的天地间展翅飞翔了。更壮观的是，这一次我们是九个人一起去西藏的——啊，明天，就是从明天开始，在西藏那美丽的天空上，人们就会看得到九只新的雄鹰自由翱翔的身影了。

祝福我们吧，西藏，我们来了！

二、百里峡谷行

目前去西藏除了走青藏公路和川藏公路外，还有两条航线，多数人选择坐飞机到拉萨，然后再转去其他地方，而我们选择从成都这个西藏的"门槛"坐飞机到昌都邦达机场。邦达机场是世界上海拔最高的机场，海拔达四千三百多米。一进入西藏的土地，我们就看到了我们南方人平时根本看不到的景色：天空是那的明净、清澈；阳光是最纯粹的阳光，白云是最纯粹的白云；而望不到边的崇山峻岭上那连绵的初雪，则好像是一条条雪白的哈达。一走下舷机，在欢迎的人群中，最引人注目的是康巴汉子那特别的笑容——在黑黑的脸庞中，那无遮无掩的笑容好像西藏的阳光一样灿烂，让你不由得怦然心动。

我们的第一站是林芝地区的察隅县。从机场到察隅大概需要十个小时，要经过海拔四千八百多米的德姆拉山。开头走的是路陡弯急的盘山公路。虽然山路很险，又是第一次走进海拔那么高的高原，但由于景色非常美丽，大家非但毫无恐惧，反而心情十分舒畅，年轻人更是欢呼雀跃。车子前行几十公里后，多数人还是一样的精神抖擞，只有三两个团友有一点点高原反应，或是有些头疼，或是有点气急、胸闷、想作呕，但过了大概一两个小时，就都没有什么问题了。这时候，有诗人情怀的团友告诉我们，那一座座的高山，静如处子，像一个个打坐的和尚；一朵朵的白云，竟然纹丝不动地浮在天空上，更像一个个修炼深厚的高僧。大家仔细看去，都说还真有点像那么回事儿呢。

路上要经过著名的怒江。真是名不虚传，和它的名字一样，怒江总是翻滚着、奔腾着、咆哮着，从没有一刻的安静，一直显示出高原那典型的雄性。两岸是险峻的峭壁，像是在为怒江护卫，又像是在肃穆地对怒江行注目礼。正想着原来高原就是这个样子的时候，进入林芝地带的我们突然目瞪口呆起来。在我们的眼前，竟然不断叠印出只有江南才有的景色：满眼的绿意，满眼的葱茏；一片片高大苍翠的松林，一簇簇五彩斑斓的花草；还有那波光潋滟的大大的然乌湖。要不是我们近三个小时车程颠簸在峡谷中，要不是两岸的山巅有一处处的皑皑初雪，我们谁也不敢相信自己是身处西藏高原之上！其实，如果你细心地留意一下，就会发现这里的树木花草与江南的相比都有一个明显的不同——雄性，就连那柔情婀娜的杨柳树，它的树干和枝丫也比南方的杨柳沧桑粗壮得多。

四辆越野车在狭小弯曲而坎坷的土路上颠簸了十个小时，先后接受了古玉乡和察隅县的献酒、献哈达的藏式礼仪后，我们终于来到了有西藏"小江南"之称的察隅县。

三、边境探秘游

到达察隅的第二天，我们一行驱车前往下察隅。下察隅与印度交界，是重要的边境区域。

说察隅是西藏的"小江南"，确实一点都不夸张。越往下察隅走，海拔就越低，"江南"的味道就越浓厚。最让人印象深刻的是这里的原始森林，森林里最多的是那望不到边的高大挺拔的松树。而这里几乎生长着江南所有的植物，一些地方还可以栽种水稻、花生呢。更让人惊讶的是，我们还在山边发现了只有热带、亚热带才有的野香蕉！野生动物也很多，据说有时候还可以看到黑熊。

我们顺着美丽的察隅河一直往下游走。察隅河是一条边境河，河水湍急地流向印度的北方。两个多小时后，我们来到了中印边界。站在大山的这边，我们用肉眼就可以看到边境对面的民房和印度的教堂，如果用望远镜看，印度边境的情景就更加清楚了。由于目前中印的关系较稳定，边境显得格外宁静。站在这优美安定的大山之中，你根本想象不到四十多年前，这里曾经发生过一场不小的战争。如果全世界的边境永远都像眼前的中印边境一样和平安详，那该多好啊！

我们今天最重要的节目，是要去探访一个神秘的地方——僜人村。这是我们国家目前唯一的一个仍未识定民族的部落。僜人村只有一千四百多人，以前居住非常分散，这些年由政府投资建起了新村，让僜人们集中住在一起。僜人最大的特点是女人们的双耳都要戴上大大的耳环，额头则戴上镂花的银饰。我们来到僜人村的时候，正是农忙，人们大多出工去了。更不巧的是，一个山头发生了山火，村主任也带着年轻人去扑救山火了，村里只留下一些老人和小孩，还有几个在民族文化村负责接待工作的人员。村庄建在半山腰上，全都是木屋，很有特色。村民们给我们端上了糯米酒、手抓饭，还有最有特色的烧鸡，席间自然少不了要唱歌敬酒，和藏族的风俗有些相似。饭后，扑救山火的村主任阿鲁松才回来。阿鲁松可是个很有名气的人物，他曾是西藏自治区政协委员，据说是全国唯一一个可以带着腰刀乘飞机的人，也是唯一一个可以带刀进入北京人民大会堂参加会议的人。阿鲁松文化水平不高，但却懂得很多知识，说话幽默风趣而富有哲理，还透出一点儿狡黠。他不仅普通话说得好，而且还可以讲上几句十分地道的英语。剃着光头，敦实的身材，腰间挎着一把两尺长的腰刀，在我们面前专门换上民族服装后，更让人一看到他就觉得是个开心果。

　　僜人已经引起社会的注意，近几年来一些人类学家和社会学家专门到这里做了不少的研究。我们正在吃午饭的时候，竟然还进来了一个风尘仆仆的女孩子，她是来自上海的女大学生，已经在西藏独自走了一个多月，今天是专门来僜人村搞社会调查的。这个"独行侠"的到来，不仅为这个本来就显得神秘的部落增加了更多的神秘，而且为我们这个旅行团增添了不少的乐趣和话题。

四、高原"耍坝子"

　　这天，主人别出心裁地请我们参加一个大型活动——"耍坝子"。

　　"耍坝子"也叫"过林卡"，是当地藏民的一种聚会方式，每逢节假日，或者有什么大小喜事，人们大多用这种方式来庆祝。有家庭或家族式的，有三五知己式的，也有大家一同参与的，相当于现在城市里许多年轻人喜欢玩的所谓"Party"。

这次选择的"坝子"是离县城三公里外的一片大大的松林平地。高大而密集的松林遮盖出非常舒适惬意的林荫，旁边是哗哗奔腾的察隅河，有许多知名或不知名的昆虫在周围飞行爬动，各种各样的小鸟则在我们的头顶鸣叫出一曲曲动听的奏鸣曲。人们在林子里支起大大小小的帐篷，准备了许许多多的食物，有香喷喷的牦牛肉、藏猪肉，有花生、黄豆、瓜子，有各种各样的水果，更多的是酥油茶、青稞酒、葡萄酒和啤酒。随着一段粗犷动听的藏族音乐响起，一群美丽的藏族姑娘唱起了优美的歌曲，跳起了优美的民族舞蹈，人们有的和着旋律打拍子，更多的人则加入队伍手舞足蹈起来，整个坝子很快就洋溢起了欢乐的氛围。礼节性的序幕之后，大家很快就三五成群按照各自的兴趣爱好进行活动，有打扑克的，有唱歌跳舞的，有散淡聊天的，有互耍拳脚的。

因为有我们这些客人在这里，主人则将十多个人集中在一起，共同玩起了击鼓传花的游戏。这种游戏其实来源于内地，因此形式与内容是一样的，但是这里的人们玩的那种投入、那种疯狂让我们叹为观止。尤其是主持人与主人相配合的那种狡猾而丝毫不露马脚的默契，更是让你佩服得五体投地。只要主人一个眼神，主持人虽然蒙着眼睛，但就是大都可以当"花"传到我们这些客人手上的时候，"鼓"就恰好停了，我们只好无奈地笑着把姑娘们斟上的酒喝掉。不能喝酒的，就唱一首歌，或是跳一个舞，也可以讲一个故事或笑话代替。喝的酒多了，一些年轻的团友才觉察出这里面有"阴谋"，于是就变着法子尽量将"花"传到主人们的手里，后来自己确实抵挡不住了，只好耍起赖来，一定要其中一个主人一起喝酒。主人们的酒量大得很，肚量也大得很，竟然从不推辞，好像总是嫌喝不够似的，一端碗就将酒倒下去了。人们说高原有多高酒量就有多大，真是不假。那天我们都比平时多喝了不知多少倍的啤酒，而主人们就更是厉害了，据统计，一般人都喝了半打以上，多的据说竟然喝了两打多！整个坝子里都是半醉的人，歌声、笑声、打闹声不断，有几个人好像觉得松树林也醉了，竟然紧紧抱着松树对饮起来，让姑娘们笑得直不起腰。"Party"一直持续到晚上八点多钟，人们才依依不舍地酩酊散去。这一天，我们是真真正正领略了西藏人的热情和豪放。

　　回到酒店，朦胧的酒意还氤氲不绝，脑海里总是不断浮现这两天美好而特殊的经历和情景。我和衣半躺在床上，摸出手机，半个小时后，一首歌词《美丽的察隅》就向几个报刊的编辑发出去了：

　　在那可爱的西藏高原/有一片神奇的土地/德木拉耸起了高高的脊梁/清水河流出了生命的旋律/这就是我们神奇的家乡啊/这就是我们美丽的察隅//在那可爱的西藏高原/有一片绿色的土地/大森林孕育出高原的江南/四季都收获着丰硕的果实/这就是我们绿色的家乡啊/这就是我们美丽的察隅//在那可爱的西藏高原/有一片温暖的土地/人们都那样的勤劳和勇敢/到处都洋溢着欢声和笑语/这就是我们温暖的家乡啊/这就是我们美丽的察隅。

五、路过"香巴拉"

　　"香巴拉"是西藏古老传说中的极乐世界，有点像"世外桃源"和"香格里拉"。在从察隅到林芝八一镇的路上，我们更深切地感受到了西藏的神秘和圣洁，她的天之高远、水之静谧、山之神圣、人之虔诚，勾勒出西藏人的梦中家园——香巴拉。

从察隅出发到八一镇，需要走十二三个小时。首先要经过美丽的然乌湖。我们几乎是紧贴着然乌湖边走，湖中的倒影非常清晰，路上的汽车好像一直在湖里跑；而因为两岸的冰川、雪山、树林的倒影，汽车又似乎在一虚一实的山与湖之间行走。湖水是那样的平静，几乎是一张画，如果不是偶尔一两只鸟儿飞过，如果不是它们在水中嬉戏而划破水面的宁静，我们真不敢相信这是真实的景色。大自然的雄浑、壮观、优美、宁静、协调在这天色、水色、山色的默契中，就这样不期然地潜入了我们的性灵。

过了然乌湖，就进入了川藏公路中昌都与林芝的交界路段。与这一段道路相比，昌都往察隅的路面较宽敞，级别也高一些，但同样基本上都是在高峻的峡谷悬崖上走，更危险的是，这一段道路是世界上四大泥石流多发地段之一，许多人都视为畏途。一路上我们还可以看到几个地方前段时间下大雨造成的泥石流的痕迹。不少的路段，同车的女同胞根本不敢睁眼往下看，干脆闭起眼睛睡大觉。然而越是危险的地方，景色就越是特别、越是美丽，正所谓十里不同天，一山见四季，当男同胞为那些美景欢呼的时候，她们又都胆战心惊地睁开眼睛往外看，但随即又惊叫一声把眼睛给闭上了。只见车头正在悬崖的顶上，下面是百丈深渊，对面山上一泓瀑布似乎是从天而降，雪白的水珠，几乎就要打在汽车的挡风玻璃上了。心悸之余，更多的是惊叹——多么壮观！

沿途见到的车辆很少，而且多是运输车，很难见得到旅游车和旅游者。但令我们十分惊喜的是，我们开始发现朝圣者了！有单个人的，也有几个人一起的。穿着很简便，几乎没有行囊，手上戴着摩擦得比衣衫还沧桑的皮套，一路向西匍匐叩拜，那种专注、那份虔诚，确实让我们震撼不已。

一路上，除了道路比较隔险峻外，景色还是林芝地区那典型的"不是江南胜江南"的特点：蓝天、冰川、雪山、树林、江水、瀑布、牛羊……我们虽然是在海拔三千多米的峡谷上走，却基本没有缺氧的感觉，反倒有点在家乡广东境内旅行的感觉。就这样一直颠簸了十多个小时，正当我们昏昏欲睡的时候，司机突然把我们叫醒了——原来是到了远眺南迦巴瓦峰的最好地段了。南迦巴瓦峰意为"直刺天空的长矛"，是藏东南著名的神山之一，海拔7782米，高度虽仅列世界第15位，但有冰山之父的美称，且以其变幻莫测的气候和复杂险峻的山体结构而鲜有人敢去征服它，目前只有中日联合登山队在1992年上过山顶一次。它常年云雾缭绕，极少露出真面孔。我们专门停下车来，虔诚地祈祷能看到它美丽而神秘的面容。只可惜等了良久，它那头顶上的几朵白云还是紧紧地贴着不肯散去。无奈之下，我们只好失望地上车离开。刚刚走了一会儿，两个女团友突然同时惊叫起来，我们以为又是看到了什么惊险的镜头呢，原来是围绕在南迦巴瓦峰山顶的云朵竟奇迹般散开了。夕阳下的山峰金光灿灿，在蓝天中显得那样辉煌、那样神圣，我们全都惊呆了，而等到回过神来拍照时，那几朵白云却又慢慢地回到原位，让两个女同胞急得直跺脚。

傍晚时分，我们终于来到了林芝地区行政中心——八一镇。让我们根本没想到的是，古称工布的林芝，它的首府竟然是那么年轻、现代。这个不到20万人口的城市是从1986年才开始兴建的，规划得很好，基本没有高楼，树木郁郁葱葱，一条长长的尼洋河在城边缓缓流过，衬托得八一镇更加美丽、宁静。

因为时间的缘故，第二天我们只游览了八一镇附近的古柏保护区。这里的雅鲁藏布江柏木是西藏的特有品种，属国家二级保护植物，其中一棵最大的柏树王，胸径18米，树龄2500年以上，数中华之最。当地藏民把它当作神树来朝拜，树枝上挂满了五彩的风马幡，在微风的吹拂下，好像一段段飘动的彩虹，煞是好看。

我们在林芝只停留了一天的时间，大家都觉得很遗憾。因为我们知道这里有着全世界最长的峡谷雅鲁藏布江峡谷，有全国唯一没有开通公路的一个县——墨脱县——佛教净身圣地和世外桃源，还有古老而纯朴的少数民族——门巴族、珞巴族……我们还知道权威人士推荐的《人一生要去的50个地方》中，赫然写有林芝的名字，知道一个叫麦克尔·阿卜杜拉的外国人曾经这样说过："林芝是经得起细看的地方，风景总是在流动不歇，人文内涵更需要以年为单位的时间才捉摸得透。"我们更知道西藏古老传说中的极乐世界、梦境中的家园"香巴拉"，据说就是在这个美丽地方的神秘深处！

六、神游"日光城"

从林芝八一镇到拉萨，走的还是川藏公路。这里的路比昌都和察隅到林芝的路好走多了，但海拔也高了许多，要翻过海拔5020米的米拉山。越往前走，绿色就越少，然而在尼洋河两边长长的峡谷中，却十分顽强地保持着不间断的绿地，有一些地方还是不小的草原呢。毕竟是渐次走向藏北了，放眼望去，多是没有树木花草的高山，险峻得让人敬畏，沧桑得让人崇拜。如果说林芝地区是一个盛装的柔美女人的话，那拉萨这些藏北地区就是十足的阳刚男子汉了。

我们在拉萨市活动了两天。人们都说拉萨离太阳最近，所以是"日光城"。拉萨在藏文中为"圣地"或"佛地"之意。确实名副其实，一进入拉萨，一种"佛"意就直向你所有的感官浸润而来，不管是看到的，还是听到的，无论是触摸到的，还是感到的，都似乎与"佛"有关。最震撼人心的，当然是那高耸入云的布达拉宫了。在我的感觉中，那雄踞中间的红宫，就像是西藏高原的太阳，而两旁的白宫，则是萦绕其间的两朵白云，一阴一阳，一刚一柔，在湛蓝的晴空下，显得是那么鲜明、强烈，又是那么协调、和谐。沿着高高的红山和圆圆的城郭，在一条长长的转经道上，永远是顺着时针方向行走的络绎不绝的朝拜人流，好像是一群群永不疲倦的候鸟，成群结队地围绕着布达拉宫飞翔，十分庄严壮观。

如果又将布达拉宫比喻为月亮的话，那大昭寺、小昭寺就是两个亮丽的星星了。这确实是再确切不过的比喻。大、小昭寺分别是为了迎娶尼泊尔公主和文成公主而建造的，都与美丽的女人有关。与布达拉宫的粗犷豪放完全不同，大、小昭寺在适当保留了松赞干布时期的主体建筑风格外，更兼具了浓厚的尼泊尔和唐代的味道，线条丰满而流畅，色彩富丽而堂皇。

围绕着大昭寺的，就是著名的八廓街了。它位于古城拉萨的中心，是拉萨市保持得最完整的古街道，是拉萨的宗教、经济、文化、民族手工业以至西藏的风土人情的集结地。八廓街呈圆形，仿佛是一座巨大的时钟，辉煌壮丽的大昭寺就在它的中轴。而在我看来，八廓街其实是大、小昭寺的长长的裙裾和美丽的佩带。自古以来，八廓街都是藏传佛教信徒朝拜大昭寺内的释迦牟尼像的转经的最主要的线路，直至今天，同样还是每天都可以看见许多磕着三步等身长头的信徒来到这里虔诚朝拜佛祖。今天的八廓街已经成为拉萨一条最繁华的商业街，大、小昭寺多样的建筑风格，虔诚朝拜的信徒，琳琅满目的手工艺品，各种各样的中外游客，此起彼伏的叫卖声，弥漫在空中的藏香、酥油茶和各类食物的阵阵香味，使得这里显得既古老又现代，既神秘又开放，总是让人们在这里流连忘返、乐不思蜀。

晚上，一边欣赏一场原汁原味的大型西藏歌舞表演，一边整理一天的所见所闻所感，一边写出了一首《布达拉宫》：

（一）巍峨耸立的红宫/是西藏高原的太阳——/高高的金塔红墙啊/给藏民的心中/照耀着永恒的灿烂的光芒//雄伟壮观的白宫/是西藏高原的云朵——/高高的银色白墙/为藏民的心中/唱出了圣洁的生命的赞歌。（二）抚摸着一段段斑驳的城墙/凝视着一个个辉煌的宫殿/我的思绪啊/好像一下子/接通了历史的时空——//经历了千年的风雨雷电/你灯火不灭、转轮不停/经历了千年的乱世沧桑/你朝拜不断、圣光永恒……

七、纳木错之梦

你是最高大的母亲——/站在四千七百多米的高原之上/俯视大地//你是最宽厚的母亲——/躺在一千九百平方公里的湖中/滋润藏北//遥远的雪山/是你巍峨的头颅/好像正在述说/远古的历史//草原的牛羊/是你繁茂的子民/好像正在叩拜/无私的养育//拍岸的波浪/是你亲切的絮叨/好像正在重复/昨天的叮咛//飞翔的鸥鹰/是你忠实的信使/好像正在传送/明天的梦想//啊，纳木错/你亘古不变地繁衍着/这辽阔的西藏/我们该怎样回报/你永恒的情爱//你默默无言地守护着/这壮美的高原/我们该如何答谢/你浩荡的母恩。

以上是这次西藏之行最后一站所写的诗歌《纳木错——高原之母》。这天天还未亮，大概凌晨5点钟的样子吧，我们带上干粮就上路了。走的是藏北方向的青藏公路，要走五个多小时，还要翻过海拔5200多米的那根拉山口。

纳木错藏语为"天湖"，湖面海拔4718米，东西长70多公里，南北宽30多公里，总面积1900多平方公里，是我国第二大咸水湖，也是世界上海拔最高的咸水湖。作为西藏著名的佛教圣地，纳木错也同样有着非常动人的故事。传说纳木错是释帝的女儿，是永宁地母12尊之一多吉贡扎玛的依所，故为地域神。又说"上冈底斯为佛身之地，中纳木错是佛语之地，下札日山为佛意之地"。自古到今，这里一直没有间断过朝圣的香客。而西藏的湖与人一样都是有生肖的，纳木错属羊，因此藏历羊年转山转湖的香客更是络绎不绝。据传在羊年转湖念经一次，胜过平时朝礼转湖念经十万次，其福无量。

人们对纳木错湖各有各的说法，其实是因为在不同的季节、不同的天气下，纳木错湖就会呈现出不同的样子，或矜持纯净、圣洁出尘，或高巍遥远、神秘莫测，或空旷寂静、诡异不端。而我们今天见到的纳木错湖，确是有生以来见到的最美丽、最洁净、最震撼心灵的湖！藏民和导游都告诉我们，一年中看见这种景象的机会并不多——感谢佛祖，我们的运气真好！看啊，湖水是那样的浩渺，是那样的湛蓝，在灿烂的阳光下，熠熠发亮，好像是浮在草原之上的一块巨大的液体翡翠；远处是高耸入云、终年积雪的念青唐古拉山，像一位沉静而睿智的老人，默默地看护着广袤的湖水和草原；一群群嬉戏的鸥鹰在湖面上上下翻飞，呦呦的叫声和着哗哗拍岸的波浪，给眼前脱世绝尘的宁静平和增添了一种怡人的动感与氛围。

凝视着纳木错这让人返老还童的绝世尤物，感受着这让人魂牵梦萦的旷世美景，我好像一下子回到了童年时代，迅疾地拾起几个扁扁的小石子，向湖里打出了一串串银色的"水漂漂"。这时候，我的身心似乎整个儿融化进纳木错湖之中了，《纳木错——高原之母》中那一串串的诗句也从心里流泻而出。

八、永远的西藏

说到这里，是时候回到本文开头的"题记"上来了。

以一个公民的名义，我和我的团友们以自己的亲身切入，揭开了所谓西藏是旅游禁地的神秘面纱。在这里我要告诉大家一个真实的西藏。高原和高海拔并不是到西藏最大的障碍，只要你没有心脏和脑血管方面的疾病，没有严重的呼吸系统疾病，绝大多数人都可以承受这里的高原反应，一般也只是觉得气紧一些而已，稍微重一点的，也就是在海拔3500米以上的地方可能会觉得头晕、胸闷、作呕，但过了三两个小时就自然会恢复正常。我们这次到达的最高海拔是5200多米，除了需要跑前跑后做后勤服务的两三个青年人有一点反应外，多数人都基本没有什么大的反应。九天的时间，我们都很顺利地过来了，甚至还不断打破领队兼导游的"老西藏"的许多忠告和禁忌，比如不要冲凉啦，不要洗头啦，不要喝酒啦，等等。刚进藏的第一碗满满的青稞酒，我们多数人就严格按照藏族的酒规三口一碗地一饮而尽，据说如果不是这样就对不起西藏呢。从到西藏的第一个晚上开始，我们非但没有禁酒、限酒，反而还比在广东喝得更加厉害，几乎是彻底放开来了。到拉萨的第二个晚上，在当地的欢迎会上，一些团友开怀畅饮。第二天早上一起来还说睡得特别香！随队医生则总是劝我不要在西藏写文章，因为这里的脑耗氧量是内地的四倍，容易引发高原反应，但我仍一直坚持每天写一千字左右，一路下来竟然写了一万多字，也不见得有什么问题。据西藏的朋友们说，我们一行之所以那么顺利圆满，大概有三大原因。一是身体素质棒，平时比较注意锻炼身体，肺活量较大；二是心理素质好，除了心平气和，还对西藏充满了真诚的向往；三是选择的旅行线路对，先到海拔低的地方，逐步适应后再往海拔高的地方走。当然，千万不要以为有这几条就可以麻痹大意了，如果休息不当、活动不当，也可能会出问题的。如果真的出现了问题，千万不要紧张。许多人的问题其实并不是出在身体上，而是出在心理上，心里一紧张，身体的机能就会紊乱，就会带来一系列问题，否则是不会有什么大事的。这些经验，笔者愿意无偿奉献给有志去西藏的人们。

在我们看来，对西藏的恐惧是毫无道理的，西藏的高原反应问题，是被人们以偏概全、以点代面给误解和夸大了。竟然有人还把西藏说成是生命的禁区，与其说这是危言耸听，倒不如说这是对西藏的亵渎。反过来说，西藏是从本质的意义上渲染了生命的顽强、生命的坚韧、生命的意义。因此，我们完全可以这样说，西藏是旅游的胜地、人文的圣地、生命的高地，是人的一生必须去，也是完全可以去的地方。这就是我要告诉大家的一个真实的西藏。

以一个诗人的名义，我对西藏那特殊而神秘的人文和原生态的环境有了切身的体会。西藏，以她的特殊文化而让人无限神往。永远捻着佛珠的喇嘛，永远转着摩尼轮的老人，风尘仆仆磕着长头而来的朝圣者，平实祥和地晒着太阳、喝着酥油茶悠闲生活的藏民们，构成了一幅安定而轻松的社会生态风情画；西藏，以她的壮丽秀美而让人永远留恋。明媚的太阳下古朴神秘的寺庙，高高的雪山下滚滚流淌的江水，透明的空气下安详纯洁的眼神，冷峻雄浑的藏北，柔媚肥沃的藏南，构成了一幅原始而现代的自然生态风情画；西藏，以她是永恒家园而让人魂牵梦萦。正如李立伟先生在《人一生要去的50个地方》中所说，来到西藏的人，都有一种感觉，它让你的心灵如在故乡般和煦、熨帖。高原明净的阳光和空气，涤荡了你所有的心事和怅惘。无论你穿着汉服还是藏服，在这里都被还原为原初之子。这里既是异乡又是故乡，满足人们所有归来和出走的愿望。归来，是因为疲惫；出走，是以为安逸。这是一个可以一生重复的旅程，人在，旅程在，西藏在。在西藏的时候，我常常反思，有那么一段时间，我们曾经怎样地留恋于"与天斗，其乐无穷"，结果却斗来了更多的天灾；曾经怎样地沉迷于"与地斗，其乐无穷"，结果却斗来了更多的地患；曾经怎样地陶醉于"与人斗，其乐无穷"，结果却斗来了更多的人祸——人的心态、自然的生态被蹂躏成了什么样子！就这样走着、看着、想着、写着，潜移默化间使身体得到了一次洗礼，心灵得到了一次净化，人生得到了一次历练，生命得到了一次真正的升华。

以一个官员的名义，我真实地触摸到了我们的援藏干部的精神与心跳，以及他们的生存状态。这里首先要感谢珠海中富集团，有了他们对西藏和援藏干部的真心关爱和付诸行动的支持，慷慨解囊为察隅县的建设捐资，我们才下定决心成行。其次要感谢我们尊敬的援藏干部。正是他们彻底地引起了我们进藏的好奇心。试想一想，一般人一说到西藏就觉得可怕，认为那是一个禁地，何况要到那里去生活、去工作三年时间！要告别熟悉的岗位、告别温暖的家庭、告别舒适的生活，去到一个陌生的地方、一个无亲无故的地方、一个艰苦而又可能有生命危险的地方，这需要一种怎样的精神、一种怎样的决心、一种怎样的抱负和志向啊！对比之下，那些视西藏为畏途、视西藏为禁地的人，显得是多么卑微、多么可笑、多么养尊处优！

我们的援藏干部，一律的精神抖擞、谈笑风生。其实，他们并不是一开始都能适应高原气候的，而是靠一种精神在支撑着。也有个别人一到拉萨就病倒了，要到医院去打点滴，但一等到病情好转，就马上赶到驻地开展工作。让我们更加感动和敬佩的，是接受任务去墨脱县任职的援藏干部。墨脱是全国目前唯一没有开通公路的县，并不是技术和资金问题，而是因为这里是全世界四大泥石流多发地区之一，随时随地都会发生泥石流，总是通了塌，塌了再开通。这样，要进入墨脱县就只能徒步，翻山越岭要走三天两夜，陡峭危险自不必说，还不知道什么时候、什么地方会遇上泥石流，还会遇到各种野兽，包括黑熊。援藏干部们除了要做好分管的工作之外，一个重要的任务，就是千方百计找资金、找项目，几乎需要长期在那危机四伏的峡谷中颠簸，在那空气稀薄的高原上行走。我在这里不想过多地去渲染援藏干部们所面对的困难和危险——他们中有的人甚至还为西藏的建设献出了宝贵的生命。有志于去援藏的年轻人，建议找到广东省拍摄的一个专题电视片《雪域丹心》看一看，或者上网看一看一个曾经援藏的湖南人陈德平个人出资办的全国唯一的"援藏网"，一定会让你深深感动，一定会让你受到不少启迪。

　　我们的援藏干部，一律的都政绩赫赫、成果斐然。一路上，我们都很清楚地看到，凡是有援藏干部的地方，变化和进步都很快。一条条道路修出来了，一个个学校盖起来了，一座座桥梁架起来了，一幢幢住房建起来了；失学的孩子回到学校读书了，缺医少药的藏民有医疗保障了，多年的水患兽患给整治住了……不少地方甚至比广东一些落后地区的变化还要大。怪不得我们的援藏干部那么有口碑、那么受欢迎，到处都能听得到藏民们亲切而自豪地称他们是高原的雄鹰。为此，也因着这一段时间对援藏干部发自内心的敬佩之情，我写出了《高原雄鹰——致援藏干部》一诗：

　　离开了温馨的家庭/告别了可爱的家乡/你变成一只矫健的雄鹰/在西藏高原辽阔的天空/振翅翱翔//虽然没有文成公主和亲的困苦/虽然没有昭君出塞的孤寂悲壮/你的心灵/却如同布达拉宫上空的阳光般辉煌/你的精神却如同高山上的白雪般纯洁和高尚//早已习惯了糌粑的粗糙朴实/早已习惯了酥油的特殊芳香/而奔涌的血液/已经深深融进/西藏那热切的心房/滋润这大地越来越肥沃/滋

润那牛羊越来越肥壮//已是一个标准的西藏人——/你有高原人那爽朗的话腔/已是一个典型的高原人——/你有西藏人那黝黑的脸膛/你是一个永远的西藏高原人啊——/走过的山路变成了康庄大道/走过的山村一天天奔向希望//飞翔吧,高原的雄鹰!/愿你生命的飞翔/永远像珠穆朗玛峰一样崇高昂扬/愿你生命的飞翔/永远像雅鲁藏布江一样源远流长。

时间过得真快,九天的西藏之行,眨眼间就结束了。然而,我却一直还处于一种莫名其妙的亢奋之中,处于一种半醉半醒的梦幻之中。我想,我与西藏是没有离别的,我与西藏是没有距离的,我与西藏是没有结束的。西藏,已经融进我的血液里,已经融进我的记忆里,成为我生命的一部分,成为我永恒的梦幻、永恒的期待、永恒的向往。

啊,西藏,我心中的西藏、我永远的西藏啊!

英伦G大调

　　题记：2005年9月20日至12月16日，我有幸参加了广东省第七期高级公务员公共行政管理专题研修班，前两个月在中山大学培训，11月13日至12月7日则在英国牛津大学上课，我们戏称为"牛七班"或"牛G班"。虽然因为工作的关系，以往我出国的机会还是比较多，但这一次却是人生难得的机会、还可能是唯一的机会。因此，除了认真听课并写了一万多字的学习笔记之外，我还尝试用仿古体诗的形式写了《牛津仿古诗》共21首；用这种体裁表现国外生活，并不多见，我自己在写作的时候也觉得很具挑战性。同时，坚持将自己的一些心得，主要是课外活动的感想写下来并形成了散记《英伦G大调》。最后一个星期安排的英国文化之旅，则按照自己以往的做法写了现代诗《英伦好个冬》。于是，就形成了这个集几种文体于一身的《留在英伦的记忆》。就文学来说，它的价值也许并不大，然而其涉及的内容应该还是有一定的社会意义的，最少也会给没有接触过这些内容的人们一些有益的参考；再退一步说，对自己本身也应该是一种很好的回忆呢。

序诗：

七言诗·G大调

"七"是我们的幸运码，
"G"是我们的幸运号。

我们是中大的"七言诗"——
孙中山给了我们博爱情怀，
康乐园给了我们唐宋风骚。

我们是牛津的"G大调"——
泰晤士给了我们悠扬韵律，
英吉利给了我们澎湃大潮。

我们是华夏的"七言诗"——
我们有万里长城金戈铁马，
我们有长江黄河波浪滔滔。

我们是英伦的"G大调"——

第五辑

273

> 我们有苏格兰的古老乐典,
>
> 我们有英格兰的现代歌谣。

> 啊，美好的"七言诗"
>
> 啊，希望的"G大调"

一

　　经过12个小时的长途航行，伦敦时间早上7点20分，我们终于到达了伦敦机场。天还没有完全大亮，但看得出会是个好天气。到目前为止，我和大家的情况都很好。从在飞机上开始，我的表现就十分优秀——在座位上坐下来后持续8个小时，而旁边两位同学却起来走动了好多次，他们说我的"坐功"了得。其实适应力比较强是一个方面，而我坐在舷窗旁，加上身体不高不胖也是重要因素。

　　刚到的那天天气确实很好，开始时有比较大的雾，但从早上8点开始就阳光灿烂了，英国人说是我们带来的，当然这是客气话。但是第二天就不同了，天下起了毛毛雨。气温却还是很适宜的，在七八摄氏度。吃的东西，我是很习惯的，相信大多数人也习惯。时差已经基本调整过来了，然而我却意外得了急性肠胃炎，大概是在飞机上吃的东西出了问题，弄得我在牛津的荣誉市长接见时也迟到了。咳，好狼狈！这一天我穿上了特意带来的中山装，没想到竟引起了几近明星般的关注，这多少减少了我的尴尬。英国人表现出的那种对孙中山先生的了解和崇敬，更让我感到无比的自豪和骄傲。

　　牛津是一个城市的概念，是一个大社区的概念，但并不是我们印象中的那种现代化大都市，城市的建筑较古老，也没有高层建筑，大多是5层以下。英国人对历史及建筑的保护与传承真是做到了极致。

看得出来牛津大学的准备工作还是很充分的。住的地方很方便舒适，是酒店式的公寓；我们就读的继续教育学院坐落在一个不大不小的大院中，显得温文尔雅；课程设置与教师也很好，昨天给我们讲英国宪法的是该国的首席宪法专家、英女王授予终身贵族的著名学者Lord Morgan。课堂气氛很活跃、融洽，国内来的翻译们看来水平也不错。

因为我们是广东省第七期班，"7"是我们的幸运号，所以我开始尝试用仿七言诗的形式来写这一段经历的感受——似乎用七言诗这种方式来表现国外情况，还是极少的哩。碰巧的是这次我不经意带了《胡适口述自传》，胡适是反对古体文主张白话文的鼻祖，我这次借用古体诗来表达自己的感受，真好像有点讽刺意义，当然这只是巧合而已。

二

今天的天气看来不是很好，昨晚下了小雨，早上的云层很厚。想不到的是，大概上午10点钟的时候，天空却突然放晴了，与我们刚到那天一样，伦敦的上空用晴空万里来表达一点也不夸张，这与人们一直说伦敦是雾都根本挂不上号。

牛津大学继续教育学院今天安排我们去东伦敦大学学习参观。这个大学在英国并不是最有名的，我们不知道为什么要这样安排。待到达Docklands这个在美丽的泰晤士河边、用已经搬迁的大型码头与仓库改造而成的新校区，听了芭芭拉院长介绍，才知道主人用心良苦。原来这与英国申办2012年奥运会成功有关：英国已经决定在这个校区所在地建设奥林匹克中心，并作为一个新城市来开发建设；而东伦敦大学也已经在这个被称为"泰晤士盟部计划"的重大项目中成功中标了其中两个研究项目。这对于我们处于大开发、大建设时期的中国，尤其是广东地区来说，确实是很有针对性的借鉴意义。

　　"泰晤士盟部计划"是一个宏伟的工程，范围包括泰晤士河两岸四十多公里的地方，涉及大量工厂和居民的搬迁与就业、种族及其文化冲突、自然环境的保护、新城市的规划定位等问题。因此，英国在副首相办公室成立了专门机构，还在所在地分别由市长和各个区域成立相应的机构专司开发建设，更向国际社会广泛招标进行整个和各个分项目的可行性方案研究，通过公众听证等各种方式进行民意调查。

　　作为曾经参与和负责珠海市城中村改造的我来说，虽然珠海被人们称为世界城市难题的这个重大工程还是获得了成功，为全国提供了宝贵的经验，但回过头来看，特别是比照英国的做法，我觉得有许多方面仍然是非常值得反思和检讨的。

　　回程又去参观了Musumindocklands。这是一间码头展览馆，它是由原来的一个废弃的老建筑物改造而成的。这种做法在英国很普遍。这是延续人文、发展人文的一个行之有效的好办法，十分值得正处于大开发、大建设时期的我们好好学习借鉴。

三

　　天气依然很好，这几天早上起来，都会看到一层薄薄的霜，今天就厚一些了，因为气温明显下降，昨晚的气温到了零下3摄氏度，是我们到达伦敦以来最冷的一天。

　　今天要说一说我们的课程了。

　　我们学习的主题是英国的公共管理。每天安排两个至三个课题。第一课是介绍牛津大学。我印象最深的有三点：一是牛津是世界著名大学，但它并不盲目追求大规模，而是执着地追求质量；二是39个学院都基本上是综合性的大学，各自都是非常独立、独树一帜的个体；三是实行成本非常昂贵的导师制度，教授对学生是一对一的教学，重视学生的个体培养。从这三点看，也就不难领会为什么它的教育质量会那么高了。

Jim Campbell先生是我们这个班的行政领导，同时又是我们的骨干教授，他还兼任牛津市政委员会的委员，是所在地的社区主席。他在教授"英国的社会和文化趋势"课程时告诉我们，目前的英国人尤其是现任政府，总是向美国看而不向东方看，这主要是语言问题。我反驳了他的观点，我认为主要是种族问题、文化问题和经济实力问题。他愕然之后表示同意。英国对欧盟的心态非常复杂，总是不想融汇进去，眼光老是看着美国，待到自己经济发展很差的时候才迟迟加入欧共体，但目前还是没有加入欧元结构。这让我想起了日本也是这种心态，总是没有亚洲认同感，总是向着西方国家。我问Jim：日本也会步英国的后尘吗？他没有正面回答，只暧昧地笑了笑。Jim对英国的社会和文化确实研究得很深刻，而且有独到之处。他认为英国自1945年以来的变化总的是好的，但一个重大的隐忧是由于现代化、信息化程度的发达，人们越来越喜欢独立生活，社区意识、群体意识在下降。戴安娜事件引起的关注以及对她的悼念，体现出人们对社区关怀的呼唤与回归。

　　英国宪法首席专家Lord Morgan告诉我们，现在的英国政府越来越像美国了，尤其是布莱尔首相越来越像美国总统，他不仅想管好英国，还想管全世界。目前英国的修宪，也是在学美国的。

　　牛津市政委员会规划主任John Goddard先生告诉我们，英国的十年城市规划一般要酝酿十年才能制订出来，他以牛津"西门购物中心"项目的申报过程作为例子，说明英国目前实行的规划建设审批制度的低效率，今后将进行改革。相比之下，我们的城市规划却是"效率"太高了，而且随意性太大，在工业化、城市化高潮时期这当然可以理解，但确实未免太不严肃了。在担心我们这个方面的问题时，我对英国要加快规划效率却有点担心起来：作为一个已经城市化很成熟的城市，动一土一木确实都要十分慎重，慢一些应该是没有问题的。我们考虑的是如何加快发展，英国考虑的是如何发展得更好。不过，牛津市政委员会首席执行官Caroline Bull小姐告诉我们，牛津市在2004年的综合绩效评估中排行在后面，而剑桥却在最好之列。原来是这样，怪不得牛津市着急了。

四

　　按照学习计划，每周六是由学校组织出去参观旅游，周日则由我们自行安排。考虑到这样的国外学习的机会很少，第一个周日我们选择了去观光。

　　星期六，我们前往参观丘吉尔出生的地方布伦海姆宫。丘吉尔的祖上约翰·丘吉尔因战功显赫而被安妮女王封为公爵，而丘吉尔的父亲排行第三，按英国的法律，只有长子才能继承爵位和财产、土地等，长子外的兄弟姐妹只能做平民。丘吉尔的父亲后来因有功而被封为勋爵，后代才不致沦为平民，但在财产上他们还是与布伦海姆宫毫无法律关系。丘吉尔读书时期的表现很差，最顽皮，成绩最差，后来入了军校，毕业后当了骑兵团中尉、随军记者。长期的军旅生涯对丘吉尔的人生起到了重大影响，以至他能够两次出任英国首相，并成为世界级大人物。

　　布伦海姆宫的壮观广阔，使我深深佩服英国法律的高瞻远瞩。规定只能长子继承爵位和土地、财产，避免了资源的分割，有利于生产力的发展；而丘吉尔的成长与成功，更让我看到了人的先天条件固然至关重要，但后天的努力和奋斗，也是人生成功的另一个重要途径。

　　星期天是我们到英国以来最冷的一天，长时间笼罩着浓浓的大雾，让我们开始感受到了人们口中所说的雾都伦敦的样子。当我们上午11点参观索尔兹伯里的著名巨石阵的时候，天气才开始见晴。巨石阵也叫悬石，坐落在一片荒凉广阔的草原上，据说是4800年前古人朝拜日月的原始圣坛。虽然规模比我想象的要小很多，但其布阵与布局、突兀与神秘，还是让我好像感觉到了几千年前的一颗颗巨大的陨石，正在轰轰地坠落在我的心鼓上！

午饭后我们开始在巴斯观光。巴斯是"淋浴"的意思，公元54年，罗马人控制英国时发现了这里的温泉，并在此修建了一系列的大型温泉浴池。而今虽然当时的遗址已经面目全非，但英国人还是将那些断壁残垣很好地保护利用起来，成为英国最富特色的古城之一，并成功地列入世界遗产名录。精明的英国人并不是采用重建的办法，而是能保持完整的就尽量保持，多数不能保持完整的就通过一些简易的办法让其整合连贯起来，尽量让人们有一个完整的印象。这让我想起前几年北京曾经有人提出要重建圆明园的想法是多么可笑，为什么没有人提出向巴斯的做法学习呢？

今天的导游是一个中国姑娘，她完成北京大学法律专业的学习后，在中国旅行社做了两年导游，然后到了英国念政治与国际关系研究生，刚刚毕业，被中国华商会的旅游机构招聘为文职人员。这是个性格开朗的四川姑娘，说话连珠炮似的。她给我们介绍了她在英国生活的具体情况，还就其在英国留学、生活的经验与我们做了比较深入的交流。根据她的经验，出国留学，选择专业比选择学校更为重要；如果是学成回国就业，那最好本科一毕业就出来读研究生，然后回去，否则年龄会成为一个大问题，尤其是女孩子。此外，出国前如果在国内做过一些兼职，对今后的就业很有利。她呼吁国内的家长们不要过于在意子女在读期间的打工和兼职问题，其实这在国外是很平常的事情，人们是不会歧视的。

五

又是一件我想不明白的事：今天一整天的课，学校竟把我们全体拉到了英国国防研究所来上。国防研究所在牛津城的城郊，不到一小时的车程。一眼看去，并没有什么特别之处，只是有几座没有窗子的圆拱形建筑物透出一丝神秘感。穿着军装的信息技术研究院院长给我们介绍说，研究院隶属国防部，包括了三个学院，相当于中国的国防大学，但它以培养国防事务管理专业的研究生为主，也有一些本科生，还与一些大学合作培养部分博士生。曾经有一些由中国派来的军官在这里学习。研究院有两个突出的特点：一是强调国防业与商业的合作。将国防当作一个产业来做，并且明确提出要与商业结合，这对我们来说是非常新鲜的。二是强调培养创造性思维，并把近年国家提出的创意产业的理念引了进来，由此可见其军队与国家经济发展潮流结合的紧密度之高。

　　这次安排的三节课，我实在听不出与国防研究所有什么直接的联系。第一节讲的是风险与风险管理。看得出讲师在刻意将风险与国防结合起来，特别是他自己曾经到过巴基斯坦研究海运风险问题并成果巨大、影响巨大，这一体验性案例也确实完全是国防风险管理问题，但其整个课程其实总的还是阐述重大的安全风险及其管理问题。第二节课讲课的是一个年轻的小型风险管理中介公司的总裁，他向我们介绍企业的风险管理问题，讲的都是一般的原理，照本宣科，无聊得很。第三节课讲得不错，除了以恐怖事件、疯牛症、禽流感等重大案例为标的，从政治、经济、社会的角度分析风险及其管理外，还从人文的角度做了比较独到的阐述，这让我受益不小。是的，工业化、城市化和现代化已经让人与人之间的关系变得冷漠，信息化更让人们变得空前的自闭，人性的回归、社区意识的回归，才是解决重大的政治风险、社会风险和经济风险的根本之策。

　　课后，主人带我们参观了国防研究所武器展览中的重型炮展馆。我对武器没有什么研究，但这次是参观军事展览中所看到的最多、最大型的常规性重型炮，据说其中射程最远的达到50公里。即将离开的时候，我突然发现了一门极不起眼的古炮，在一门门高大而现代的大炮之下，它黑黑的、矮矮的，匍匐在展览馆的门口。我弯下身子仔细一看，"道光二十三年造"几个字赫然映入我的眼帘。同学们似乎并没有什么反应，而我的心头却突然涌出了一种说不出来的滋味，心情也突然变得沉重起来。为了纪念这一情景，我特意坐在那门古炮上，让一位同学拍了一张照片，自己把它命名为《思》。

周一的时候老师对我们说，本周后期可能要下雪。看来是说对了，这两天，雾确实是越来越浓重了。

六

早上一开始就下起了那种雾一样的毛毛雨，这是著名而典型的伦敦雾雨，看不到、摸不着，走一段路后感觉到脸上有点润润的才恍然醒悟。一直到中午都是这个样子，心里正想着今天可能就是这样了呢，没想到中午12点多的时候，天却突然晴朗起来，变化之快让我们都有点不知所措。

大家确认不会再下雨后，相约着步行来到了泰晤士河。牛津的自然生态保护确实到了无以复加的地步，将到泰晤士河的时候，我们发现这里连滩涂都用栅栏围了起来。河水涣涣地流着，两岸都是大树、草地和许许多多的鸭子与小鸟，还可以不断见到白天鹅和小松鼠。这种景象，使我一下子好像回到了童年。30多年前，我们家乡也有这种景色。因为曾经在1993年去过意大利，在那里已经领略了同样的景象，这次我才没有那么兴奋和震撼。不过，我还是深有感触，1949年以后，就那么几十年的时间，我们却把两个"态"给大大地破坏了。一个是生态，就我们家乡，几乎将所有的森林都给砍伐完了，既吃完了祖宗饭，又断了子孙粮；二是心态，你斗我、我斗你，人与人之间的信任感丧失殆尽。这两个"态"是那样的致命，是那样的难以恢复！当然，国家近二十多年来确实发展很快，然而这两个"态"的恢复和回归，却是需要几代人的不懈努力。

　　大家正议论着著名的牛桥划艇比赛的事儿，突然传来了一阵阵的欢呼声。循声望去，原来前面正在进行划艇比赛！这真让我们喜出望外。只见两队一组、两队一组的长艇，飞一般从河中破浪而过，两岸站满了兴奋不已的啦啦队，脸上一律都画上了各队的队标，在阳光的照耀下闪闪发亮。在零下2摄氏度的气温下，学生们却穿得很单薄，特别是男女划艇队员们，更是只穿着短衣短裤，红红的脸膛、炯炯的眼神，洋溢出一种火一样的热情，从骨子里透出青春的活力和生命的张扬。划艇运动最要求团结和协作，我们看到，从起船、下水，到开出、归渡，都需要在统一的指挥下进行，八人划艇比赛就更能体现协调一致的重要性了。人们都说，划艇比赛与其说是力量的角力，倒不如说是团体的博弈，的确如此。在我看来，这项牛津与剑桥开始于1829年的比赛，它本身是一项运动，但更是一种精神、一种文化。

　　当我们最是兴高采烈且已经完全融入这种氛围的时候，突然又变天了，乌云一下子笼罩了整个天空，大风伴着阵雨，黄叶、红叶、绿叶纷纷飘下来，小时候在乡下下雨时的那种亲切的感觉又涌进了我的心头。大学生们好像已经习以为常了，一点都没有受到天气变化的影响，还是那样叫喊着、歌唱着、跑动着。虽然太阳已经被云层遮挡住了，但我却分明在学生们那生气勃勃的脸上看到了一片片灿烂的阳光。

七

　　新闻报道英格兰的北部已经下了大雪，有些地方还导致严重堵车、学校停课。我们这几天一直盼望牛津快点下雪，但盼来的只是逐渐变厚的霜和纷纷扬扬的小雨。

　　和上个周末一样，这两天我们又出去观光。

　　学校组织我们去的是温莎堡。这个有着九百多年历史的古堡，一直是英国王室的"行宫"，是世界上最大的古堡，素有"王城"之称。古堡既是多个英王的出生地、王室举行婚礼的场所，又是要犯囚禁处、王室人员的墓葬地，这让我们有些想不明白。英王每年都要来温莎堡几次，特别是每年4月英王都要在古堡里大摆筵席，邀请各界名人参加，场面十分壮观热闹。但温莎堡真正声名远播，是因为在20世纪30年代，爱德华八世为忠贞于自己的爱情，于1936年毅然摘下王冠，从一国之君降为温莎公爵，偕同爱妻住在温莎堡。这个"不爱江山爱美人"的浪漫故事，一下子使温莎堡变得闻名遐迩。我们来到的时候，看到古堡上挂的是英国国旗，说明英女王没有在这里，因为如果她来了，就会挂王室的旗帜。幸运的是，我们刚好赶上了传统的御林军上岗、换岗表演，仪式十分认真、夸张，让人看得忍俊不禁。古堡用的都是花岗岩，比中国同时期的建筑坚固得多。里面的装修与装饰，更是极尽豪华奢侈，简直难以言状、不可想象。

1992年这里曾经发生一场大火，烧掉了一小部分建筑物，王室动用500万英镑进行重造和恢复，引起了很大的争论，不少英国人颇有微词。

这个周日我们自己联系去了莎士比亚故居观光。这是一个美丽的小镇，看来这位世界一流的伟大作家当时的家境并不是很好，只是一般的商人家庭，但比我在丹麦看到的安徒生故居好一些。小镇和故居的保护和建设都管理得很不错，游客既可以看到远古的原迹，又可以看到时空的延续与演进，历史的线索历历可见。每年都有几百万名游客慕名来到这个小镇。2005年11月27日，遥远东方的一个叫丘树宏的业余文学爱好者，也姗姗来迟地来到了这里感受这位伟人已经远去而又在人们身边时刻氤氲着的气息，他在留言簿上写下了这样的字句："莎翁——一个没有时空概念的伟大英灵。"

回来的路上，我们顺便参观了华威古堡。这又是一个有着将近千年历史的古堡，军事堡垒的功能很突出，设计非常诡秘、险峻，古堡里面更显得阴森恐怖，总是让人毛骨悚然地想起曾经在这里饿死的国王，还有《呼啸山庄》《简·爱》一类有关古堡幽灵的电影。

这个星期天请的两个导游就不敢恭维了。一个是从北京来英国十多年的男子，据说还是一个作家，老油条、懒散得可以；一个是从广东外语外贸大学毕业后来这里读书的女学生，毫无导游经验可言。这其实并不要紧，但两个人早上迟到了将近一个小时，上车后却没有一句道歉的话，中午那个女导游竟然又迟到了一个小时才回到车上，与上周那个小刘相比，真是天壤之别。

八

终于盼到下雪了！

昨天下午下课后，走出课室的同学突然惊呼起来，原来是开始下雪了。只见一片片棉絮般的雪花伴着小雨轻轻地飘下来，一阵阵的，在橙色的灯光下，闪着梦幻般透明的光芒，让人的心灵一下子变得轻灵而空朦。性急的同学用手接下几片雪花，想捧着进课室去告诉同学们，谁知还没有走出两步，雪花竟然就化了，静悄悄的不见了痕迹。

这一夜大家都在想着第二天起来看雪景，然而早早地起床一看，哪里有雪的影子！地上、屋顶上还是一样铺着一层薄薄的霜。好在今天学校组织我们去伯明翰参观，汽车大概开出牛津城30公里外时，车厢里突然响起了一片欢呼声，只见广阔的郊野白雪皑皑，简直就是银色的世界；一簇簇红色、黄色、绿色相间的树木，也错落地披着银装，一群群的绵羊缓缓地吃着草；金色的太阳暖暖地照耀着，让寒冷的风景显得无比温馨、熨帖。

伯明翰是英国的第二大城市，被称为欧洲的工业之城、展览之城、文化之城、体育之城。它是英国的工业发祥地之一。18世纪，詹姆士·瓦特就在这里发明了蒸汽机。因为工业十分发达，环境污染也特别严重。20世纪70年代开始，随着伯明翰的产业，特别是制造业的转移，失业率不断提升，最高达到百分之十二，造成了非常严重的社会问题。与此同时，人们也开始关注环境污染问题。这样，城市的改造、重建和产业的调整、升级就提到了重要的议事日程上来。本着规划先行、以人为本、政府主导、市场运作的原则，大规模的城市重建拉开了序幕。经过二十多年的努力，伯明翰已经发生了翻天覆地的变化，工业成功实现了转型，除了保留原有的一些没有污染或污染比较小的制造业外，现代工业包括信息业获得了大发展；城市面貌焕然一新，尤其是在城市重建中既引入现代城市概念，又坚持人文原则，并将两者巧妙地结合起来，这样就大大促进了旅游和文化事业的发展；环境问题得到了根本改善，空气清新了，绿地多了，连污染重灾区的河水，也有了一群群鱼儿游动、一阵阵鸟儿飞翔，虽然河水还没有牛津的清澈，鱼和小鸟也没有那么多，但已经比我们国家许多城市好很多了。更可贵的是，伯明翰人还很不满足，我望着高远的蓝天，呼吸着清新的空气问陪同我们游览的市政厅官员，是不是每天的空气都是那么好？那个官员满脸惊诧地反问我，你觉得空气很好吗？原来这里的市民和环保分子对于政府的努力虽然觉得不错，但总觉得还应该做得更好一些。由此我想到，中国的城市建设，包括一些可持续发展做得比较好的城市，对比国际现代城市的建设，非但没有任何可以骄傲的成本，甚至还有一段十分漫长的路要走，真可谓是"路漫漫其修远兮"。

这时候我还想到了前几年在珠海任职香洲区委书记时所负责的城中村改造工作，虽然有不少的问题和不足，但总的做法与伯明翰差不多，达到的效果也差不多，看来还是成功的。为此，心里就又坦然了许多。

九

写到这里，这篇日记式的散记看来要结束了。在牛津的学习已经完成，明天就要开始为期五天的文化之旅。

遗憾的是这是个不够快乐的结尾。对于大家来说主要是天气问题，而我除了天气外，还有其他的因素。

先说说天气。从前天开始牛津就已经基本上看不到阳光了，整天都沉闷得很。到了昨天，情况就更加糟糕了，下午，老天爷终于给我们展示出了牛津冬天典型的阴雨天气，云层很浓重，直压得人透不过气来；雨水其实并不大，但却总是淅淅沥沥的，下起来没有个尽头。因为牛津河网丰富，街道又多而弯曲，这就使得风雨好像一个疯子似的，时大时小、时东时西地窜来窜去，这样即使你有伞用处也不大，怪不得我们看到街上的英国人多数不打伞。一连三天都是这样，黑云、阵雨、冷风，立体地笼罩着一幢幢古老而了无生气的楼房，再加上天黑得早，不到晚上5点钟，天就全黑了，漫漫长夜，让人怎一个熬字了得！有人告诉我，每年这个时候，牛津的泰晤士河边总会出现几个心情悲郁的女孩子。中午的时候，厚重的乌云突然四处散去，透明的阳光暖洋洋地洒下来，照耀在湿漉漉的古老楼房上，显出一种特别的苍白，也让人们的眼光有点儿眩晕。但这只是天公给人们适当喘喘气而已，下午3点钟，又回到原来的天气了。

再说说我个人的不悦，是因为我竟然未能"毕业"！晚上举行结业典礼的时候，其他同学都收到了结业证书，唯独没有我的。主人愣了一下，最后只解释说出了点小问题，只好到时补寄了，同学们七手八脚地让主人用其他同学的证书代为颁发和照了相。以严谨认真著称的英国人办事也会出现这种错误，真是让大家大跌眼镜。如果真是这个原因，也还是可以理解的，何况这种结业证书对我们的生活并没有什么实质性的影响，有没有真的无所谓，关键在自己究竟有没有真正学到东西。但我自己私下里却突然出现一个小闪念：是不是他们有什么说不出的奥妙而有意搞一点"花絮"？我想，英国人应该不会这样的——心里头也极不愿意看到这是个事实。假如真是这样的话，那就不是让人大跌眼镜的问题了，我们反倒会高兴——英国人的绅士风度原来是这样子的！虽然对自己来说，这并不是什么大事，主人也两次表达了歉意，反复说在我们回国之前一定将证书用特快件寄给中山大学，但毕竟还是影响了心情。总而言之，不管是什么原因，我对英国的印象多多少少都已经打了一点折扣。

　　既然说到遗憾，前面又多讲的是英国的好处，到这里也该说一说他们的不足或者是遗憾之处了。先说说学习方面。总的来说，尤其是对于第一次参加这种培训班的干部来说，应该是可以打比较高的分数的。能够那么长时间在英国本土住下来直接聆听英国各方面高级人员的授课，并且与他们直接对话和讨论，效果确实很好。但作为已经办了三年多已经七期的培训班，又觉得与原来的期望有比较大的距离。主要问题是，英国人讲的主要是他们目前的公共行政管理的情况，这对于我们当然有益处，但对处于工业化阶段和城市化初级阶段的中国特别是广东明显针对性不够强；多数讲师停留在介绍基本概况上，过于简单，而这些情况我们都比较了解，即使不够了解也是可以在许多资料上看到的，可见培训的深度远远不够；多数讲者没有到过中国，对中国实情的了解与研究很少，这就更缺乏针对性了；西方人对中国的了解少于中国人对西方的了解，这一点大家都是知道的，但英国给我们授课的讲者对中国的孤陋寡闻，却让我们始料未及，以至大为惊讶。虽然大多数的讲者很认真负责，授课的效果比较理想，但也有少数几个人的授课情况很糟糕。此外，整个培训过程，中方的自主权太少，也没有一个专门的联系人和协调人，使得一些本来可以做得更好的事情而总是出现遗憾。比如结业仪式，英方就没有征求我们的意见，会场里没有设置任何标志，非但没有一个院领导出席，来的一个培训部主任也只是串串场而已，讲完话就匆匆走了，整个过程给人一种敷衍了事的感觉。从这些情况看，我的证书漏失好像也就不奇怪了。这些，作为班干部的我们都先后与校方坦诚地交换过意见。而我也在总体充分肯定的基础上，为他们提出了很多意见和建议，有些甚至还是比较尖锐的。看来回国后还要认真向省里反映。

再说一说其他的不足。牛津市在2004年的政府绩效评估中，排名靠后，可以说是已经到了"黄牌警告"的地步了。我们在三个礼拜的生活中，也看到了一些问题。比如牛津在旧城保护与目前的城市建设中处于两难状态，这使得他们的城市建设与管理失分很多；交通管理方面的批评也不少，我们在每天经过的一个丁字路口也和本地人一样觉得红绿灯的设置很不合理，每经过一次都是提心吊胆的，类似的情况还不少；街道上虽然没有什么垃圾，但人们却可以乱丢烟头，并且情况还比较严重，让人看了很不舒服。类似的不足还有一些，这里不再赘言。

为期三周的学习和生活，总体上大家都是比较满意的，对自己也确实是一段难忘的经历，收获是丰厚的，也是特别的，具体的感受和体会，也许回国后会专门写一两篇文章表述，这里暂且不表。

至此，《牛津仿古诗》写了21首，《英伦G大调》也要搁笔了。明天，为期五天的英国文化之旅即将开始，我准备跟以往的考察旅游一样改写现代诗。

再见，牛津；牛津，再见！

附录：牛津仿古诗

1. 走进牛津

梦想多年圆乙酉，

初冬曙色进牛津；

雾笼千楼神意古，

江开万木彩旗旌；

却见朝霞镶灿烂，

忽来尧舜闹龙精；

不满常于深造后，

恒心历练土成金。

2. 牛津漫步

一步两步皆学院，

三步四步史无边；

五步六步七八步，

九步十步过千年。

3. 市长接见

三招二式形而上，

仪节庄重复简单；

访访居民开开会，
原来市长恁悠闲。

4. 牛津第一课

坛上讲的番鬼话，
台下坐的中国牛；
教育无因言语废，
交心总可共商谋。

5. 牛津学友情

面具合随时空改，
平常本性晚归来；
已是芝兰同执手，
何分上下苦心台。

6. 布伦海姆宫
——丘吉尔出生地

父辈无权承祖业，
排行老三准平民；
赫赫军功成霸主，
彪炳青史耀英名。

7. 超市式火车站*

建设为名实破坏，

无人不道眼中钉；

最后牛津今日始，

儿孙何以续文明？

*牛津新火车站建于1990年，受到广泛批评，《观察家报》更认为是"牛津最后的消亡"。

8. 牛津CEO
——致牛津市政委员会首席执行官Ms Caroline Bull

绕梁三日声悦耳，

临风玉树撼心旌；

在家温柔真娘子，

出门亮丽女强人。

9. 我们的牛津*

圣女虔诚修庙宇，

牛津过渡不需船；

梦幻参差尖塔起，

音诗错落小城喧；

导引人文开智慧，

栽培领袖治方圆；

历史源源八百载，

长河正是向平川。

*相传公元8世纪中叶，一个名叫弗雷德斯维莎的公主为了逃避纠缠者而骑着牛渡过河，这个公主成为牛津的保护神。"如梦似幻的塔尖"是牛津的习惯用语。

10. 课间提问

踊跃发言深探讨，

风格各异笑谈中；

你我追求真善美，

风吹莫问向西东。

11. 泰晤士赛艇

古树长河分绿岸，

儿时景色落当前；

百舸争流人鼎沸，

春心荡漾不思还。

12. 牛津生日会

岁岁都将生日过，

今年贺寿最温馨；

异域求学齐聚会，

同窗友谊胜亲情。

13. 牛G广播电台

国内开播出海外，

穿梭欧亚显英才；

笑语方随心智起，

欢声又共梦歌来。

14. 写给Mr Jim Campbell

两绔更新双拐杖，

行政教学两相忙；

起坐俨然大绅士，

诙谐俊朗见春光。

15. 写给Ms Kate Jones

冉冉新阳光灿烂，

亭亭玉立笑阑珊；

落落刚柔含怯涩，

盈盈秋水润荒蛮。

16. 牛G女翻译

亮丽牛七风景线，

三花烂漫竞开妍；

贯串中英详译述，

轻松慎怵惹惜怜。

17. 牛津诗会

惴惴抛砖祈引玉，

无求技艺贵真心；

却见群儒椽笔起，

原来个个是诗人。

18. 牛G班班长

律己严格宽众友，

从容大度好学兄；

治在无为心恳切，

协调尽在不言中。

19. 牛津初雪

城内才飘三几片，

村郊却见雪茫茫；

彩树斑斓相掩映，

群羊簇拥沐金阳。

20. 致Dr Angus Hawkins

气宇轩昂男子汉，

金发美髯眼深蓝；

风流倜傥夹傲骨，

嫦娥见了又思凡。

21. 结业典礼

受训牛津三礼拜，

时光已逝窍方开；

举止和柔趋绅士，

言行儒雅向英才；

种树宜将生命赋，

栽花莫等鬓毛衰；

执手才刚说再见，

回头即盼雁归来。

南美四国行

开头语：

2006年5月3日至19日，本人逮得一个机会赴南美的巴西、阿根廷、秘鲁、智利四国访问考察。16天行程10万公里，印象深刻，感触很大，收获颇多。简记如下。

一、汉莎航空公司的瑕疵

一直都想到南美走一走，今天终于成行了。

我们选择了从极具现代化的香港机场出发，乘坐的是德国汉莎航空公司的LH739航班。与西方国家许多的航空公司一样，汉莎航空公司的服务员多数并不是年轻漂亮的小姐，而是有一定年龄的"空嫂"，甚至是"空婶"。在这两个年龄段不同的群体面前，乘客的感觉也是有所不同的。"空姐"们的服务，看得出是经过了十分严格而规范的培训的，笑容是那样灿烂，说话是那样"莺声燕语"，让乘客的眼睛和耳朵都觉得"美不胜收"，但心里边却老是会觉得隔着一层纸似的。而"空嫂""空婶"们就不同了，她们的服务有点随意、慵散，但却又显得恰到好处，也很到位，让你觉得好像是在家里一样，心里头十分温馨、熨帖——这是人们在空中的家。看来，这种服务的理念和方式还是值得借鉴的。

经过整整12个小时的航行，当地时间晚上7点，我们到达了法兰克福机场。我们要在这里转机飞巴西的里约热内卢。进入机场后，我们被告知还没有到办转机手续的时间，大概要等一两个钟头。然而无论是机场，还是汉莎航空公司，都没有安排合适的地方让我们休息。走廊上本来凳子就不多，这时候都给候机的乘客占满了，连那些小小的餐厅也坐满了人。许多登机口都空着，但却给拦了起来，不让乘客进去。我们好不容易找到汉莎航空公司的一个登机口进去休息，但仅坐了半个多小时，却因为有专门的航班要登机而被"赶"了出来。这样一直在机场"流浪"了两个多小时，我们才得以办好转机手续进入指定的登机口休息。

有团友告诉我，这是汉莎航空公司的责任，因为多数航空公司对转机这类事情处理得还是很周到的。我想，对于"转机"，应该视同仍然在飞机上，还在航行之中，航空公司的服务必须继续，而不应该中断。真不明白，像汉莎航空公司这样著名的机构，为什么也会犯这么简单的错误？

二、上帝用两天时间创造了里约

又经过12个小时的飞行，我们终于抵达巴西美丽迷人的海滨城市——里约热内卢。

我们在这里活动了两天。

里约热内卢简直是一个世外桃源，只要你一进入这里，就会觉得自己不再是尘世中的一个凡人，而成了一个神仙。

最吸引人的自然是里约热内卢的天然美景了。地处热带的阳光，三面环绕达14公里的海岸线以及72个大小海滩，大西洋浩渺无边的海水，还有葱茏的群山，让多少游客在这里乐不思蜀、流连忘返！一年四季，总会有那么多的人在这里晒太阳、游泳，或是踢足球、打排球。到了夏天，这里更是游人如织。怪不得里约人总是自豪地说："上帝用六天时间创造了世界，而把她的第七天，献给了里约。"

三、里约另一个"特产"是人造景观

第一是耶稣山，这是里约热内卢的象征。为了庆祝巴西独立100周年，里约人耗费5年时间，于1931年在一座725米高的山顶上矗立起了一尊38米高的耶稣雕像。雕像双手平伸，远远看去，犹如一个挂在天空的硕大无朋的十字架，十分壮观，又显得有点神秘。而当我们登上耶稣山俯瞰，里约市所有的美景都尽收眼底。辽阔无垠的大西洋、被西班牙人当年误称为"一月的河"的瓜纳巴拉海湾、酷似法国面包的甜面包山、横贯海湾的尼特劳伊大桥……看到这些，我们才明白为什么基督耶稣也眷恋这里。第二，是修建于20世纪70年代的尼特劳伊大桥，全长14公里，宽26.6米，据说是目前世界上最长的跨海大桥。从耶稣远远望去，大桥就像一条巨大的动脉，沟通了里约市与周边城市的交通；又像一道长长的彩虹，在阳光照耀的天空中，在波光粼粼的海水中，熠熠生辉。

里约热内卢的第三个"特产"自然是足球了。1950年6月完工的马拉多纳足球场是当今世界上最大的足球场，可以容纳近16万名观众。巴西著名的足球运动员贝利、加林沙、普列卡斯、索布莫雷、罗马里奥等，都经常在这里大显身手。这个足球场每周有4场赛事，至今已经举行了一万多场比赛，球迷观众达到15亿人次之多。里约人，尤其是年轻人除了晒太阳、跳桑巴、游泳外，最风行的运动便是足球。由于德国世界杯即将到来，里约到处都可以看到迎接世界杯的宣传标语，街道两旁不少的墙壁，还给年轻人画上了世界杯内容的五彩缤纷的"涂鸦"。道路、草地、学校、小区，特别是那些山坡上的贫民区，到处都可以看到玩足球的人，甚至当街道出现红灯时，总会出现几个将足球当杂耍的年轻人，玩得可真是让人眼花缭乱，看上去他们的技术比我们的"国脚"们还强得多呢。从足球运动来看，巴西的玩是全世界有名的，而里约人的玩，更是让我们惊叹。里约人这样告诉我们，他们是工作轻轻松松，玩起来认认真真。

里约市也有最头痛的事情。我们看到，由于贫富过于悬殊，许多美丽的山头和山坡，都被大量的贫民占用而形成了一个一个大大的贫民窟，并由此带来了严重的社会问题。这些贫民窟，据说基本上让黑社会控制着，经常因为毒品问题而出现枪战，平常一般人都不敢靠近。这就是人们常说的"拉美现象"之一。

看来，上帝创造里约还是匆忙了些。

四、全世界的瀑布都来了伊瓜苏吗

5月6日，我们从里约乘飞机抵达巴西的佛斯伊瓜苏。

第一站是参观伊泰普水电站。这个水电站是由巴西和巴拉圭合作修建的，于1974年动工，历时17年才完工，被人们称为"世纪工程"，曾排名全球第一位，中国的三峡工程出现后，才退而居次。据说，三峡工程的决策以及设计、施工等，很多方面都参考了伊泰普水库。江泽民同志、李鹏同志、朱镕基同志都曾经到过这里。在接待中心，我们找到他们分别栽下的树木前照了相。

伊泰普水电站确实十分雄伟壮观。大坝高210米，在夕阳的余晖照耀下，大坝更显出一种特殊的雄姿，给我们留下一片梦幻般的光彩。大坝上方，是一个浩浩荡荡的人工湖，当我们乘着水库的专用大巴在坝顶上行走的时候，感觉那简直是一片汪洋的大海。

晚上10点钟，我们观看了盼望已久的桑巴舞表演。表演的场所很简陋，与目前中国许多景点的大型场景豪华演出，简直可以说是"寒酸"。因为不是旅游旺季，观众并不多，只坐了剧场的一半而已。然而，演出者还是十分投入、卖力。桑巴舞的特点是热烈、奔放，基本上没有什么前奏和过渡，演出从一开始就进入了高潮。

桑巴是"杂交""混合"的意思，是非洲黑人的原始舞与印第安和巴西当地人舞蹈相结合的产物。两个小时的演出，有的表现古代的日常生活，有的表现祭奠仪式，或肃穆，或神秘，或诙谐，一直处于高潮状态。其间穿插了不少的现场观众互动，更使得现场的气氛十分热烈、欢快和融洽。

桑巴舞的动作其实并不复杂，甚至可以说是简单、朴素，男的以两脚快速移动、旋转为主，女的则以上身的抖动和腰、腹、臀部的扭动和抖动为主。然而，要跳得优美动人却又不容易。

第二天，是这几天的重点戏——游览南美第一奇观伊瓜苏大瀑布。这个瀑布是1542年被西班牙人发现的，1939年由巴西和阿根廷在两国交界的瀑布周围建立了伊瓜苏公园，面积22.5万公顷，是加拿大尼亚加拉瀑布的4倍，是世界上五大著名瀑布之一，于1986年被联合国教科文组织宣布为"世界自然遗产"。

我们沿着山路从低到高、从远到近边走边观赏瀑布。开始时，只远远地看到一个个的瀑布群，那白色的瀑布好像是凝固了似的，只听到游客的惊呼声，却几乎听不到瀑布的轰鸣声。随着越爬越高，瀑布也越来越近，瀑布的轰鸣声也越来越清晰，等到了最高处，我们好像一下子就给瀑布给包围了，只看见一个个游客张大嘴巴惊叫的样子，却听不到他们的声音，满眼的瀑布，像白云、像雾霭、像银练，满耳的轰鸣，像雷声、像鼓点、像海啸。连绵不断的瀑布飞流直下，那弥漫的水雾，一下子就打湿了我们的脸颊，朦胧了我们的视线，战栗了我们的心房。我们不自觉地伸出手去，那瀑布几乎就站在我们的面前了！瀑布的咆哮、瀑布的奔腾，让我们热血沸腾、兴奋不已。而那一道道五彩斑斓的彩虹，跨越在巴西、阿根廷两个国家之间，简直就让我们置身于奇妙无比的梦幻之中了。

伊瓜苏的景色确实美丽迷人，给我们留下了深刻的印象，但不幸的是，有一件事情却大大破坏了我们的心情——曾经和我们在同一个餐厅吃饭的湖北省的代表团，今天在巴西与巴拉圭交界的地方给四个蒙面持枪的贼人抢走了几乎所有的钱财！巴西的社会治安确实太差，不管在哪个地方，导游一见面，首先强调的几乎都是要我们看好自己的财物，说巴西的小偷和抢劫非常猖獗。这一点，确实像幽灵一样，一路上笼罩着我们的心。

五、巴西和阿根廷的区别，就是桑巴和探戈的区别

在阿根廷，我们安排了4天的时间。

首先是去拜访Sadesa公司。这个阿根廷最大的皮革制造公司在中山市投资2300万美元办皮革制造厂，目前已进入实质性的项目准备阶段。公司的董事长、总裁等高层领导与我们会谈了一个多小时，他们对中山市的投资环境很满意，对他们的投资前景充满信心。基于这个公司的特殊地位及其与中国、阿根廷政府的紧密关系，他们主动提出将来还要为两个国家的经济文化合作穿针引线多做有益的工作。

在阿根廷，首先要游览的，当然是有"南美巴黎"之称的首都、南半球最大的现代化城市和世界性的大港口——布宜诺斯艾利斯。这是个完全欧洲化的城市，包罗了欧洲古今建筑

造型，罗马式、德国式、法国式建筑随处可见，西班牙式的就更是数不胜数了。按照常规，我们游览了七九大道、独立纪念碑、国会广场、五月广场，还有被称为玫瑰宫的总统府、古董街、新港区等。这些都是布宜诺斯艾利斯著名的传统景点，无须多言。

当然，我们也游览了一般游客不去的地方——老虎三角洲。这是一个十分美丽惬意的威尼斯式度假区。这里有总长1200海里的大小河溪，纵横交错的河网将14000平方公里的岛屿分成无数风光旖旎、绿树掩映的小岛，人们就在这些小岛上盖别墅，水边则都用木头搭起一个个的码头。来这里休假、游览的人都必须坐船，而进入景区后，人们则各自到自己的别墅或者旅游点去了，一下子就不见了人影儿，只看到五彩缤纷的树木、逐次远去的河水，只听见此起彼伏的鸟鸣、偶尔传出的汽笛声。真是一个不可多得的人间天堂啊！

而这，也不是阿根廷首都最有代表性的东西。

还是让我们来看看这几天的两个重头项目吧。

第一个当然是阿根廷的国粹——探戈舞。探戈舞发源于布宜诺斯艾利斯的港口地区，可以说是阿根廷经济社会发展的见证。当西班牙人发现并开始开发这块土地的时候，大批非洲、北美、欧洲的移民来到了这里，形成了一个特殊的外来群体，他们地位低下，生活困苦而不稳定，经常聚集在酒吧里靠唱歌、跳舞来打发时光。于是，一种融多种族群歌舞风格于一体的舞蹈——探戈就在这里诞生了。开始的时候，这种"移民式"的歌舞并没有得到主流社会的肯定，甚至还被斥为"贫民音乐"而受到冷遇，一直到20世纪20年代，探戈舞在巴黎、伦敦等地大受欢迎，才逐步成为阿根廷民族音乐的主要代表之一，成为融进阿根廷人血液里的一种文化。

我们选择了一间据说是最有名气的探戈舞场。舞场共有三层，可以容纳近千人。一楼中间是一个圆形的大舞台，四周的墙壁则挂满了一幅幅大大的照片，都是些鼎鼎大名的政治、经济、文化界名流，随意看去，我们就发现了美国前总统克林顿等国际名人观看演出的照片。

品味完阿根廷著名的烤牛肉，品味着阿根廷著名的红酒，随着一阵激昂的鼓声和手风琴声，一群土著跑上舞台载歌载舞起来，而后是举着两面不同旗帜的两个骑手在舞台上挥剑格斗，看得出是西班牙人在与印第安人战斗，结果当然是西班牙人胜利了；最后是多个种族的人们在合舞、混舞，慢慢地，一种鲜明的男女双人舞就形成了——这就是探戈舞的起源。整场演出，有点像中国的京剧，都是用极直观的表演手法和极简约的象征手法来表现的。此后，便是典型的探戈舞表演。除了其间安排了一些男声独唱、乐器独奏外，基本上都是一色的男女双人舞。探戈舞的动作虽然基本上都是贴身直行、快速旋转、高度踢腿等，但因为每一对舞伴的配合和动作安排都各具千秋，所以让观众看得眼花缭乱、如痴如醉。与在巴西所观赏的桑巴舞对比，相同的是两者都来自民间，都属于混种的"移民舞蹈"，但桑巴舞的特点是朴实、简约、粗犷，而且一直保持在民间，看上去总有一种原始的感觉；而探戈舞则既保持在民间，又通过艺术升华而成为一种专业的艺术形式，让人感到飘逸、洒脱，而又含蓄、典雅，让人觉得是在欣赏一场艺术盛宴。以前通过书本对巴西和阿根廷有些粗浅认识，这几天的游览则开始有了一些感性的认识。在我看来，巴西和阿根廷目前在经济、社会方面，以及人文方面的对比，如果要用一种具体的事物来比较的话，用桑巴舞和探戈舞的对比就最恰当不过了。

第二个重头项目则是火地岛。这也是我们南美之行的高潮。火地岛是世界上最南端的城市，一百多年前西班牙人麦哲伦发现这个小岛的时候，看到当地土著人神秘的火光，就将这里起名为火地岛。我们是乘坐飞机抵达火地岛的。休息一夜之后，我们首先搭乘"南极观光小火车"缓缓进入火地岛国家森林公园。这里曾经全是原始森林，一百多年前，阿根廷政府将这里列为囚犯的流放地，让他们在这里砍伐建设用的木头。如今，经过大肆砍伐的森林留下了漫山遍野的木桩，间杂着一些没有来得及运走的木桩子，如同一个人马狼藉的战场，令人触目惊心。幸运的是，被破坏的森林只是很小的一部分，我们还能够看见望不到边的大森林，看到世界最南端的泱泱的淡水湖。远远的雪峰，延绵的山脉，静静的湖泊，无际的森林，这风景殊异的极地风光，让我们的心境陡然静息下来，让我们都不想再离开了！然而，这里毕竟已经是地球公路最南端的尽头——阿根廷3号公路，我们不可能再往前走了，再往前走，就是通往南极的海洋。

在火地岛，我们还坐游船游览了将大西洋和太平洋分开的Canalbeagle海峡，海上可以看到无数的海狗、海鸟；那个世界上最南端的城市灯塔，静静地矗立在海上，是那样的孤独、那样的孤傲。偶尔，我们还可以看到在海中戏水的企鹅。可惜的是，因为时间关系，我们没能深入到高原山区去感受高乔人的游牧生活，但当地的导游还是让我们品尝到了阿根廷"三宝"之一——马黛茶。咀嚼着马黛茶那特殊的风味，我们恋恋不舍地离开了这世界级的世外桃源。

六、南美，特别是秘鲁华侨的地位很高

在阿根廷多待了一个晚上之后，今天晚上同样的时间，我们终于顺利地以与昨晚同样的航班号起飞了。

然而，经过这一次的折腾，总觉得有些话憋在心里不得不说。

昨晚临近登机的时候，机场突然宣布因秘鲁利马的天气问题，本次航班取消，延至第二天才飞。我们听到的是一阵哗

然，但紧接着，绝大多数旅客都自觉地跟随工作人员下到一楼去办理有关手续，留下来的多是像我们这些不懂西班牙语而需要进一步咨询的少量旅客。我们乘坐的是秘鲁航空公司的班机，工作人员告诉我们，因为是天气的原因，所以只能安排大巴将旅客送到酒店去，食宿则要自行负责解决。我们通过秘鲁的华侨验证确实是因为利马机场大雾的原因后，表示理解，并联系到了原来的旅游公司派车来接我们回布宜诺斯艾利斯市区。与我们一起咨询的还有几个不知是哪个国家的旅客，他们是要求航空公司提供赔偿。看来多数乘客对这种情况还是比较理解的，这一点我们的国民确实值得学习。只是在咨询的过程中，机场和航空公司的态度和服务方面还是做得不够细致周到，秘鲁航空公司甚至不提供任何的来电咨询。

想不到第二天的情况却十分糟糕。在办理登机手续时，我们被告知要再缴一次机场税，通过导游与工作人员交涉，结果是铩羽而回。机场方面甚至告诉我们，昨晚其他因误机而今天离开的乘客都是再缴了一次机场税的。这简直就是一种明火执仗的抢劫！登机的时间就要到了，没办法，我们只好乖乖地又多缴了168美元。

这还不够，在我们经过移民局的时候，有关方面竟然又没有做好协调，那些官员问我们为什么重复进出境，让我们好等了一阵子。

好在待我们到达秘鲁利马机场时，秘鲁华侨最高机构——中华通惠总局主席萧孝权先生给了我们意想不到的惊喜。萧先生是中山乡梓，黝黑的脸膛、墩实的个子很像个秘鲁本土人。在他的亲自安排下，我们享受了外交礼遇，由秘鲁外交部派员带着从外交通道快捷出了机场。更没有想到的是，萧先生竟然联系了一台特警车在前面给我们开路！这让我们的心理得到了很大的满足，在阿根廷的不快也一扫而光。当然，在十分感谢萧先生和侨胞们的热情的同时，我内心里却觉得很过意不去，甚至觉得过于隆重了些。而这些特殊的待遇可见华侨特别是萧孝权先生在秘鲁的地位非同一般。

由于在阿根廷耽搁了一天，秘鲁的行程就只能大大地压缩了，我们只能安排在被称为"无雨之城"的利马观光。无法参观世界文物遗产马丘比丘、世界第八奇迹纳斯卡巨画，包括此行没能安排去游览亚马孙河和冰川，都成了留在心头的遗憾。这就是旅行，一种去的地方越多留下遗憾越多的行走体验。

在萧先生的帮助下，第二天上午我们进入了总统府。安全检查是免不了的，总统府还安排了一个便衣一直跟着我们，让人觉得安全工作还是很严格认真的。然而当我们走进总统府内部的时候，很快就发觉这里的管理工作并不是那么严谨神秘，甚至有点儿随意。有一个男孩老在总统府内窜来窜去，甚至还在很庄重的办公桌椅上随意玩耍打滚儿。导游说他是那个跟着我们的便衣的小孩。正在打扫卫生的工作人员也很懒散，有几个人还坐到了看上去十分贵重的坛台上与人聊天。中午12点的换岗仪式本来是一件十分庄重的事情，但有一个西装革履的管理人员却总是在仪仗乐队前面的广场上晃来晃去，还大声地用对讲机指挥。冲洗总统府大铁栅栏的工作也刚刚进行到一半，看见仪仗队出来了，竟然随地扔下工具和设备就走了。只看见整齐的乐队旁边，是一大堆乱七八糟的东西，对比十分强烈，简直是一种难以言表的讽刺。

在唐人街逛街时，中华通惠总局安排了一个警察跟着护卫我们，让本来很随意的我们一下子紧张得全身起了鸡皮疙瘩。待到中午开车离开时，这个警察又跳上了我们的车子，手里还拎着一份打包的食物。开始我们还以为他是继续护卫我们呢，后来才知道他是搭顺风车回家。路上他告诉我们说，他是带着我们抄了一条近道，这条路平时人们是不怎么敢独自一人走的。一路上确实乱糟糟的，街道本来就很窄，两边却全是乱摆卖的小摊档，毫无秩序的人把路都给挤拥满了，我们的旅行车穿插其间小心翼翼地走"S"形，险象环生。过往的公共汽车却横冲直撞，车门总是大开着，乘客上下车可以说是不停车的，无论是上车还是下车，乘客几乎可以说是飞快地跳跃，技术高超得让我们惊叹不已，那景象，真有点像我们国家抗日时期的"铁道游击队"。

更令我们惊讶的事情还在后头呢。走着走着，我们竟然在利马的市中心发现了一条长长的"烂尾路"！导游告诉我们，这是前任总统在任期间开始建设的城市轻铁，还没有建完呢，就下台了，接任的总统不认账，加上经济困难，建设就停了下来，现在只留下一长段的桥梁和一长溜的桥墩，还有那些裸露的钢筋，在城市中显得十分刺眼。

看来，发展中国家都存在类似的通病，真是不争气！

在利马的三天两夜中，景点与人文方面确实乏善可陈。幸运的是，我们拜会了这里的中华通惠总局。从1849年10月，75名契约华工乘船抵达秘鲁"介休港"开始，华人进入秘鲁已经有157年的历史了。目前在秘鲁的纯华人有15万人，华裔则达200多万，占秘鲁总人口的10%，华人掌握的经济总量也占全国的10%左右。可以说，华人的地位十分显要。通惠总局成立于1886年，创始人是中山人郑藻如先生，现任主席也是中山乡贤萧孝权。中山乡亲在秘鲁的地位真是高。我们在秘鲁利马见到的中山乡亲，都是精神焕发、神采奕奕，而且非常团结、和谐。因为华人的聪明和勤奋，以及对秘鲁经济发展的重大贡献，秘鲁人对华人也很友好、很尊敬。这一点，我们的感受很真切，也很深刻。

在与秘鲁华人的交谈中，有一点很值得我们思考和警醒。此前，中山的乡亲不远万里，来到国外艰苦创业，靠的是一种百折不挠的精神，但是，这些年来，出国创业的人却越来越少了。究其原因，一是改革开放后，中山人的生活有了翻天覆地的变化，创业致富的机会也多了；二是不少人满足于小康生活，冒险、拼搏的精神少了。这一点，应该引起我们足够的重视才是。

在秘鲁，还有一件值得介绍的事是，我们在利马参观了一间私人的博物馆——黄金博物馆，馆里主要展览世界各地各个时代的武器和二三千年前的印加古文物。曾被称为"太阳的子孙"的印加民族，历史上曾经十分辉煌，"印加王朝"曾经十分伟大，16世纪时以秘鲁为中心，面积达到200多平方公里，人口600万人以上。黄金博物馆所展示的印加文物，总让我们联想起中国四川的"三星堆"，但三星堆的文明历史更加久远、辉煌。更不同的是，虽然三星堆的文化层有过断层，但1000年后却又奇迹般地接驳回来了，而印加文明却因入侵者的进入而几乎彻底地消亡了，留下的只是一些苟延残喘的记忆而已。

离开利马前往机场时，我们顺路游览了利马新开发的长海娱乐中心。它处于太平洋之滨，是一个集休闲、度假、旅游于一体的新城区，从海边开始，沿着高高的海峡立体设计建设，层次分明，互为衬托，功能科学，风格现代，整个城区让人感到既雄伟又美丽，既现代又朴素，很值得国内参考借鉴。

七、智利是拉丁美洲的"领头羊"

一进入智利机场，我们就感到了与秘鲁明显的不同。机场简洁明亮，现代化程度很高，虽然并没有像秘鲁那样享受外交礼遇，而是作为普通旅客过移民局，但却非常顺利通畅，不但速度特快，工作人员也彬彬有礼，看得出来，那笑容并不是装出来的。第二天在游览著名的铜城圣地亚哥时，更让我们真切而强烈地感到了这一点。不管在总统府，在沃伊金斯将军大街，还是走进商店、小摊，智利人都显得温文尔雅，热情礼貌。在宪法广场，穿着整齐的警察威风凛凛，但对游客却是礼貌有加，十分和蔼，让市民和游客既觉得安全，又觉得很温馨。

无论是城市，还是乡村，智利都透出一股浓郁的欧洲韵味。这与巴西、秘鲁是明显不同的，对比阿根廷，智利的"欧化"也是有过之而无不及。这体现在智利的城市面貌上，更体现在智利人的谈吐举止和风俗礼仪上，智利人除了具备本地土著居民的明显特征外，骨子里更是透出欧洲人的精干、严谨、热诚和好客的品质。究其原因，一是智利的国民多是西班牙人、德国人与当地印第安人混血的后裔，二是高度重视教育。智利的文化普及率很高，有95%以上的民众识字，全国1300万人口，却拥有60多所公私立大学。智利的教育体制与欧洲一脉相承，每年人才辈出。

从圣地亚哥出发，经过一个半小时的车程，我们来到了瓦尔帕莱索市。这是一座风光旖旎的旅游城市，也是一个著名的海港，还是智利国会的所在地。国会不在首都，这是很奇怪的事情。蔚蓝的天空与蔚蓝的大海几乎连成一体，延绵的群山环绕出一个天然的良港。有几艘军舰静静地停泊在离海岸几百米外的地方，显出一片安谧和平的气氛，而货运码头则是一片繁忙。站在港口转身向后望去，只见山坡上全是高低错落、色彩斑斓的房子。这里的居民喜欢几年粉刷一次房子，而且喜欢用各种颜色。这里确实是一座著名的山城，好地段都让给居民们了，只是这些房子并不是巴西里约市的那些贫民窟。

从瓦尔帕莱索往东北驱车7公里，便是人称"南太平洋的珍珠"的比尼亚德尔马，这是个海滨小城。比尼亚德尔马的意思是"海边葡萄园"，这里有智利著名的葡萄园和葡萄酒。我们尝试了一下，可能是习惯问题，觉得酒的质量并不怎么样。然而，城市的风光确实十分迷人。蜿蜒的海岸线，长长的海堤，湛蓝的海水，银色的波浪，加上风格各异的建筑物，穿插奔忙的汽车和优哉游哉的古典马车，真是让坐在海边的我们眼神慵懒无比，心无旁骛。

　　在圣地亚哥，我们观看了一场民族风味十分浓厚的演出，这就是智利的国舞——奎卡舞。与巴西桑巴舞的原始、阿根廷探戈舞的高雅不同，奎卡舞的特点是纯朴大方。据说，奎卡舞是模仿雄鸡振翅向母鸡"求爱"而创作出来的，跳舞时男的头戴大礼帽，身披敞口斗篷，脚蹬带刺的马靴，手上还挥舞着一方白手帕；女的则发簪鲜花，身穿花边裙衫；男的英俊潇洒，女的纯洁可爱。在乡村味十足的音乐声中，台上台下都洋溢在一片欢快、轻松的氛围中。

　　离开圣地亚哥前，我们登上了"圣母山"。1903年，法国送了由著名雕刻家瓦尔多斯内创作的大理石圣母雕像给智利，以庆祝智利独立100周年。圣母像北靠终年积雪的安第斯山，南向浩瀚无边的太平洋。在早晨阳光的照耀下，圣母像洁白如玉，神情动人。从雕刻艺术看，明显比巴西里约的基督像高出一筹，可惜的是，圣地亚哥人似乎对整个圣母山管理经营得不够好。圣母像是大理石材料做的，而圣地亚哥人却好像是用混凝土做的基座，质量上反差太大，中间还开了一个不大不小的门，看起来怪怪的。雕像前后矗立着几根高高的无线发射塔，为雕像配套的灯柱也太密太高，十分有碍观瞻。雕像脚下有一个讲坛，也像是临时搭建起来的木架子，很不协调。总之，我们觉得圣地亚哥人确实辜负了法国人的一片好心，甚至对圣母山也有点儿亵渎了。

八、在圣保罗碰上了巴西历史上最严重的骚乱

　　前几天在秘鲁的时候，就听说巴西圣保罗的监狱出了问题，16日在智利，更听说监狱的问题已经酿成了社会骚乱，但具体情况不是很清楚。由于很难改变行程，我们还是带着多少有点忐忑的心情坐上了赴圣保罗的飞机。

　　一下飞机，我们就发现气氛有些紧张，来接机的除了当地

的中国导游外，旅游公司的老总竟然也来了——那么兴师动众！之后我们才知道，圣保罗的局势确实还很紧张，所以老总都来了，还有一个原因是这位老总与我们的一个团友是老熟人，理当出来迎接。一上车，导游就让我们把所有窗帘拉了起来，说是以免成为注意的目标，搞得我们紧张兮兮的。一路上，导游和那位老总向我们详细介绍了这次骚乱的情况。原来是巴西臭名昭著的黑帮组织"第一司令部"关在监狱的一部分黑帮成员暴动越狱，而后又在市区组织冲击银行和商店、袭击警察、焚烧汽车，两天以来这场骚乱已经造成九十多人死亡，其中包括黑帮分子、警察和市民。16日圣保罗实行了戒严，到晚上的时候，局势才逐步平静下来，17日情况就更好一些了。我们出了机场，直接开往市区，一路上看到车辆很少，行人就更少了，不断可以看到荷枪实弹的警察一群群地站在路口，旁边是闪着警灯的警车。

通过多方面断断续续的消息，我们才把骚乱的前因后果理了出来。原来这波黑帮搞事的导火索是，有关方面准备将8名被关押的"第一司令部"头目转移到圣保罗州最西边的一座位置偏远、戒备森严的监狱关押，一同被转送的还有另外765名囚犯。这是切断监狱内外黑帮成员联系的惯用手法。有关方面对此举也有过可能出现一些意外的预测，并做了相应准备。但完全没有想到竟然反应那么凶猛激烈，更没有想到的是黑帮采用了少见的"城市游击战"，让警方防不胜防。"第一司令部"这次还对圣保罗州宣了战，用《圣保罗报》一名记者的话说，就是黑帮分子正使用"恐怖主义分子的战术"，"'第一司令部'像恐怖主义组织和黑手党一样，打了就跑"。

圣保罗州一直与"第一司令部"黑帮有冲突，但这一次是历史上规模最大、情况最严重的。好在我们来到时，情况已经趋好。第二天起床后，我们看到的是灿烂的阳光，完全感受不到一两天前这里曾经发生那么恐怖的骚乱。看来我们的运气还是不错的。

上午，我们一行去拜会了圣保罗市的商会，这是个行业性的私人机构。商会目前已经有会员四千多家，其主要职能是代表企业与政府及其部门协调有关事项，以及为企业提供多方面的有偿服务。负责接待我们的Sidnei Docal先生极具职业精神，而且非常热情，本来安排一个小时的会见竟然延长到了两个多小时。他对中国的经济发展以及两国之间的企业合作表示出了很大的兴趣，对中国的情况询问得很细致具体，当我们谈到阿根廷的皮革商已经在中山投资办厂时，他更表示了深切的关注。从这一次会见的情况看，中国与南美的交流确实太少了，互相的了解也太浅太浅，特别是我们中山市以至整个珠三角，合作的空间和机会更多，我们应该在这方面尽快多想一些办法才是。

圣保罗是南美最大的城市之一，是巴西的工商、金融中心，加上圣保罗的历史并不久远，所以旅游观光的景点比较少。与多数的游客一样，我们只选择游览了开拓者雕像、独立英雄纪念碑、皇家博物馆和金融街等。在皇家博物馆，发生了一个很有意思的小插曲。我是穿着一件唐装出门的，当我们进入博物馆门口的时候，看见旁边有一群年轻人在学中国功夫，教练是一个穿着唐装的外国人。见到我们进来了，这位师傅竟急忙忙向着我抱拳行礼，我也马上同样回了一个礼。后来，这班人很快就解散了。看来，那个师傅一定误以为我是"道"上的"龙头大哥"了。这种情况，我在其他国家也曾经碰到过，真是有意思。

九、结束语

在南美的半个月里，有一个概念一直伴随着我们，那就是南美人的"慢"：生活的慢节奏，办事情的散漫，建设的慢速度，等等，所有这些，在其他各国人的谈论中，尤其是在我们的国人中，一直颇有微词。从我这次的亲身感受来看，南美人的"慢"，当然有其不好的地方，但并非一无是处，在某些方面还是有它的道理和合理之处的。如果作为一种对外、对人的服务，办事散漫当然是不足取的，然而对于建设中如何处理好与自然资源、与自然环境、与社会资源等的关系，南美人的"慢"又是非常高明而科学合理的。正因为本着这种理念，也许还有特定的人文因素，南美在发展经济、建设国家的同时，资源保护、环境保护同样做得非常好。不像我们国家许多地方，为了实现工业化大跃进、城市化大跃进，搞的简直是一种掠夺性的开发、破坏性的建设，不仅把祖宗留下来的大量资源和优美的生态都给破坏了，还把后代生存需要的土地资源等也给提前透支了。从这个角度讲，科学发展观的提出是多么重要，而要实施可持续发展战略，除了要向欧洲和美国等西方国家学习外，向南美这些发展中国家学习，也有着很强的针对性和现实性。

在南美的半个月里，还有一个概念一直在伴随着我们，那就是关于"拉美陷阱"问题。近年来，我们国内开始热论这个问题，主流的意见是：在全球各个国家中，有一个重要的历史现象，甚至可以说是一个规律，即凡是一个国家的国民经济达到人均GDP1000美元至4000美元这个阶段，都是经济社会的动荡期，社会矛盾都会非常突出，如果处理不好，就可能出现非常严重的后果。比如巴西、阿根廷这些南美国家，都出现严重的社会动荡、严重的贫富不均，国家陷入严重的危机之中。这就是所谓的"拉美陷阱"。因为赴南美之前，自己曾经写过一篇短文《要警惕简单的"1000美元论"》，并发表在新华社的"内参"等报刊上，引起了一定的反响，心里就想着这次到南美要重点研究一下这个课题，印证一下自己的观点。所以，一踏上巴西的土地，我就开始注意这个问题。从我了解的情况看来，所谓的"拉美陷阱"问题确实是一个客观存在，但并没有像国内炒得那么严重。一是南美国家的贫富差距确实大得惊人；二是过去的金融危机确实把南美国家，尤其是阿根廷害得够呛；三是南美国家的社会问题，特别是社会治安问题确实十分严重，巴西、秘鲁尤重。然而，有几个问题又值得我们深思。一是虽然贫富悬殊，但贫民们并没有一种强烈的对抗、反叛情绪，贫富差别并没有形成贫民群体与政府对立的主要因素；二是这些国家，包括秘鲁这个比较落后的国家，一律都把社会保障做得不错，比如实行全民的免费教育、优厚的医疗保障和养老保障，制度还是很健全的；三是一直以来重视人口政策，这些国家的人口控制得都比较好，同时重视资源的合理开发、自然环境的科学保护，所以发展的空间都比较大。因此，我们确实不能简单地去看待"1000美元"现象，更不能盲目地看待所谓的"拉美陷阱"问题，而应该深入细致地、实事求是地分析这些国家的具体情况，并冷静客观地分析我们国家的具体情况，同时与那些国家进行比较，包括政党与国家体制，国民与人文状况，法制与民主进程，包括经济、社会、人口、自然环境等全方位的比较，才能找到同与不同、经验与教训、问题与出路，才不至于被所谓的"1000美元"现象和"拉美陷阱"误导、蒙蔽而带来严重的后果。

三国考察日志

一、迪拜点滴（三则）

1. 一半是海水，一半是沙漠

2017年11月21日中午12点多，乘阿联酋航空公司EK763航班抵达迪拜境内，舷窗打开，掠过蔚蓝的海岸线之后，一片荒漠猝不及防地扑面而来，心中即刻冒出一个想法：这种地方人能生存、能生活吗？除了沙漠还是沙漠，漫无边际，没有一丝绿色，直逼得你几乎喘不过气来。

飞机慢慢进入内陆，逐渐见到三两点、三两点的绿色，再飞近迪拜城郊，绿色更多了一些，三两畦、三两畦的，给沙漠压迫得好像在低声呻吟。散落的一个个小村、小屋子，低矮得毫无生气，看上去几乎已经被沙漠给埋没了。然而，就在这个一半是海水、一半是沙漠的地方，却出现了如此美轮美奂的迪拜，出现了人类的一个奇迹！

2. 迪拜的沙漠椰枣

这几年，我们都在思考一个问题，这就是新生代的华侨华人工作该怎么做、新时代的华侨华人工作该怎么做。这确实是我们应该面对和解决的一个大问题。老华侨，因为他们多数生长在中国，或者是他们的父辈生长在中国，因此他们对祖国的感情是非常深厚的。而新生代，他们是出生在别人的国土上的，他们甚至不是真正意义上的"中国人"，所以他们对中国的感情是跟老华侨不同的。总的来说我们当然也不必害怕，因为毕竟祖国还是他们的母亲，母亲强大起来了，他们的情感最后还是要回归的。如果祖国不强大，他们觉得没有面子，自然会产生问题，虽然说祖国是母亲，但毕竟还是对他们的凝聚力影响力会产生不同的差距。这需要时间，但最重要的是需要祖国的强大。

今天我们在迪拜拜访了阿联酋广东商会。这对于我来说是一个崭新的感受，以前到世界各国见到的基本上都是老华侨，但是在这里见到的都是年轻人，都是四十岁左右的年轻人。他们的精神状态、他们的综合素质，跟以前老华侨有很大的不同，他们生气勃勃，他们的事业做得很成功，同时他们对国家的感情也非常深厚。他们最先也是自己出来打拼，打拼一段时间之后呢，还是觉得要成立一个商会，大家资源共享，大家抱起团来。

阿联酋广东商会为我们提供了一个样本。首先我觉得他们在这里体现了一种很宝贵的精神，是与迪拜在沙漠上建起来体现的精神是一致的。他们在迪拜这个地方是从零开始创业的。这让我想到了迪拜的沙漠椰枣，他们身上体现的就是这种椰枣精神，很值得我们去总结推荐，也值得我们敬佩。所以，我们应该好好地去总结宣传他们。我们接下来准备跟他们建立很好的交流合作机制，第一个方面是建立经济信息互通共享机制，第二个方面是建立经济活动的交流合作机制。此外，他们说迪拜应该成为中国进入非洲的一个中转地、基地和窗口，这也很值得我们好好思考。这一点与我们当时改革开放依靠香港而走向世界、国际上通过中国香港进入内地是非常类似的。

3. 中山完全具备"走出去"的资格

不到两天的时间，我们参观了迪拜和阿布扎比，对广东，特别是中山人在这边投资、创业的情况有了一些感性的认识。阿联酋广东商会会长张钦伟是潮汕人，他的成功各方面已经有充分的报道。今天，专门陪我们去阿布扎比的是副会长、我们中山古镇老乡苏俊华。他可以说是一个很新很新的海外创业华人，八年前来到阿联酋，从零开始创业。他最早的时候去阿布扎比推销灯具，为了省钱睡在大街上过夜。现在除了做灯具生意，还做建材生意。为了全身心投入工作，最近把父亲也接来帮助打理家务。他陪了我们一天，晚上还去参观了龙城。其中的灯具市场很大，多是古镇的产品。

从初步的印象看，虽然我们的灯具现在市场上占的份额比较大，包括一些著名的酒店和相关的机构提供许多高档产品，但打的还不是自己的品牌。此外，中国人多数语言方面不是很过关，所以相对来说竞争上有些劣势。比如印度是最早进入阿联酋市场的其中一个国家，他们更多人在经营我们的产品。

我们办完公务之后很晚才到了迪拜的中心城区参观，确实是极尽繁华，我们也看了最后一场的灯光表演，说实话这个灯光表演跟我们古镇这三年的灯光文化节的距离还很远很远，我们做的比他们好多了。苏会长建议尽快将古镇今年灯光文化节表演的最先进、最时尚的创意设计介绍到这边来，也许会有很大的市场。

我想确实是这样，对于苏俊华，我们还必须做更深入的了解和专门的报道，介绍他们的创业经历，同时也看他们有什么困难和问题，还应该请他们回中国、回中山去多介绍这边的情况。

总之，"一带一路"需要走出去，也需要请进来。

补记： 1．与广东商会座谈时，双方表示了中山游戏游艺机产业进入阿联酋的共同愿望；2．本人参观时突然冒出一个想法：在阿联酋建设一个大型植物公园，一定很有市场。

二、南非花絮（六则）

1. 彩虹之国

2017年11月23日上午，乘坐阿联酋航空公司EK387航班从迪拜飞往南非，下午4：15抵达约翰内斯堡机场上空，地下的情景与迪拜是天壤之别：满眼绿色，间杂着一块一块的红土地、黑土地，一片生机盎然。真是个上天赐给的肥沃的地方！

突然发现飞机在空中兜圈，原来是这个地方从10月开始进入雨季，每天都会有几场雷阵雨。大约兜了六个圈子才下降，我们奢侈地多坐了近一个小时的飞机。

从机场高速开往酒店的时候，看到路边有一大片一大片的矮房子，当地人告诉我们这是政府给贫民的解困房。在如此肥美的土地上却有这样穷困的房子和人群，确实是一个很让人难受的讥讽。尤其是，房子周围，以及路旁清澈的河水中，都是一簇簇的垃圾！

沿途的落日和晚霞极美，更让我们感觉惊喜的是，一道美丽的彩虹在天边出现了。彩虹之国，信然！

2. 拜访大使馆

今天上午的主要任务，是拜访中国驻南非大使馆。南非的首都有三个，分别是行政首都比勒陀利亚、立法首都开普敦、司法首都布隆方丹。约翰内斯堡离比勒陀利亚四十多分钟行程，到达的时候还早，我们就顺便去参观了一下总统府。总统府戒备并不是很森严，这天正好要迎接一位非洲国家的首脑，军乐队等正在集中，礼炮也已经准备好摆在总统府前面的大路上。即使这样这条路还允许我们的旅游大巴经过并停放在马路旁，也有其他的观光者将车停放在那里，旅客们可以在南非民族英雄、前总统曼德拉的大型铜像周围观光。

中国大使馆离总统府不远，是一座中国徽派建筑，融入了部分南非的建筑风格，感觉十分亲切。李松公使接见我们并座谈了一个小时。公使对我们以公务团加商务团、经济项目加人文项目合作的做法表示肯定和好评，并介绍了中国与南非的良好关系，以及两国交流合作的重点与前景。他预祝我们下午的签约圆满成功，更希望项目早日落地，同时建议中山市今后可以考虑在南非农副产品进口中国方面寻求合作机会。

3. 新时代的华人

今天下午是一个重要的签约活动：中山市游戏游艺产品南非体验馆项目将在这里——南非的中南展贸中心东方商城落成。中南展贸中心占地二百五十亩，是南非华人警民合作中心主任、著名侨领吴少康先生为中国产品量身定做的展览中心，是南非最大的华人展览项目，中山市许多的工业产业已经进驻这里。我们见到在古镇创业的江西人张先生三年前到这里做灯具销售，越做越大，市场辐射到了整个非洲南部，目前租来的仓库已经不够用。他说中国的产品许多都很适合非洲这个市场，而要走向非洲市场，南非的约翰内斯堡就是一个理想的中转站。

我在签约仪式致辞中说，几百年前中山人漂洋过海，是为了生存、为了生活，即使求学也是为了生计；一百多年前，孙中山先生，包括周恩来、邓小平那一辈华侨华人，除了生存和生活，又多了一个使命，那就是推翻封建帝制，建立共和，以及让中国强大起来；今天的中山人到海外，已经完全不同，他们带来了中山的产品、技术、资金和人才，他们已经可以支援人类，在世界经济中占有一席之地，为世界做出贡献。而这，也是中华民族伟大复兴"中国梦"的应有之义。

4. 文化侨牌

昨天游戏游艺体验馆项目之后，本来是要接着到中南华人警民合作中心签订人文合作协议的，但因为约翰内斯堡随时随地塞车的情况可能出现了，只好先安排晚餐，推迟到今天上午才进行。早上出发后，我们到了曼德拉广场参观。这是一个城市的商务中心，其中有一个很有品位的商业广场，广场上有一个曼德拉演讲的铜像，我们惊讶地发现曼德拉身旁多了一个新铜像。这是一个小女孩的形象，雕像的名字叫"希望"。这种安排确实很有创意，它使得伟人一下子回到了百姓之中。

之后，我们前往南非华人警民合作中心，与中心主任、著名侨领吴少康先生签订了人文合作协议书。其实在昨天晚上的晚餐中，吴少康先生已经邀请南非以黄晶晶女士为代表的华人和艺术家一起见面。我向他们介绍了中山市简况以及中山市华侨华人文化的情况。

改革开放以来，我们从打乡情侨牌，到打经济侨牌，今天到了既打乡情和经济侨牌，又打"文化侨牌"的阶段。中山的海外乡亲将近一百万人，是个侨务大市，孙中山先生曾经说过"华侨是革命之母"，因此一直十分重视华侨华人工作以之为城市文化特色。我们创建了"中山杯"华侨华人文学奖，创作了全球第一首华侨主题歌《华侨，中国桥》，创设了"华侨日"和以华侨华人为主体的"逸仙奖"，受省侨办之托创作了世界广东同乡联谊大会会歌《千百年》，影响极好。我们要实现中华民族伟大复兴的中国梦，如何在华侨华人中弘扬中华文化，并以之作为与世界各国交流合作的媒介；同时，华侨华人其实又保持着许多中华文化的传统基因，如何通过它反哺中华传统文化，均具有十分重要而无可替代的作用。

5. 警民合作中心

乍看之下，约翰内斯堡这个城市的巨大与时尚，让人根本无法与传统观念的非洲挂起钩来，它完全颠覆了贫困落后的概念。然而，每当你看见无所不在的铁丝电网、星罗棋布的垃圾、路边的个体贩卖者，两极分化、抢盗成风的忧患又会堵满你的心头。这些年来，南非，尤其是约翰内斯堡，抢劫、杀人案件不断，私人持枪、社会管治水平低，已经使南非成为"不安全""危险"的代言词，在中国甚至出现谈南非色变的情况。

在这里需要交代一下我们这次外事活动的合作者和接待者了。由中国与南非企业家共同打造的中南展贸中心，其主任吴少康是福建晋江人，35岁从中国香港转战南非创业，是家电巨头、地产大王、慈善家、著名侨领。2004年9月，为了积极发挥华人社区与南非警方等执法部门之间的桥梁作用，保障华侨华人的生命和财产安全，南非成立了全侨性华人社团组织南非华人警民合作中心。吴少康是现任中心主任。中心的工作得到两个国家的好评，成为华侨华人的主心骨，为南非的社会稳定起到了重要作用，被中国国务院侨办授予首批"华助中心"。

南非华人警民合作中心是全球首创，探索出了成功的经验，但从另一个角度来说，在南非出现这种组织并发挥特殊作用，又说明了南非的社会治安存在重大问题，若不抓紧解决，不但影响南非的国际形象，更会损害南非的发展。

6. 一定要走出去

26日、27日我们是在开普敦活动。开普敦是与约翰内斯堡风格截然不同的城市，环境优美，生活悠闲，有人戏称是与南非领导同名的城市："慢的啦。"

在这里我们拜访了中国驻开普敦总领事馆，康勇总领事接见了我们。他的前任是中山乡贤梁梳根，因为这个关系双方的座谈更显得亲切。其实今后中山市可以好好利用这一类的关系。

我们还拜访了这里的西开普省广东商会暨同乡会，会长张凯等与我们进行了座谈。他们2016年才成立这个组织，我们本以为可能与中山没有什么业务关系，但很快就了解到，除了我们原来知道的中国完美公司是开普敦一个品牌红酒的中国总代理外，参加座谈会的监事长何家聪先生早就在这里经营中山的游戏游艺设备了，只不过一直没有与中山游戏游艺机厂家的高层接触，这一次中山市游戏游艺机行业协会会长叶威棠也是第一次到南非，而且又带来了开设体验馆的项目，叶、何两位企业家十分兴奋，相见恨晚，自然也互相多敬了几杯当地的红酒，双方约定明年中山见。由此我想到，全国、全省的政协会议，都会邀请一部分华侨华人代表回去列席会议，我们市政协新一年的全会，也可以这样做。同时，更可以借全国、全省政协会议的机会，有意识地邀请和组织部分华侨华人代表到中山参观考察。张凯会长已接到列席明年元月举行的广东省政协全会的邀请函，我们也约定届时除了在广州见面之外，他在回国的行程中正式将中山考察列入其中。

是啊，中山的专业镇和集群产业发展到今天，除了立足本地转型升级之外，还必须尽快地走出去，走到发展中国家和欠发达国家中去，而且要企业高层亲自出马，这样比由中层人员去接触效果更好。而要做到这一点，除了企业自身的主动努力外，政府及其部门的统筹组织和协调服务显得十分重要，而且无可代替。

三、纳米比亚速写

11月27日飞往纳米比亚，从开普敦坐的是只有五十多人的小飞机，纳米比亚首都温得和克机场很小，是我首次看到的既没有登机桥，又没有摆渡车的国际机场，旅客进出都是步行。

　　纳米比亚中华工商联合总会会长林金淡先生和几位社团首长热情接待了我们，并与我们座谈交流。纳米比亚的华人只有一万人左右，但居然也有人与中山有着不同程度的关系。比如总会秘书长李先生二十年前曾将中山的小家电介绍到南非，而总会理事长焦长乐先生十多年前第一个将古镇灯饰介绍到南非，并曾为曼德拉的生日使用古镇的产品布置灯光。座谈中我们了解到纳米比亚人包括华人的生活较为单调，而旅游业则正在崛起，这就为游戏游艺产业的进入提供了市场条件，为此，双方达成一个共识，就是拟从商业综合体开始试水，先从小型、室内做起。

　　我们还参观了林金淡先生即将开发建设的商住项目，叶威棠会长提出可以考虑在这个项目里尝试配套水上乐园。

　　其间，我们前往中国大使馆，拜会了张益民大使、商务参赞刘华博。还意外地见到了一个熟人刘鹏翔，他是大使馆的一等秘书，2012年我率团到马来西亚演出大型交响组歌《孙中山》时，他在中国驻马来西亚大使馆工作，观看了演出，也与马来西亚中山乡贤古润金先生相熟。大使馆占地面积很大，设施也很齐备，但一些大厅等地方所装的灯饰却不是很协调，同行的团友、古镇灯饰公司老板谭根华、潘振华提出，若有需要他们可以提出改造升级的方案。

　　这一次的非洲之行，一路拜会了中国大使馆和领事馆的官方，一个相同的情况是他们都没有到过中山。我们可否采取一些有效的措施，争取让驻各国的领事、参赞等外交人员能到中山走走？

附录:

峰顶看峥嵘　沙海淘真金

——丘树宏散文述评

黄刚

　　"诗圣"杜甫的"会当凌绝顶,一览众山小"告诉我们,站在一个高点的时候,阔大的心胸必会见山为小;王之涣的"欲穷千里目,更上一层楼"则反向道出了要想看得远,必须站得高的常识;苏轼的"不识庐山真面目,只缘身在此山中"偏锋用笔,悟出了只有跳出事物本身看事物,方能发现事物真相的卓见。对于丘树宏的认知,多数文人墨客、官员、平民最深的印象可能重在其诗名,尤其长诗、史诗,却往往忽略了他的散文。

　　最近,《人民日报2016年散文精选》如期推出,丘树宏的作品《小小翠亨村》赫然入选。这是很不容易的事情,编者在《人民日报2016年散文精选》的前言中说:《人民日报散文精选》系人民日报文艺部主编的年度散文读本,精选《人民日报》副刊美文,荟萃百位作家散文佳作;作者既有活跃在国内文坛的一流作家,又有出手不凡的文坛新锐。他们的锦绣文章、风流文采，代表着一个年度以至一个时期的人文标尺。因为这个事情，丘树宏的散文才引起了人们的关注，也引发了我的研究兴趣。

溯览丘树宏业已发表的几十篇散文，笔者以为丘树宏散文的突出特点是呈现出了"峰顶看峥嵘，沙海淘真金"的艺术追求，以及合时而著、经世致用的散文理想。

我们先来看看丘树宏散文的标题，诸如《印象·中山》《珠江：一条与长江黄河一样伟大的河流》《咸淡水：一方丰美的音乐水土》《以孙中山的名义》《香港·香山·香缘》《香山：佛香氤氲之山》，以及《蔚蓝色的中山》《走进百年珠海》和《广东人文富矿呼唤集体抒写》等，无不深烙着鲜明的地域特色、民族特性与文化标志。俗语云，一方水土养一方人。所以，我一直坚持认为每位作家生长生活的故土，绝对是凝结作家人文基因、塑造作家秉性、催化作家灵思、成就作家风格最本真的创作酵母。因而，如同沈从文之于潇湘、贾平凹之于陕西、莫言之于山东高密、周涛之于新疆，丘树宏的心笔之上，同样萦绕着他对岭南、对大香山的情愫与思索。但要生发有别于常人的情，滋生并准确地摄录自己独到而超前的思想，则既应站立在一个制高点，也应跳出三界看"尘世"。析辨丘树宏的散文《珠江：一条与长江黄河一样伟大的河流》，会发现他不仅是在对一条河，更是从历史与现实两个层面切入，在对一片广袤流域铺展着自己的文化反思，力图修正或扭转珠江文化缺位于中华民族文化之源的偏见甚或谬误。起码，从中可以看到作者身为本土作家的岭南文化自信。难能可贵的是，他借助翔实的资料，对中华文化之源的一源——珠江文化给予了"自圆其说"的立论。但这重要的一点，则颇让忽略甚至忘却此题的许多文化学者汗颜。

同样，《广东人文富矿呼唤集体抒写》既在否定"广东文化沙漠"的偏见，树立广东乃人文富矿的观点，又在惋惜之余鞭策着一个书写的集体。《咸淡水：一方丰美的音乐水土》《香港·香山·香缘》与《以孙中山的名义》等篇章，以挖掘、解读与思考为铺垫，既潜含着作者对大香山文化、孙中山文化这一"国家名片"未能得到足够重视的忧患意识，也丰盈着作者为此张目鼓呼的文人情怀、文化情怀。

创作之所以为创作，贵在两个字：发现。而发现的条件正如笔者的浅见——伫立峰顶的高度与视野，偏锋出剑的切点与视觉，沙里淘金的执念与理想。当然，这一切离不开岭南的地磁、地气对丘树宏人文基因的濡染、熏陶和塑造，离不开作家本人的阅历、学养、修为与强烈的文化自觉。他发现了"百年珠海""孙中山文化""咸淡水文化"，发现了"香山：中国近代史的摇篮""广东的人文富矿""海上丝路：人类的史诗"……

中国散文最具代表性的功能定位莫过于"文以载道""合时而著"与"经世致用"。笔者以为，"经世致用"可谓大多数经典散文的落点与衡器。从春秋战国百家争鸣的老庄孔孟，到汉魏两晋的司马迁、贾谊与"竹林七贤"，从"初唐四杰"到"唐宋八大家"、明清散文大家，乃至现当代的毛泽东、鲁迅、郭沫若、巴金、朱自清等，都在以散文实践着"经世致用"的文学理念。由此可见，闲适的写山摹水、记草描花固属散文的体中应载，但最能彰显散文威力、堪称经典的"大散文"，应该是具有"经世致用"之功的散文。如《老子》《论语》《孟子》，如《谏逐客书》《过秦论》《出师表》《伐武曌檄》，如《滕王阁序》《朋党论》《伶官传序》，如《论持久战》《拿来主义》《甲申三百年祭》《随笔录》，等等。

回观丘树宏的散文，他虔诚地继承并坚守着中国散文"文以载道""合时而著""经世致用"的大传统、大理念。我们不排斥小情小调、花花草草之类的散文，但一定不能扔掉"大散文"——主旨大、情怀大、视野大、境界大的文学理想！

丘树宏的散文主体昭示了区域性、国家性主题，修正着偏狭的文化观点，承载着现实而时代的艺术"三观"。或发出振聋发聩的呐喊，或提出疗治现实病症的药方，或拿出资政辅政的谋略。除了上文提及的散文，丘树宏的《协者，和也》《我的一九七八》《香山梦寻》《孙中山家乡人民的共同心声》《蔚蓝色的中山》《走进百年珠海》，也都从不同的角度见证了一个作家对于这个时代的智识和良知。

"文曲人直"是作文、做人的遵循。与丘树宏十余年的交往告诉笔者，他是一位真诚、性情、睿智、博学的诗人、作家和朋友。谈及作文，我更主张以时空的坐标系来权衡文章的优劣得失。散文易写而难工，在对感性事物的冷处理中凝聚黄河水一样黏稠的筋道，于历史与现实的深度融合中为散文灌注持续的张力，这是已经大有诗名的丘树宏留给读者的期待。

最后顺带提一句：其实，丘树宏也写了相当数量的人文社科论文，而且也相当棒，待有机会再与大家分享心得。

峰顶看峥嵘，沙海淘真金。文章载大道，妙手自可成。

诗歌之外，我们期待着丘树宏散文新的亮点、新的看点、新的焦点。

40年：宽宽窄窄文化路

——代后记

改革开放40周年，每一个人都以自己各自的轨迹伴随着国家的步伐向前迈进。而我，伴随着改革开放40年，则用的是丰富而浓厚的文化情缘。或者换一句话说，我以我自己的文化行为，以自己一个小小的缩影，走过了一段段宽宽窄窄的路子，见证和诠释了40年改革开放壮丽辉煌的画面。

有时候"多"未必宽、"专"也未必窄

改革开放，是中国的第一，也是世界的第一。改革开放，中国创造了许许多多的中国和世界前所未有的第一，而我个人，也在这场沧海桑田、翻天覆地的40年中，创造了自己不少的"第一"。

1977年恢复高考后，为了"练笔"，我自己结合当时的形势写了几篇文章，以作为高考作文的准备。其中一篇写的是打倒"四人帮"后公社书记如何抓紧春耕生产。1978年的高考作文是文章缩写，预备好的文章未能用上。考上大学之后，我将这一篇投给了县里的杂志，名字叫作《初春》，没想到居然给刊载了。这应该是我写改革开放主题的第一篇文章。更没有想

到的是，这篇散文竟然成了我的"媒人"！同在一间大学就读的一个师妹，也是老乡，不知道怎么看到了这篇散文，觉得写得挺好的，就记在了心里。一次见面时偶然说起，才知道原来作者是我，从此两人就有了来往，以至成为恋人，毕业后成为夫妻。

在大学读书时，我的文学创作很是旺盛，习作很多，体裁也很丰富，但就是没有能够在省一级报刊发表作品，因此一段时间非常烦躁，甚至很彷徨。一次，师妹兼女友说了句"你就是写诗的命"，让我如同醍醐灌顶，幡然猛醒。果然，调整思路主抓诗歌后不到半年，我的诗歌《北风吹过》就在赫赫有名的《羊城晚报》"花地"副刊上刊载了。而这一首，也是我发表的第一首表现改革开放主题的诗歌。"北风"暗喻"四人帮"，诗歌最后一句是"她（指春风）一撒绿袍/就把北风逮住了"。

悟——习惯上，人们总以为写作的体裁多，路子一定宽，殊不知如果多而杂，没有一样精通，道路一定会越走越窄。而如果你转而专注一种体裁，看似路子窄了，其实路子会越走越宽，这就是所谓的"术业有专攻"。

"窄窄"的文学爱好，也可以成为人生"宽宽"的路

除了文学成为我的爱情"媒人"外，我发表的作品还成了我人生的"敲门砖"。

我出生在粤北的九连山区，世代是农民。父亲因为曾经过继给地主家做儿子，故有幸读过一点儿书，很早就参加了革命工作，但后来因为一个冤案坐过监牢，一直到1987年底才得以平反昭雪。学习成绩很好，但出身不好的我，从来不敢奢望招工、当兵、做干部，很小的时候就有了靠写作谋出路的念头，所以从中学开始就喜欢上了文学创作。

　　不承想文学真的改变了我的命运。然而，实质上改变我命运的，还是改革开放，因为如果没有改革开放，文学是不可能给我带来命运的改变的。因为改革开放，我才有了通过高考考入大学读书的机会；因为改革开放，我的文学作品才能够成为我人生的转折点。大学毕业后，我回到家乡当上了中学教师，在做好本职工作的同时，还是坚持业余创作，而且陆陆续续有作品发表。虽然我的教师工作做得很不错，是学校的骨干，但心里的文学梦还是占了上风。1984年，我斗胆给刚刚上任的县委书记写了封信，附上我发表的作品，申请调往县文化馆工作。没想到从不认识的县委书记一个电话打给县教育局长，一下子就将我调去了县委办公室当秘书。后来书记才告诉我，县里能写的人才太少了，能在大报刊发表作品的人更是凤毛麟角，这就是调你到县委办公室的理由。歪打正着，由此，我就正式走上了所谓的"仕途"。

　　1988年初，我迁调珠海市工作，同样是用了我的作品作为"敲门砖"。当然，这次除了有更多的文学作品，也有了不少的"官样文章"：什么工作报告啊，调研材料啊，新闻作品啊，等等。

　　悟——虽然中国在世界上最早实行文官制度，虽然古人总是说"书中自有黄金屋"，但人们习惯上总会有一种看法，就是写文章没有大出息，也就是说写文章的路子太窄太窄。然而从我个人的成长来看，我的文学爱好，我的文学作品，却是我每一个人生阶段重要的"敲门砖"，也是我个人最重要的人生养分，是它，使我的人生道路越走越宽、越走越好。

从窄窄的"小我"，走向宽宽的"大我"

　　1988年的珠海经济特区，那是个火红的年代，是石头也会燃烧的时代，何况我还是个满怀抱负的年轻诗人！

我最初是在珠海市委办公室工作。这样的位置，每一天接触到的都是特区建设最前沿的景象和消息。日夜不断的打桩声，一天天延伸的道路，一幢幢矗起的楼房……斗转星移、日新月异，沧海桑田、翻天覆地，眼睛中闪现的，都是这一类壮观景象；脑子里出现的，都是这一类豪言壮语。自然而然地，我的一首《崛起》，很快就刊发在了《南方日报》的副刊上。从这一首诗歌开始，我的诗风发生了明显的变化，主题宏大多了，视野开阔多了，语言硬朗多了。

　　1992年春天小平同志视察南方时到珠海，我有幸参与了部分接待工作。小平同志坚毅的意志、睿智的话语、慈祥的面容，对我的心灵震撼很大，对我的人生触动极深。个人的命运，也在这一年发生了一次重大的转机。

　　那个时候珠海市政府正在举办一项重要的征集活动，要征集十大建议。珠海的西部发展战略也刚刚提出，因此我提交了一份《珠海西区建设亟须建立完善领导协调机构》的建议，被评为十大建议奖的头奖，时任市委书记、市长梁广大做了批示，并很快通过市委常委会议讨论通过，成立了西区建设指挥部。而我，更被市委调往西区的平沙区挂职担任副区长，从一个建言者，成为一个建设者，从在稿纸上写诗，到在大地上写诗。

　　整个20世纪90年代，是珠海市的黄金时代，也是我个人的黄金时代。从平沙区的副区长，到市政府的体改委主任，再到城区香洲区委书记、市委领导，我担负的工作越来越繁重，越来越重要，而文学创作也进入了一个高峰期。1992年，诗歌《特区打工妹》在《羊城晚报》发表，这应该是全国第一首表现打工者的诗歌。首届珠海国际航空航天博览会主题歌《蓝天的盛会》《西部放歌》《珠海，珠海》，一系列描写珠海、歌颂特区的作品鱼贯而出。珠海经济特区20周年庆祝晚会上，我的朗诵诗《大海·蓝天·梦》以大型音诗画的形式隆重推出，引起了广泛反响，我作为珠海市"御用"诗人的位置也从此奠定。

悟——写诗作文，必须有自我，因为文学是人学；但是，如果仅仅有自我，则一定路子走不远、走不长，甚至越走越窄。文学一定要走向大众、走向时代、走向社会，一定要心中有大我，才会越走越宽敞、越走越光明。

正能量，是人生最宽广的道路

时间来到2003年的春天，一场突如其来的"非典"，让中国人个个无比揪心，山河肃穆，城乡志忑。在这个特殊的时候，白衣天使重新走进人们的心灵深处。本着一种对生命的关切，对医务人员的感动，我创作了诗歌《以生命的名义——献给抗击"非典"的白衣天使》，先是发表在《羊城晚报》上，接着《人民日报》等报刊予以刊载。6月9日，中国作家协会和中央电视台以这首《以生命的名义》为题，组织了抗击"非典"大型专题诗歌晚会，并以此诗压轴，由赵忠祥、文清、朱军、王馥荔、刘威等近30位著名演员、主持人共同朗诵，在全国引起强烈反响，并由此引发了"以……的名义"标题热潮，至今经久不衰。我则由此正式走入中国诗坛，全方位进入中国诗歌界的视野。

2004年，又是我人生的一个转折点。根据广东省2003年底提出的建设文化大省的规划，2004年春节期间，我邀请省内几个文化专家开了一个座谈会，专题研讨文化大省问题。春节后，我接到省委组织部的通知，要我调往中山市任职。刚刚到中山报到，《羊城晚报》就发表了我在文化座谈会上的发言：《广东，离文化大省有多远？》。以这篇文章为开题，《羊城晚报》组织了两个月的大讨论，引起了各方面的极大关注。巧的是我在文章的最后提出了"香山人文"问题。中山古称香山，当时包括了珠海和澳门地区，这样就好像是无意中给中山交了"敲门砖"。

中山是一代伟人孙中山先生的家乡，也是香山县的原点。能够在中山工作生活，确实是人生难得的缘分和福报。在这里，我能够在伟人行走过的土地上耕耘前行，能够在伟人生活过的地方沐浴阳光，能够在伟人思想过的地方加入改革开放的洪流，这该是多么值得自豪和骄傲的事情！十几年的岁月，我的人生在这里得到了升华，我的写作在这里进入了一个崭新的境界。

我有幸通过"八大文化工程"，策划和组织文化名城的建设；首倡"孙中山文化"成为中山的第一城市品牌，并上升为国家命题；举办全国第一个"中山杯"华侨华人文学奖，填补了国内空白；策划组织全国首个"全民修身行动"；与国家同频共振，策划组织纪念辛亥革命100周年、纪念孙中山先生诞辰150周年系列活动；首倡"天地人和，政协力量"人文精神，倡导"和文化"和"文化民生"。十几年来，通过一系列大大小小几百个文旅行动，有效地推进了中山市专业镇和集群产业的转型升级，推进了经济社会发展和城市建设，提升了中山的文化软实力和美誉度。

我的文学创作，则进入长诗阶段、史诗阶段和大型文学台本阶段。《30年：变革大交响》是当时全国抒写改革开放30周年少有的大型史诗；1300多行的史诗《共和国之恋》，是广东省庆祝中华人民共和国成立60周年的重点作品。2011年是辛亥百年，我除了要主持策划和组织一系列国家、省级、市级，以及与海外机构合作的项目和活动外，还主创了大型交响组歌《孙中山》，作为广东省的重点文艺项目，至今已经在海内外演出十余场，在中央电视台播出，成功塑造了孙中山的音乐形象，填补了孙中山文化体裁的空白，更引发了孙中山文化热。纪念抗战胜利70周年，我主创了大型电视文艺节目《英雄珠

代后记

江》，也成功在央视和广东电视台播出。2017年，主创大型交响史诗《南越王赵佗》并演出，塑造了赵佗"中华统一英雄、岭南人文始祖"的形象。至今，我已经创作了大型文学台本十余个，包括《海上丝路》《海上丝路·香云纱》《中华魂》《珠江》《Macau·澳门》《冼夫人》《海的珍珠，珍珠的海》《咸水歌》《九连山下》等。

今年是改革开放40周年，被人们誉为"时代歌者"的我，当然不能缺席，而且要大有作为。为此，我整理和创作了大型史诗《中国梦·大交响》，作为向改革开放40周年的献礼。

1984年1月28日，邓小平同志第一次视察南方时在《盛世危言》作者郑观应的家乡、中山三乡罗三妹山上，发出了"不走回头路"的名言。而我，则在这里策划组织了全国性的"不走回头路：纪念改革开放40周年诗歌征集展览展演活动"。这是迄今为止全国纪念改革开放40周年规模最大的诗歌主题活动，由中山市政协邀请人民政协报、中国作家杂志、广东省政协文化和文史委、广东省作家协会共同主办。10月19日，我们将在罗三妹山上的邓小平雕像前举行大型的诗歌展演和颁奖活动，来自全国各地的诗人代表将以诗歌的名义庄严宣告：不走回头路，将改革开放进行到底！

悟——作为一个写作者、一个文化人，如果你的思想不健康、文字不明亮，你的写作路子必定会非常窄小，没有任何前途和希望，也会给读者一片灰暗。所以，写诗作文一定要追求正能量、坚持真善美，这样你的写作才能拥有宽广的道路，你的作品才会有影响力和生命力。

2018年9月18日一稿

2018年10月10日二稿